15 juin 1891

RARE COLLECTION

D'OBJETS D'ART ANCIENS

DU JAPON

Rapportée par M. B..., ancien consul

En distribution

CATALOGUE

D'UNE

BELLE COLLECTION D'ESTAMPES

ET DE

PEINTURES JAPONAISES

Pièces de choix des différentes écoles du Japon

DEPUIS LES TORI I JUSQU'AUX OUTAGAWA ET A HOKUSAÏ

Dont la vente aura lieu

HOTEL DROUOT, SALLE N° 3

Les Vendredi 19, Samedi 20 et Lundi 22 Juin 1891

A DEUX HEURES PRÉCISES

Me Maurice DELESTRE

COMMISSAIRE-PRISEUR

27, rue Drouot, 27

M. Ernest LEROUX

EXPERT

28, rue Bonaparte, 28

Chez lesquels se trouve le Catalogue

EXPOSITION PARTICULIÈRE : *Le 17 Juin 1891*

EXPOSITION PUBLIQUE : *Le 18 Juin 1891*

SALLE N° 4

CATALOGUE

DES

OBJETS D'ART JAPONAIS

ET CHINOIS

CÉRAMIQUE, LAQUES

Trousses de médecine

Gardes, Anneaux et Bouts de Sabres, Kotzukas
Bronzes, Bois, Objets en ivoire, Netzukés
Jades, Tissus et Broderies
Kakémonos, Objets divers, Meubles

FORMANT LA COLLECTION RAPPORTÉE PAR M. B...

ANCIEN CONSUL

ET DONT LA VENTE AURA LIEU

HOTEL DROUOT, SALLE N° 3

Les Lundi 15, Mardi 16, Mercredi 17 et Jeudi 18 Juin 1891

A DEUX HEURES

Me Maurice DELESTRE	**M. Charles MANNHEIM**
COMMISSAIRE-PRISEUR	EXPERT
27, rue Drouot, 27	7, rue Saint-Georges, 7

EXPOSITIONS

Particulière : *Le Samedi 13 Juin 1891, de 1 h. 1/2 à 5 h. 1/2*

Publique : *Le Dimanche 14 Juin 1891, de 1 h. 1/2 à 5 h. 1/2*

CONDITIONS DE LA VENTE

La vente sera faite expressément au comptant.

Les Acquéreurs paieront, en sus des adjudications, CINQ POUR CENT, applicables aux frais.

L'Exposition mettant le public à même de se rendre compte de l'état des objets, il ne sera admis aucune réclamation une fois l'adjudication prononcée.

Paris. — Imp. de l'Art. E. MÉNARD et Cie, 41, rue de la Victoire.

Le Japon est à la mode; le fait n'est point nouveau d'ailleurs : on sait qu'à l'origine de la plupart des fabriques de porcelaine européennes, on retrouve le décor japonais dit archaïque, qui a été leur premier modèle et qui appartenait à ce qu'on appelait alors : *ancienne porcelaine du Japon, première qualité, décorée.* Les premiers essais de Saint-Cloud, de Chantilly, de Mennecy et de Sèvres, en France; de Derby, en Angleterre; de Meissen, en Saxe, en offrent de nombreux types. Dès lors donc l'art japonais était apprécié, aimé.

Ce goût s'est, de notre temps, considérablement développé; et il a pris, dans ces dernières années, l'érudition aidant, un caractère particulier. On ne s'est plus contenté d'admirer simplement ces objets d'un art si aimable, si charmant, si délicat, si souple, si plein de fantaisie et de grâce, en même temps que de force et parfois même de grandeur. On a voulu savoir pourquoi on admirait. Le japonisme est né, culte nouveau qui a ses initiés, ses adeptes, ses apôtres, un peu exclusifs comme tous les néophytes. On a étudié, on a consulté les lettrés japonais, on est arrivé à mieux connaître le Japon, ses mœurs, son histoire, ses légendes, sa religion, et par conséquent à mieux comprendre et mieux juger son art.

La collection de M. B..., faite sans parti, sans aucune préoccupation d'archéologie, est celle d'un amateur véritablement éclairé. Elle a été formée par lui, pendant un séjour de quinze années qu'il fit au Japon, bien avant le développement de ce culte en Europe.

Le moment était propice aux découvertes et aux surprises. M. B... sut en profiter, et, pièce à pièce, guidé par un goût personnel très sûr, il a composé cette réunion d'objets d'art et d'œuvres délicates de tout premier ordre, dont il se décide aujourd'hui à se séparer.

Cette vente, suivant à peu de distance celle du regretté Burty, ne peut manquer d'attirer l'attention de tous ceux qui savent que l'éclectisme est, en fait de collection surtout, le dernier mot de la sagesse et de la vérité.

* * *

DÉSIGNATION DES OBJETS

CÉRAMIQUE

1 — Très ancienne potiche turbinée, à couvercle en dôme surmonté d'un bouton formé par une grenade dorée ; fond jaune d'ocre décoré de ramages polychromes à fleurs ornementales; sur chaque face, et réservés par un encadrement festonné orné de fong-hoangs et de dragons, deux grands médaillons représentant, l'un, les sept Sages sous les bambous, et l'autre, trois Sennins. Fabrique d'Imari.

2 — Philosophe chinois assis sur un rocher et lisant un rouleau qu'il élève déplié de ses deux mains ; les vêtements sont émaillés en rouge flambé et vert, la tête et les mains teintées en brun sont réservées en biscuit.

3 — Sennin accroupi, les deux mains croisées sur ses genoux ; il est enveloppé d'une draperie en céladon vert d'eau ; le reste est réservé en poterie non décorée. Japon.

4 — Brule-parfums formé d'un chien de Fô debout en biscuit de porcelaine teintée en brun foncé et semé de pois émaillés en couleurs ; la tête relevée, la gueule ouverte, forme couvercle. Chine.

5 — Crabe en céladon gris verdâtre. Japon.

6 — Vase turbiné à ouverture évasée, décoré en plein : l'Empereur dans un pavillon, entouré de guerriers et de dignitaires ; sur le sol, bordures de dents de loup. Porcelaine de la famille verte. Chine.

7 — Vase piriforme à piédouche, col évasé à ouverture cylindrique et deux anses latérales formées par des têtes chimériques; décor de grands rinceaux à fleurs ornementales en bleu sous couverte. Chine.

8 — Vase à six lobes, à corps ovoïde, piédouche et col cylindrique, à ouverture évasée, couverte flambée rouge et bleu. Chine. Pied en bois de fer.

9 — Porte-bouquet cylindrique aplati, décoré, sur la face, d'une carpe en relief, dressée au-dessus des flots de la mer émaillés en blanc, bleu et vert. Japon.

10 — Petite potiche ovoïde à petit col évasé; décor polychrome sous couverte et couleurs, de rochers fleuris; à la partie supérieure, deux bordures superposées, l'une de rinceaux fleuris, l'autre de dragons volant dans les nuages. Couvercle plat en bois. Fabrique de Hizen.

11 — Petit vase cylindro-ovoïde, à ouverture cylindrique et deux petites anses latérales formées par des masques chimériques; couverte brun jaunâtre jaspée de brun foncé. Chine.

12 — Petit vase, composé de deux vases quadrangulaires engagés, à couverte vert pâle. Chine.

13 — Bouteille à corps sphérique surbaissé, piédouche et col cylindrique, à filet saillant au bord de l'ouverture; couverte jaune. Fabrique d'Idzumo.

14 — Petite bouteille ovoïde à col cylindrique, à couverte brune tournant au noir. Chine.

15 — Petite bouteille piriforme, à piédouche et ouverture évasée ; couverte vert nuageux. Chine.

16 — Petite bouteille piriforme, à ouverture évasée; couverte orange. Chine.

17 — Cornet à ouverture évasée et renflement médian ajouré d'imbrications ; au-dessus et au-dessous, ceinture de feuilles dressées en relief. Couverte d'un blanc jaunâtre truité. Fabrique de Kioto.

18 — Gargoulette à corps sphérique surbaissée, col cylindrique portant un renflement et goulot latéral conique ; décor en rouge de cuivre sous couverte de nelumbos fleuris. Chine.

19 — Grand plat décoré en bleu sous couverte ; au fond, deux branches de pêchers chargés de fruits et de feuillages; sur le marli, bordure à compartiments contenant des fleurs et des attributs. Chine.

20 — Petit plat creux, fond jaune décoré, en réserve de branchages portant des fleurs et des fruits en bleu sous couverte. En dessous, Nien-hao à la date de *Houngtchi* (1488-1506.)

21 — Bol hémisphérique émaillé à l'extérieur en noir; à l'intérieur en jaune d'ocre. Chine.

22 — Bol hémisphérique à couverte rouge pourpré; en dessous, cachet à la date de Kien-Long. (1736-1795).

23 — Bol hémisphérique fond rouge, décoré en réserve de grands feuillages et médaillons en forme de palme en bleu sous couverte rehaussé d'or; à l'intérieur, un médaillon contenant une branche de chrysanthème et une bordure alvéolée en bleu sous couverte, dont les ouvertures sont occupées par de petites rosaces en vert de cuivre. Chine.

24. — Bol campanulé à couverte extérieure en bleu fouetté. Chine.

25 — Coupe basse campanulée, décorée en bleu

et gris de cuivre sous couverte d'un loir regardant une branche chargée de fruits. Chine.

26 — Petite coupe surbaissée, de forme quadrilatérale à angles rentrants ; couverte vert olive et décor en relief de style archaïque ; en dessous, cachet à la date de Kien-Long. Socle en bois de fer.

27 — Petite coupe en forme de feuilles allongées, à bords relevés et striés, blanche, contenant en ronde bosse un personnage assis sur une feuille de nelumbo, en vert, jaune et manganèse. Chine.

28 — Corbeille ovale, évasée à deux anses formées par des coquilles dressées sur le bord aux deux extrémités, et pourtour ajouré. Porcelaine blanche de la Compagnie des Indes.

29 — Théière en forme de pêche de longévité à anse, goulot en S pourvu de tiges portant quelques feuilles et fruits, et ouverture inférieure; céladon vert d'eau portant une tache rouge sang de bœuf; les feuillages sont teintés en bleu. Chine.

30 — Petit pot ovoïde à couvercle capsulaire, dé-

coré de personnages prenant leur repas à l'ombre des arbres, en bleu sous couverte. Chine.

31 — Petite boîte plate à cinq lobes, décorée sur le plat du couvercle de bordures mosaïques encadrant des tiges de pin, bambou et pêcher en fleurs, en bleu sous couverte. Chine.

32 — Petite boîte oblongue, hexagone, décorée sur le couvercle de grecques et au pourtour de quadrillages, en bleu sous couverte. Chine.

33 — Petite boîte plate, octogone, décorée sur le couvercle d'un paysage avec personnages, en couleurs ; bordures en bleu sous couverte avec rehauts de couleurs. Chine.

34 — Petite boîte à eau, rectangulaire, à décor analogue. Chine.

35 — Petit pitong quadrangulaire, à décor analogue. Chine.

36 — Trois petites pièces : théière, pot en forme de gourde à deux renflements et boîte sphérique surbaissée, à décor en bleu sous couverte. Chine.

37 — Trois autres : presse-papier surmonté d'un lapin et deux petites coupes en forme de feuilles. Décor en bleu sous couverte. Chine.

38 — Trois autres : brûle-parfums sphérique surbaissé, à couvercle ajouré, cylindre entouré de trois enfants en ronde bosse et un autre décoré d'éléphants. Décor en bleu sous couverte. Japon.

39 — Bol campanulé en grès brun rougeâtre décoré en émail bleu d'une frise de fleurs ornementales entre deux bordures de lambrequins ; l'intérieur est émaillé en gris bleuâtre truité. Terre de Bocaro.

40 — Petit bol cylindro-ovoïde en terre brune émaillée en bleu, jaunâtre et jaune de rinceaux à grands ramages. Fabrique de Kinkozan.

41 — Théière sphéroïdale à quatre pans, anse supérieure cintrée, goulot en S et couvercle plat en forme de chrysanthème ; sur chaque face et en dessous, une chrysanthème armoriale en relief. Terre de Bocaro, brun rouge.

42 — Théière à goulot tubulaire conique et manche

latéral; couverte gros bleu et médaillons réservés en creux, en terre non émaillée et décorée de bas-reliefs représentant des personnages et des arbustes, sur un fond gravé d'imbrications. Japon.

43 — Personnage accroupi, une jambe repliée et le bras droit appuyé sur une table à écrire ; il est vêtu d'une longue robe décorée de rosaces en rouge et noir sur fond blanc ; sur le devant, une large bande rouge à rosaces analogues en réserve. La tête et les mains sont mobiles. Hizen.

44 — Figurine d'enfant debout vêtu d'une robe à longues manches, élevant de ses deux mains, enveloppées dans leurs plis, un vase à la hauteur de sa tête ; décor de fleurettes semées en bleu sous couverte. Arita.

45 — Chien de Fô, tenant dans sa gueule une tige de pivoine fleurie et grimpant sur un rocher. Porcelaine blanche. Hirado.

46 — Chien de Fô, courant, à corps teinté en rouge à rosaces d'or; la crinière, la queue, etc., en vert. Japon.

47 — Kilin assis, en porcelaine blanche. Hirado.

48 — Petite coupe jaune, en forme de feuilles allongées à bords relevés contenant un personnage assis sur une feuille de lotus. Chine.

49 — Brule-parfums quadrangulaire, à couvercle percé de trous et surmonté d'un chien de Fô, et élevé sur un soubassement élargi à quatre pieds et percé d'ouvertures ; décor en bleu, jaune et rouge ; sur chaque face, un personnage ; sur le couvercle et le soubassement, des rinceaux à grosses fleurs et feuillages. Japon.

50 — Brule-parfums hexagone, à trois pieds, décoré en bleu, rouge, vert et or ; sur chaque face un médaillon décoré de fleurs d'or sur fond rouge et se détachant sur un fond vermiculé en bleu sous couverte ; sur le dessus, une ouverture ronde entourée d'un fond vert piqueté de noir et décoré de rinceaux d'or. Couvercle ajouré de chrysanthèmes et feuillages variés en métal blanc. Japon.

51 — Potiche ovoïde à couverte en céladon gris verdâtre et décor en relief : au pourtour, des

grues ; à la base, les flots de la mer ; autour de l'ouverture, bordure de lambrequins gravés et créneaux en relief. Pied et couvercle légèrement bombé en bois de fer. Chine.

52 — Figurine de Poutaï accroupi, en longue robe largement ouverte sur la poitrine et le ventre. Blanc de Chine.

53 — Vase cylindrique à renflement médian, formé de sections longitudinales de bambous juxtaposés ; au col, deux anses en poignées torses ; décor de pointillage en bleu sous couverte ; autour du renflement une ceinture réservée en blanc et portant, au milieu, une zone teintée en gris noirâtre. Japon.

54 — Petite potiche ovoïde à couvercle capsulaire, décorée en couleurs de paysages où l'on voit le dieu de la longévité assis, tenant la pêche et entouré d'enfants et d'attributs de la longévité : le cerf, la grue, le pin et le bambou. Chine.

55 — Vase ovoïde à petit col cylindrique et ouverture évasée formée par un bouchon en laque rouge ; au pourtour, trois médaillons lobés con-

tenant des fleurs ornementales en couleurs et or, réservés sur un fond rouge orné de rinceaux fleuris en or; la base et l'épaulement sont décorés, sur fond blanc, de fleurs ornementales et d'une bordure de quadrillages en rouge. Hizen.

56 — Petite bouteille turbinée, à pied élargi et petit col évasé ; fond bleu foncé marbré de noir et décor d'or figurant des draperies relevées par des cordelières à glands. Chine.

57 — Grande bouteille piriforme, à ouverture cylindrique bordée d'un filet saillant; fond rouge vermiculé de rouge, portant, en réserve, trois grands médaillons réniformes décorés en violet de manganèse, vert de cuivre et jaune, de personnages debout sous des arbres; au-dessus, d'autres médaillons plus petits, contenant des fleurs et des attributs. Fabrique de Kutani.

58 — Paire de bouteilles octogones, à petit col cylindrique, décorées de paysages en bleu sous couverte; l'ouverture est fermée par un bouchon en bois. Hizen.

59 — Vase cylindrique à épaulement arrondi et petite ouverture cylindrique, décoré en bleu noirâtre sous couverte et rouge ; ceinture médiane portant un paysage avec des cavaliers et des embarcations ; à la base, fond de bâtons rompus ; à la partie supérieure, fleurs de pêcher semées sur les flots de la mer. Japon.

60 — Vase tripode à corps ovoïde, à trois lobes et col cylindrique accosté de deux anses ; décor en bleu sous couverte ; fond uni portant, en réserve, des pampres, des raisins et des loirs ; sur chaque lobe, un médaillon réservé contenant un paysage et des branchages fleuris. Chine.

61 — Bouteille piriforme à col mince cylindrique, décorée de légers rinceaux feuillus sur lesquels sont posées trois fleurs de chrysanthèmes armoriales. En dessous, une inscription à quatre caractères. Japon.

62 — Bouteille ovoïde, à col mince cylindrique, décorée en bleu sous couverte, couleurs et or, de branchages fleuris entourant trois médaillons en forme d'écran, fond rouge à fleur ornementale en réserve et bordure bleue. Hizen.

63 — Bouteille ovoïde à col mince cylindrique, fond rouge, décoré en réserve de branchages fleuris de pivoines rehaussées d'or; sur chaque face, une grande fleur ornementale en bleu sous couverte, rose et or. Hizen.

64 — Bouteille à corps sphéroïdal et col mince cylindrique, décorée de paysages en bleu sous couverte. Hizen.

65 — Bouteille quadrangulaire à épaulement arrondi et petit col cylindrique, fermé par un bouchon dont la partie supérieure figure une chrysanthème; décor en bleu, rouge, vert, or; sur chaque face, un panneau de tiges fleuries, encadré de rinceaux, fleurs et dragons en or sur fond bleu. Hizen.

66 — Petit cornet à renflement médian. Couverte brun jaunâtre. Chine.

67 — Petit pot a thé ovoïde, à couvercle capsuair e plat; décor d'alvéoles, contenant des fonds mosaïques en rouge et or. Kaga.

68 — Deux petits pots cylindriques, à décor

divisé en trois panneaux fond rouge portant des enfants en couleurs. Japon.

69 — Grand plat, décoré en bleu, rouge et émaux de la famille verte ; au fond, un vase rempli de fleurs sur lesquelles est perché un oiseau ; sur le marli, riche encadrement de lambrequins. Imari.

70 — Grand plat creux, décoré en plein en bleu sous couverte : une carpe se dressant au-dessus des flots de la mer. Japon.

71 — Plat octogone décoré en bleu sous couverte, rouge, vert de cuivre et or, de grands branchages fleuris encadrant un médaillon central occupé par des tiges de bambou, pin et pêcher en fleurs disposées en couronne. En dessous, une inscription de quatre caractères. Japon.

72 — Plat à bord relevé et doré, décoré en bleu sous couverte, rouge, vert et or : large bordure de rinceaux fleurie, coupée par deux grandes fleurs de chrysanthèmes armoriales, dont l'une est accompagnée d'une tige de chrysanthèmes au-dessus de laquelle vole un papillon. Imari.

73 — Plateau à bord relevé, fond rouge décoré de rinceaux d'or reliant trois médaillons oblongs, lobés, fond vert, décorés en réserve de branches de pêcher fleuri rehaussé d'or et gerbes et graminées en bleu sous couverte ; au centre, réserve encadrée de faux godrons autour de branchages de pin, bambou et fleurs de pêcher, le tout en bleu sous couverte. Imari.

74 — Bol hémisphérique, décoré extérieurement d'un fond caillouté vert ; à l'intérieur, frise d'attributs en bleu, vert et manganèse sur fond jaune entre deux bordures et entourant un médaillon central aux mêmes couleurs contenant un chien de Fô jouant avec des boules. Kutani.

75 — Coupe campanulée à bord renversé, décorée en plein, en bleu sous couverte, rouge : nombreuse réunion d'enfants dans une enceinte ; au fond, dans des tribunes, d'autres enfants ; dans celle du milieu, où cinq seulement sont placés, ils sont accompagnés de deux personnages portant des écrans. Au revers, bordures de zigzags rouges et points verts. Chine.

76 — Coupe quadrilatérale à angles rentrants, déco-

rée en bleu sous couverte : au pourtour intérieur, des fleurs et rinceaux en relief ; au fond, un dragon en relief au milieu de nuages en bleu et d'une bordure arabesque de même ; à l'extérieur, des fleurs ornementales en bleu. Hizen.

77 — Petite coupe basse cylindrique cerclée d'un rang de perles saillantes ; couverte flambée en bleu et rouge. Chine.

78 — Compotier décoré en bleu sous couverte et couleurs : large bordure de rinceaux fleuris ; au centre le caractère longévité. En dessous, fausse date chinoise. Japon.

79 — Compotier décoré en bleu sous couverte ; large bordure de rinceaux fleuris en réserve, sur fond bleu, entourant une tige fleurie centrale disposée en rosace. Hizen.

80 — Théière en forme de renard assis, dont la queue relevée le long du dos est percée d'une ouverture à la partie supérieure : il tient devant lui un gros sac dont les cordons sont teintés en bleu et au devant duquel est placé le goulot. Porcelaine blanche. Japon.

81 — Théière affectant la forme d'une grue portant sur le dos une ouverture évasée à laquelle se rattache l'anse; décor en bleu sous couverte, vert, rouge et jaune. Japon.

82 — Théière ovoïde à manche latéral, goulot conique, et ouverture cylindrique formée par un couvercle légèrement bombé; fond clathré en rouge portant deux réserves, l'une oblongue, lobée contenant un paysage montagneux en couleurs; l'autre ronde, décorée d'un oiseau chantant sur une branche. Hizen.

83 — Porte-bouquet à tige tubulaire émaillée en blanc et portant une grenouille en ronde bosse émaillée en brun jaunâtre; le pied, de forme campanulée, est composé d'une feuille de nelumbo en biscuit. Japon.

84 — Récipient à eau en forme de soubassement quadrangulaire portant une figure de femme à moitié couchée, vêtue d'une longue robe et coiffée d'un haut chignon; à l'angle du soubassement, un petit déversoir tubulaire hexagone; décor polychrome de fleurs ornementales et feuillages. Imari.

85 — Petit écran quadrilatéral à angles rentrants soutenu par des pieds à pans ; décor de paysages aquatiques en bleu sous couverte. Hirado.

86 — Pipe à opium, fond d'or, décorée, en réserve, de petits nuages polychromes. Imari.

87 — Statuette de mendiant accroupi, la main gauche posée sur son genou ; de la droite, il retient par une patte de derrière un crapaud perché sur son épaule ; les chairs sont réservées en grès brun ; les vêtements et le crapaud émaillés en céladon gris. Grès de Bizen.

88 — Statuette. Femme portant un panier contenant trois fruits de longévité. Pièce décorée d'émaux polychromes et d'or. Satzuma.

89 — Philosophe accroupi tenant à deux mains un rouleau devant lui ; il est vêtu d'une longue robe jaune à bordure noire et serrée par une ceinture verte ; la tête, à longs cheveux et longue barbe, est, ainsi que les mains, réservée en terre rouge. Japon.

90 — Crabe modelé, en terre teintée en brun; l'extrémité des pinces est émaillée en blanc. Japon.

91 — Saint personnage en longue robe, accroupi sur un rocher, percé d'ouvertures et formant brûle-parfums. Grès de Bizen.

92 — Brule-parfums de forme sphérique surbaissée, à couvercle plat ajouré d'ouvertures rayonnantes. Poterie émaillée en grès pâle et décorée de fleurs et feuillages en bleu et brun. Japon.

93 — Petit brule-parfums cylindrique, à trois petits pieds en volute et couvercle conique décoré de quadrillages rouges et de cordons noués rouge et or en relief; au pourtour, des bouquets de fleurs et de graminées en couleurs et or, et bordure de filets d'or saillants divisant la partie supérieure en compartiments. Satzuma.

94 — Lanterne quadrangulaire à quatre pieds et parois ajourées de réseaux émaillés en bleu formant rosaces et semé de chrysanthèmes de différentes grandeurs en vert, pourpre et or; cou-

vercle en bronze, en forme de dôme, percé de jours en forme de chrysanthèmes et de paulownias, et surmonté d'un anneau. Ninzei.

95 — VASE à fleurs en forme de figurine de femme debout, tenant devant elle un vase côtelé à deux anses; elle est vêtue d'une longue robe à larges manches fond blanc jaunâtre, à décor polychrome de nuages. Kioto.

96 — VASE à corps ovoïde, aplati sur les quatre faces, ouverture sphérique et deux anses latérales portant des anneaux adhérents; il est, sur toute la surface, décoré de rinceaux profondément gravés et émaillé en brun verdâtre, avec quelques parties d'émail bleu pâle. Japon.

97 — VASE bursaire aplati, à ouverture évasée et quadrilobée, et deux anses latérales formées par des têtes chimériques et soutenant des anneaux; couverte en céladon gris verdâtre, à décor en relief de branchages fleuris encadrant, sur chaque face, un médaillon lobé contenant un caractère. Japon.

98 — VASE d'applique cylindro-ovoïde, à bord ren-

trant, fond gris, décoré en émail blanc de bandes de nuages, entre deux bordures de grecques. Yatzushiro.

99 — Bol cylindrique légèrement évasé, dont la partie inférieure est cannelée, décor en couleurs et or, de chrysanthèmes fleuries; bordure de rinceaux d'or sur fond rouge. Satzuma.

100 — Vase cylindro-ovoïde, fond blanc truité en partie, recouvert par un décor mosaïque à quadrillages en rouge, vert et or, sur lequel retombe une coulée d'émail noir. Satzuma.

101 — Petit vase turbiné, à pied élargi et petit col cylindrique déprimé, décoré en couleurs et or : un faisan perché sur un rocher entre un pêcher fleuri et des bambous. Satzuma.

102 — Petit vase ovoïde, à couvercle capsulaire plat; fond blanc jaunâtre craquelé et décor polychrome de personnages dans un paysage; bordures de rinceaux d'or sur fond brun. Kutani.

103 — Petit vase sphérique surbaissé, à couvercle très légèrement bombé surmonté d'un bouton;

fond blanc jaunâtre décoré en couleurs où le rouge domine de rinceaux portant des fleurs ornementales. Banco.

104 — Vase d'applique de forme plate à encadrement contourné en arcade sous laquelle s'abritent une femme tenant un enfant et un homme appuyé sur un instrument de jardinage, placé sous un arbre, en haut-relief; décor en bleu, rouge, vert et or, de quadrillages avec rosaces et nuages sur fond chamois truité. Awata.

105 — Vase bursaire quadrangulaire portant sur chaque face un panneau à encadrement rouge semé de rosaces en blanc et noir et décoré, sur fond blanc jaunâtre craquelé, d'enfants jouant et d'animaux. Banco.

106 — Vase turbiné à pied élargi et ouverture évasée en grès brun à couverte émaillée en brun, en partie jaspée de noir. Chine.

107 — Aiguière piriforme, à piédouche hémisphérique, goulot et anse en S, et ouverture évasée fermée par un couvercle surmonté d'un bouton; couverte chamois clair; sur chaque face, un

médaillon en réserve contenant un paysage en couleurs et se détachant sur un fond rouge semé de rosaces. Banco. Col légèrement fêlé.

108 — Bouteille à panse ovoïde et col à ouverture évasée ; fond rouge semé de rosaces en réserve et portant trois médaillons de paysages polychromes; sur l'épaulement, quatre médaillons en réserve contenant des fleurs et se détachant sur un fond de quadrillages rouges. Pied en bois de fer ajouré. Banco.

109 — Bouteille à corps sphérique surbaissé, à couverte chagrinée brune et col cylindrique à ouverture bordée d'un filet saillant, émaillée en brun. Japon.

110 — Bouteille à corps cylindrique, épaulement arrondi et col à ouverture évasée; le corps est émaillé en brun; la partie supérieure en gris craquelé et tacheté de jaune. Tamba.

111 — Bouteille à goulot étroit et ouverture évasée et corps déprimé sur les deux faces; fond

vert décoré de grands rinceaux en réserve, portant de grandes fleurs ornementales en violet de manganèse. Kutani.

112 — GOURDE à deux renflements et petit goulot cylindrique ; le renflement inférieur aplati sur les quatre faces ; fond blanc jaunâtre truité et décor en vert, bleu, jaune et manganèse, de médaillons contenant des fleurs ; sur l'épaulement, bordure de lambrequins à fonds mosaïques variés ; le renflement supérieur, fond jaune piqueté et semé de fleurs. Kutani.

113 — BOL hémisphérique à bord élargi et relevé, fond jaune d'ocre décoré de fleurs ornementales et de papillons en couleurs ; bordures de lambrequins en vert. Kutani.

114 — BOL hémisphérique à bossages et parties saillantes figurant des coquillages. Poterie émaillée en brun à l'extérieur et en gris à l'intérieur. Japon.

115 — COUPE en forme de panier à anse supérieure ajourée de deux ouvertures rondes ; fonds partiels de mosaïques variées en rouge portant des

médaillons en réserve de formes diverses contenant des paysages et des fleurs; l'intérieur est émaillé en blanc jaunâtre truité. Banco.

116 — Coupe hémisphérique à bord évasé déprimé à un endroit pour laisser passage à un animal fantastique en ronde bosse, élevée sur un piédouche côtelé réservé en grès; la partie supérieure est émaillée en brun jaunâtre truité de noir. Kioto.

117 — Coupe surbaissée à bord plat évasé, à décor de grandes tiges feuillues émaillées en brun jaunâtre. Kinkozan.

118 — Bol bursaire à couverte jaunâtre truitée décorée d'un côté, en couleurs et or, d'une ceinture de quadrillages et d'une bordure de filets; sur l'autre, en noir, d'arbustes à larges feuilles et d'une inscription. Kioto.

119 — Coupe hémisphérique, fond blanc à décor de paysage en bleu, vert et manganèse. Kioto.

120 — Compotier hémisphérique, fond blanc jaunâtre, décor en rouge et or : au fond, le Dieu

Ho-teï assis sur son sac dans un médaillon se détachant sur un fond mosaïque ; bordure fond rouge vermiculé d'or portant six fleurs de pivoine en réserve. Kaga.

121 — Corbeille quadrangulaire, à soubassement échancré, à quatre pieds et pourtour lobé et ajouré, d'ouvertures formant des demi-rosaces ; décor polychrome de grosses fleurs sur fond chamois truité. Kioto.

122 — Plat décoré en vert de plusieurs tons, violet de manganèse, jaune et or ; au fond, des tiges de nelumbo à grandes feuilles et fleurs violettes à revers d'or ; sur l'une des feuilles, un colimaçon ; sur le marli, bordure mosaïque à compartiments. Kutani.

123 — Plateau oblong quadrilobé, fond blanc jaunâtre craquelé et décor polychrome ; au fond, une touffe de pivoines sur lesquelles se pose un papillon ; sur le bord, quatre groupes de fleurs ornementales, au-dessus d'une bordure mosaïque. Satzuma.

124 — Compotier à bord évasé, décoré en plein,

sur foud chamois truité, de branches de pêcher chargées de fruits et portant un oiseau, en violet de manganèse, vert de cuivre, bleu et jaune. Kutani.

125 — Petite théière sphérique, à couvercle plat, goulot en S et deux petites petites attaches dressées destinées à soutenir une anse en vannerie. Couverte grise truitée décorée de fleurs semées en blanc; bordures de petites rosaces. Yatzushiro.

126 — Théière ovoïde, à goulot contourné et anse en forme de poignée; petit col cylindrique déprimé; fond émaillé vert; sur chaque face, un médaillon fond jaunâtre à rayures horizontales, décoré d'un animal fantastique en bleu, vert, jaune et manganèse. Kutani.

127 — Boîte cylindro-ovoïde, à couvercle bombé surmonté d'une chrysanthème formant bouton, et deux anses latérales en poignée formée de deux rinceaux enlacés; décor polychrome et or de chrysanthèmes sur fond blanc jaunâtre. Satzuma.

128 — Petite boîte à parfums, à rouge, plate, quadrangulaire, fond chamois décoré en or de bandes horizontales sur lesquelles est tracée une inscription en noir; à l'intérieur, une cavité décorée de feuilles dentelées en or et en rouge; en dessous, une autre inscription. Satzuma.

129 — Petite boîte à parfums, plate, quadrangulaire, portant sur le couvercle un paysage en couleurs. Kutani.

130 — Petite théière sphérique, à rayons longitudinaux, goulot à S et anse en bronze tors, décor de semis de fleurettes. Chine.

131 — Godet à pinceaux, sans fond, simulant une section de bambou vert. Japon. Signé : Yeirakou.

132 — Yebisu sur un poisson. Poterie polychrome et or. Japon.

133 — Enfant assis tenant un baquet à anse. Porcelaine. Hirado.

134 — Personnage endormi. Godet à eau. Porcelaine de Chine.

135 — Porte-pinceaux simulant une section de bambou. Blanc de Chine.

136 — Godet à eau. Personnage assis sur un porc. Porcelaine de Chine.

137 — Petit pot à parfums rectangulaire, à angles arrondis, strié de bandes et orné de motifs divers en réserve en blanc sur flambé. Socle en bois de fer. Chine.

138 — Petit pot sphérique à panse renflée ; décor blanc sur bleu, sous couverte. Chine.

139 — Boîte à parfums sphérique, à capsule plate. Porcelaine de Chine.

140 — Petite théière de forme conique, à décor de fleurettes polychromes et or sur fond blanc. Chine.

LAQUES

141 — Boîte affectant la forme de deux boîtes conjuguées en forme de feuilles découpées, en laque

d'or de deux tons, décorée d'instruments de musique et de feuilles de ricin semées sur le couvercle et sur les côtés. XVIIIe siècle.

142 — Boîte carrée à angles arrondis en laque d'or, décorée d'éventails et de rosaces à bords échancrés, semées. XVIIe siècle.

143 — Boîte rectangulaire élevée sur quatre petits pieds en console, en laque d'or; sur le couvercle, fond de quadrillage portant un chat endormi; deux des côtés sont décorés de veines en or de deux tons, argent et brun, simulant le bois; les deux autres, de rosaces losangées symétriques. Fin du XVIIe siècle.

144 — Boîte de forme irrégulière en laque d'or à deux tons : sur le couvercle, des canards nageant, dont trois rehaussés d'argent oxydé; sur les côtés, bordure de grecques. XVIIe siècle.

145 — Petite boîte cylindrique plate à pourtour en laque d'or; le dessus du couvercle est décoré d'un paysage dont la partie supérieure, où l'on voit un arbre vert entouré d'une palissade, se détache sur fond noir; sur le devant, deux per-

sonnages dansant, en application de métal ; l'intérieur est pointillé d'or. XVIIIe siècle.

146 — Boîte oblongue à six lobes, à trois compartiments superposés ; laque rouge de Pékin à décor en relief ; sur le couvercle, un paysage ; au pourtour de chaque compartiment, une frise de fleurs et feuillages de chrysanthèmes et de pivoines. XVIIe siècle.

147 — Boîte oblongue, quadrilatérale, à angles arrondis, à deux compartiments superposés en laque brun foncé décoré de rinceaux profondément gravés. Commencement du XVIIe siècle.

148 — Boîte carrée à angles arrondis, en laque noir décoré, en or de plusieurs tons, de branches de pêcher en fleurs ; à l'intérieur, un plateau à décor analogue. XVIIe siècle.

149 — Boîte de forme sphérique surbaissée, en bois naturel veiné, décorée d'une fleur d'hortensia accompagnée de feuillages. XIXe siècle.

150 — Grande boîte rectangulaire en laque aven-

turine décoré de zigzags en laque d'or et d'argent, formant le fond sur lequel se détachent des chiens de Fô jouant à l'ombre de chrysanthèmes en fleurs. Armoiries du Mikado. xviie siècle.

151 — Boîte quadrilatérale à angles rentrants, à deux compartiments contenant les pièces du jeu de Ko (odeurs). Laque brun poudré d'or, décoré d'un semé de tiges fleuries de plantes d'eau en or. Sur chaque côté, une attache munie d'un anneau en argent. xviie siècle.

152 — Boîte quadrangulaire à couvercle rattaché par un galon rouge retenu par deux anneaux placés à la partie inférieure et plateau intérieur; laque aventurine décoré, en ors de plusieurs tons, de bambous, pins et pivoines fleuries. xviie siècle.

153 — Boîte longue à couvercle portant sur chaque côté une échancrure trilobée et deux attaches latérales formées par des anneaux en métal; laque aventurine décorée en léger relief de branchages fleuris en ors de deux tons, avec quelques parties argentées. xviie siècle.

154 — Boîte carrée à angles arrondis en laque Tzugarou jaspé de rouge, jaune et vert ; l'intérieur est laqué noir avec décor en relief avec applications de bronze, ivoire et laque d'or et de différentes couleurs : attributs guerriers, lance, casque, trompe en forme de conque et boîte à armure. XVIe siècle.

155 — Boîte analogue, plus petite ; dans l'intérieur du couvercle sont figurés, en relief, un sabre, un rouleau déplié en laques de différentes couleurs. XVIe siècle.

156 — Petite boîte rectangulaire en bois de fer, à deux compartiments superposés, dont l'intérieur est laqué en rouge et or ; décor sculpté en relief ; sur le couvercle, un chien de Fô ; sur les quatre faces, des tiges fleuries. XVIIe siècle.

157 — Petite boîte lenticulaire en laque aventurine décoré sur chaque face d'un caractère en or ; les deux valves jouent sur charnière et contiennent l'une un bas-relief représentant une divinité boudhique, à bras tenant des attributs et assise sur le lotus ; l'autre, un vase entouré de draperies, en bois sculpté et doré. XVIe siècle.

158 — Petite coupe à saki en laque rouge, décorée en or de plusieurs tons et argent : un trépied sur lequel est posée une coupe contenant trois pêches de longévité, un écran, etc.

159 — Petite boîte quadrangulaire forme netzuké, avec couvercle, décorée d'un masque en laque noir ; à l'intérieur, petit groupe sculpté. xviie siècle.

160 — Peigne cintré à la partie supérieure, en laque d'or, à décor en relief avec applications d'ivoire teinté en plusieurs tons.

161 — Peigne de même forme en laque d'or, décoré de fonds partiels variés.

162 — Encrier carré à angles arrondis, en laque noir piqueté d'or ; sur le devant, un cheval harnaché et sellé en laque brun avec parties d'or et incrustations de nacre, paissant au pied d'un érable à tronc d'or et feuillages en nacre incrustée; à l'intérieur du couvercle, un paysage maritime avec vol d'oiseau et le disque de la lune en argent. Fin dn xviie siècle.

163 — Encrier quadrilatéral à angles coupés en

laque noir, décoré en or et argent : Hô-Tei, traversant à gué une rivière où se reflète son image. XVIIe siècle.

164 — CABINET en forme de jonque en laque noir poudré d'or et à veines d'or et d'argent simulant le bois ; elle porte un pavillon dont le toit forme plateau, et ferme sur les côtés par des cloisons mobiles glissant sur rainures ; aux deux extrémités ces panneaux sont en laque noir décoré en or, de dragons et de paysages avec des grues. Le bas des panneaux mobiles est en bois naturel décoré de paysage en laque d'or et d'argent. Fin du XVIIe siècle.

165 — CABINET à trois tiroirs et partie supérieure surélevée formant plateau ; laque aventuriné, à fond d'alvéoles d'or coupées de branches de pin et de pêcher en fleurs. XVIIe siècle.

166 — PETIT CABINET à trois tiroirs, étagère et plateau supérieur à angles rentrants ; laque noir poudré d'or, décoré d'arbustes en or ; sur le plateau, une draperie et un tambour suspendus aux branches d'un arbre. XVIIIe siècle.

167 — Petite table à écrire rectangulaire, à quatre pieds en console reposant sur une base; laque d'or aventuriné décoré de rinceaux feuillus et de médaillons armoriés. xviie siècle.

168 — Support à deux montants quadrangulaires et plateau supérieur à pans coupés et bords relevés et dorés; laque noir, décor en rouge rehaussé d'or, de fleurs de pêcher formant un léger relief avec corolle en or. Il est accompagné de trois petites coupes décorées de même.

169 — Plateau oblong, quadrilatéral, à angles rentrants, élevé sur quatre pieds en console reposant sur une base quadrangulaire; laque rouge gravé d'un décor de rinceaux. xviie siècle.

170 — Plateau oblong, à quatre pieds et angles rentrants; laque aventurine, décoré en or d'arbustes : pin et pêcher (?) chargés de fruits; deux médaillons contenant une armoirie : une feuille lancéolée entre deux fleurs d'eau. xviie siècle.

171 — Plateau à bord contourné en laque brun foncé, décoré en couleurs d'une tige de nèfles du Japon, accompagnée d'une inscription; il est

pourvu d'une anse supérieure en vannerie. XVIIe siècle.

172 — PETIT PLATEAU carré en laque rouge de Likiou, orné d'oiseaux et fleurs en noir. XVIIIe siècle.

173 — PANNEAU rectangulaire en largeur, en bois naturel poudré d'or ; des corbeaux perchés sur une branche en laque d'or se profilent, en transparence, sur le disque affaibli de la lune. D'après l'œuvre célèbre de Korin. XVIIIe siècle.

174 — PANNEAU rectangulaire en largeur, en bois laqué noir et argent en relief, avec parties poudrées d'or; paysage d'hiver; la lune vue au travers des stalactites. Œuvre de Zeshin. XIXe siècle.

INROS

175 — INRO à cinq compartiments, en laque d'or, décoré en relief d'un vol de grues, avec parties en laque noir et rouge. XVIIe siècle.

176 — Inro à cinq compartiments, en laque d'or, décoré en relief de grues accompagnées d'une tortue d'eau. xviiie siècle.

177 — Inro en laque d'or à quatre compartiments; sur chaque face, un médaillon à bord festonné formé par un filet saillant argenté et contenant des scènes familières, avec personnages appliqués en métal. xviiie siècle.

178 — Inro de forme élargie, à trois compartiments, en laque d'or usé, à décor réservé en noir : d'un côté, auprès d'un arbre, une femme en longue robe étendue sur un lit de repos laqué en rouge, et tenant de la main droite un écran au travers duquel on aperçoit son visage et de l'autre un cortège défilant au milieu du brouillard. xviiie siècle.

179 — Inro en laque d'or frotté, à quatre compartiments, décoré à l'encre de Chine délayée; d'un côté, un montreur de singe; de l'autre, un homme et une femme debout sous un arbre. Par Kano Yoshinobou, d'après Mosonobou. xviiie siècle.

180 — Inro en laque brun foncé, dit laque de Pékin, décoré, par application de nacre, d'un côté, d'une branche fleurie de chrysanthème et de papillons; de l'autre, du caractère *Longévité,* sur un fond gravé de quadrillage, entre deux bordures de grecques. Cette pièce est accompagnée d'un netzuké assorti.

181 — Inro en laque d'or, décoré en relief avec applications de métal, d'un paysage où, à l'ombre d'un arbre chargé de fleurs, le dieu de la Longévité surveille deux enfants jouant avec des grues.

182 — Inro à quatre compartiments, en laque d'or mat, à divisions annelées formant saillie et décoré en relief de branchages de prunier en fleurs.

183 — Inro en laque d'or : Shoki, pourchasseur de démons, menace un démon juché sur un arbre dont la figure se reflète dans un ruisseau.

184 — Inro en bois naturel, à fond strié sur lequel se détache en bas-relief, sur chaque face, un personnage grotesque assis et les bras levés.

185 — Inro en métal blanc, décoré en relief d'applications en or, argent et bronze rouge, d'une grue perchée sur un rocher au milieu de nelumbos fleuris émergeant de l'eau. Cette pièce est accompagnée d'un netzuké en ivoire figurant une feuille de nelumbo repliée sur laquelle est posé un crabe. Coulant en argent.

186 — Inro à deux compartiments, quadrangulaire, en laque noir décoré en relief, représentant un bloc d'encre de Chine fracturé ; d'un côté, le dieu de la Longévité assis, tenant un rouleau déployé, et accompagné d'un cerf; de l'autre, une inscription. Le cordon est pourvu d'un coulant de métal ajouré, ciselé et doré. Par Ritsuwo.

187 — Inro en laque ton écaille, à sept compartiments, décoré de paysages en or formant relief. Accompagné d'un netzuké en forme de bouton en ivoire décoré d'applications en nacre, écaille, corail, etc.

188 — Inro à trois compartiments, en laque noir, décoré d'une tige de pois dont les feuilles sont

4

en laque d'or, les fleurs appliquées en nacre et les gousses en ivoire teinté en vert. École de Ritsuwo.

189 — Inro à quatre compartiments, en laque noir, décoré, en or de plusieurs tons, d'un troupeau nombreux de chevaux. xviiie siècle.

190 — Inro à quatre compartiments, en laque de Kamakura sombre et or rougeâtre, décoré, sur chaque face, d'un personnage sur fond de paysage. xve siècle.

191 — Inro à trois compartiments, en laque noir incrusté de nacre : troupeau de chevaux en liberté. xviiie siècle.

192 — Inro à quatre compartiments, de forme allongée, en laque imitant le fer et décoré de libellules volant en laque rouge et or de deux tons.

193 — Boîte à cachet en bois laqué noir, sculpté à jour ; sur chaque face, un panneau contenant des fruits en relief sur fond gravé et laqué rouge. xviie siècle.

194 — Inro en bois naturel, à quatre compartiments vernis, décoré d'applications en laque rouge, nacre, ivoire teinté et verre coloré; d'un côté, un trépied portant une coupe contenant trois pêches de longévité accompagnées de tiges fleuries; de l'autre, un écran et des tiges fleuries. XVIIIe siècle.

195 — Boîte de forme bursaire aplatie, en bois naturel verni, décorée de reliefs imitant le fer et figurant, d'un côté, un instrument de musique; de l'autre, une balustrade accompagnée de feuillages en laque d'or; couvercle plat en bois naturel. XVIIIe siècle.

196 — Inro en ivoire, à quatre compartiments, décoré en relief avec applications de nacre, corail, etc., et parties laquées en noir et or; d'un côté, un éléphant richement caparaçonné; de l'autre, des enfants jouant.

197 — Inro en laque, imitation de shibuitshi, avec partie dorée au revers; sur la face, un guerrier lisant un message, en applications d'or, d'argent, de shakoudo et de bronze rouge. XVIIIe siècle.

GARDES

ANNEAUX ET BOUTS DE SABRES

KOTZUKA ET KOGAÏ

198 — Garde de sabre quadrilobée en shakoudo ajouré de quadrillages. xviiie siècle.

199 — Garde en fer avec incrustations d'or et d'argent : un singe accroupi sur un rocher, au bord d'une rivière, élève une fleur au-dessus de sa tête. xviie siècle.

200 — Garde en sentokou, avec parties gravées et dorées, formée d'un côté par deux têtes de monstres tenant une perle dans leurs gueules accolées ; sur l'autre, une tête de vieillard en bronze rouge enveloppée d'une draperie (Dharma). xviiie siècle.

201 — Garde à angles rentrants en bronze rouge simulant un travail de vannerie, encadré d'un filet en shibuitshi. xviiie siècle.

202 — Garde en fer partiellement laquée, compo-

sée de quatre masques de théâtre entourés de leurs cordons; de chaque côté de l'ouverture, une plaque en shakoudo.

203 — GARDE en bronze bruni, décorée en relief avec applications d'or : un guerrier terrassant un ennemi; au revers, une cascade argentée. XVIIIe siècle.

204 — GARDE en fer, échancrée aux angles, décorée, en relief avec applications d'or et d'argent, de pivoines arborescentes et d'un oiseau. XVIIIe siècle.

205 — GARDE en fer simulant les veines du bois, décorée en relief d'une branche de convolvulus avec applications d'or et d'argent. Fin du XVIIe siècle.

206 — GARDE en shibuitshi; décor en léger relief avec incrustations d'or : deux enfants roulant une boule de neige. XVIIIe siècle.

207 — PETITE GARDE ovale avec échancrure latérale, en shibuitshi, décorée, par application,

d'une branche de pivoine dont la fleur est en bronze rouge et le feuillage en shakoudo.

208 — Garde en fer à haut et bas-reliefs, décorée d'un personnage dont la robe est ornée de rosaces en or incrusté; sur l'un des côtés de l'ouverture, une plaque de shakoudo. XVIIe siècle.

209 — Petite garde ovale en sentokou, décorée en relief d'un rocher sur lequel est accroupi un personnage, Assinaga, l'homme aux longs bras, en bronze rouge, étendant la main vers un crabe d'or voguant sur les flots.

210 — Garde en fer, décorée en relief : sur la face, un personnage en applications d'or et d'argent, monté sur un bœuf en shakoudo à cornes et licou d'or; au revers, un chêne à feuillage d'or. Fin du XVIIe siècle.

211 — Garde en bronze bruni avec parties d'or, décorée en relief d'un dragon volant dans les nuages. XVIIIe siècle.

212 — Garde en fer, décorée d'insectes en applications d'or et d'argent. Fin du XVIIe siècle.

213 — Garde en fer figurant un rocher avec deux chamois, l'un couché dans un renfoncement, l'autre grimpé au sommet; quelques végétations en or appliqué. xviie siècle.

214 — Garde en fer, décorée en relief de plantes fleuries avec parties dorées. xviiie siècle.

215 — Garde en fer, composée de deux dragons en ronde bosse affrontés et tenant une perle entre leurs dents; les yeux sont en or. Fin du xviie siècle.

216 — Garde cruciforme en fer, décorée, par application, de fleurs de chrysanthème en or et en argent, sur les deux faces. xviiie siècle.

217 — Garde en shibuitshi, décorée en relief, sur les deux faces, de saints personnages, dont les auréoles et une partie des attributs sont en or. xviiie siècle.

218 — Garde en fer rugueux frotté d'argent : la lune dans les nuages; au-dessous, une grenouille au bord d'une rivière. xviiie siècle.

219 — GARDE en fer, décorée de dragons volant, en relief. XVIIe siècle.

220 — GARDE en shibuitshi, décorée en relief, avec applications d'or, d'argent et de bronze rouge; sur une face, un dragon dans les nuages au-dessus des flots ; sur l'autre, le bord de la mer avec deux personnages affrontant les éclats de la foudre. XVIIIe siècle.

221 — GARDE en bronze rouge décorée, sur fond pointillé, de fleurettes jetées en applications d'argent et d'or. XVIIIe siècle.

222 — PETITE GARDE ovale en shibuitshi : le disque de la lune, incrusté en argent, et deux corbeaux en shakoudo. XVIIIe siècle.

223 — GARDE en shakoudo à fond pointillé et décor en relief, avec applications d'or et d'argent : un faisan sous un pêcher en fleurs. XVIIIe siècle.

224 — PETITE GARDE ovale en fer incrusté d'or et d'argent : un personnage debout sous un saule et contemplant un crapaud. XVIIIe siècle.

225 — Garde en sentokou, décorée en relief, avec applications d'or et d'argent, de graminées, plantes fleuries, insectes et papillons. XVIIIe siècle.

226 — Garde de forme carrée à angles arrondis, en sentokou, décorée en relief, par application en or, argent, shakoudo et bronze rouge, de deux personnages dont l'un élève une coupe au-dessus de sa tête et l'autre tient une gourde d'où s'échappe un petit cheval. XVIIIe siècle.

227 — Garde quadrilobée en shakoudo, décorée en relief, avec applications d'or, d'argent et de bronze rouge, de deux personnages dont l'un tient un parasol et l'autre un éventail; au revers, un rideau relevé par une cordelière. XVIIIe siècle.

228 — Garde en fer, décorée en relief avec parties en or appliqué : une oie sauvage volant au-dessus d'un cours d'eau. Fin du XVIIe siècle.

229 — Garde à bords festonnés, en fer, décorée de reliefs figurant des nuages au milieu desquels volent des grues en or. XVIIe siècle.

230 — Garde en fer, décorée, en relief, de carpes nageant au milieu d'algues marines. Fin du xviie siècle.

231 — Petite garde en bronze rouge à fond strié, décorée d'une langouste en relief. xviiie siècle.

232 — Garde quadrilobée en fer, décorée en relief, avec applications d'or, d'argent, de shakoudo et de bronze rouge : sur une face, des personnages contemplent un crapaud; sur l'autre, un personnage assis auprès d'une cascade regarde, en l'air, son parasol brisé emporté par le vent. xviie siècle.

233 — Garde en fer, décorée en relief, avec applications d'or, d'argent et de bronze : des grues au bord d'un cours d'eau. Fin du xviie siècle.

234 — Garde en shibuitshi, décorée en relief, avec applications d'or, d'argent et de shakoudo : des canards nageant et des plantes d'eau. xviiie siècle.

235 — Garde en fer incrusté d'or et d'argent, dé-

corée en relief : une troupe de grues, dans les nuages, volant au-dessus du Fousi-Yama. Fin du XVIIe siècle.

236 — GARDE en bronze, décorée en relief, avec applications d'or et de shakoudo : un dragon volant au milieu des nuages. XVIIIe siècle.

237 — GARDE quadrilobée, en fer, décorée en relief, par application d'or et d'argent : des grues parmi des plantes aquatiques. Fin du XVIIe siècle.

238 — GARDE en fer, décorée en relief, par application d'or et d'argent, de deux dragons volant au-dessus des flots de la mer. XVIIIe siècle.

239 — GARDE en fer, décorée en relief, avec applications d'or, de shakoudo et de bronze rouge : un homme portant un singe; au revers, le disque de la lune, en argent, à moitié voilé par des nuages. XVIIIe siècle.

240 — GARDE ovale en fer ajouré : sur un fond de rinceaux, un personnage debout tenant un trident et accompagné d'un tigre et d'un oiseau fantastique. XVIIe siècle.

241 — Garde en fer, décorée en relief de carpes nageant parmi les algues. XVIIe siècle.

242 — Garde en fer, figurant un morceau de bois sur lequel est posée une mouche en relief en partie dorée. XVIIe siècle.

243 — Petite garde ovale en shibuitshi, portant, sur la tranche, deux papillons en relief, appliqués en or, argent et shakoudo. XVIIIe siècle.

244 — Garde en shakoudo, à fond pointillé, décorée en relief, avec applications d'or, d'argent et de bronze rouge : des perdrix au milieu de fleurs et de graminées ; en haut, le disque de la lune. XVIIIe siècle.

245 — Garde en fer ; sur un fond gravé d'alvéoles à moitié effacées, un casque, un sabre, etc., en applications d'or et d'argent. Fin du XVIIe siècle.

246 — Deux gardes quadrilobées, à bords saillants, et fond pointillé en shakoudo, décoré d'un fong-hoang et de fleurs de paulownia en relief, avec applications d'or et d'argent ; sur la tranche, rampent deux dragons d'or. XVIIIe siècle.

247 — Petite garde en shibuitshi, décorée en relief, avec applications d'or et de bronze rouge : un rocher sur lequel est un chamois ; au revers, un homme appuyé sur un fagot. xviiie siècle.

248 — Autre, décorée d'une souris posée sur un chasse-mouches auprès d'un pinceau. xviiie siècle.

249 — Garde en fer noirci, décorée par application d'or et de shakoudo : deux oies sauvages volant au-dessus des plantes aquatiques au travers desquelles se voit le croissant de la lune. xviie siècle.

250 — Petite garde ovale en fer strié, décorée de relief en applications d'or et d'argent : une grue debout dans un ruisseau au milieu de plantes aquatiques. xviiie siècle.

251 — Autre en bronze rouge pointillé : un vol d'oies sauvages en or et shakoudo appliqués. xviiie siècle.

252 — Grande garde quadrilobée en fer martelé,

décorée en relief d'un hibou perché sur un bambou. XVe siècle.

253 — GARDE en fer, décorée en relief d'applications d'or et d'argent : deux oies sauvages et des plantes d'eau. XVIIe siècle.

254 — GARDE à échancrure latérale, figurant un rocher sous lequel est placé un homme tenant dans ses bras un crapaud; quelques applications d'or. XVIIe siècle.

255 — GRANDE GARDE octogonale à bords contournés, en fer, décorée en relief; sur chaque face, un personnage dans un paysage montagneux; quelques incrustations d'or. XVIe siècle.

256 — GARDE en fer, décorée en relief de paysages montagneux; sur la face, un saint personnage à tête nimbée, debout sur un rocher. XVIIe siècle.

257 — PETITE GARDE ovale en argent, à échancrure latérale et bord en saillie formée par une tige de bambou. XVIIIe siècle.

258 — GARDE ovale en bronze, à décor, sur la tranche, de deux dragons et, sur le plat, d'un fong-hoang et de feuillages rehaussés d'or. XVIIIe siècle.

259 — PETITE GARDE en shibuistshi, portant, sur la tranche, une tige de bambou avec feuillage en applications d'or.

260 — GARDE en shibuitshi, décorée en relief, avec applications d'or et d'argent : deux divinités apparaissent sur un nuage portant la foudre ; plusieurs personnages fuient épouvantés. XVIIIe siècle.

261 — GARDE ovale en shakoudo, décorée en relief, avec applications d'or : un dragon volant dans les nuages. XVIIIe siècle.

262 — GARDE ovale à bords contournés, en bronze, décorée en relief, avec applications d'or et d'argent : branchages fleuris ; au-dessus, une libellule dont les yeux sont faits de turquoises. XVIIIe siècle.

263 — GARDE quadrilobée, ajourée, en sentokou,

composée de deux rinceaux et de deux grandes feuilles dentelées, avec leurs pédoncules. XVIIIe siècle.

264 — GARDE ovale en bronze, à deux ouvertures latérales, figurant une grotte ; dans l'ouverture de droite, un personnage debout; quelques parties appliquées en or. XVIIIe siècle.

265 — GARDE en shibuitshi, à décor en relief, qui semble d'inspiration européenne, de grands ramages portant des fleurs et des fruits et parmi lesquels volent des oiseaux et un papillon d'un côté, et où de l'autre se voit un personnage ailé (l'Amour) tenant un arc et une flèche et regardant un singe grimpant dans les branchages. XVIIIe siècle.

266 — GARDE en bronze ajouré, figurant une grotte où se tient un personnage barbu et portant un sabre pendu à sa ceinture ; quelques parties en applications d'or. XVIIIe siècle.

267 — GARDE en fer, décorée d'applications en or figurant des libellules dont on ne voit que la tête et une partie des ailes. XVIIIe siècle.

268 — Garde en shibuitshi, décorée en relief, avec applications d'or, d'argent et de shakoudo : deux grues dans un marais et une troisième volant dans les airs. xviiie siècle.

269 — Garde quadrilobée en shakoudo, à fond pointillé et décor en relief, avec applications d'or et d'argent : des plantes fleuries et des graminées traversées par des nuages (?). xviiie siècle.

270 — Garde en fer, à bords contournés et décor en relief, avec applications d'or : un génie portant la foudre dans un nuage au-dessus des flots de la mer. Fin du xviie siècle.

271 — Garde en bronze ajouré, composée de singes nombreux agglomérés. xviiie siècle.

272 — Garde de forme losangée en fer incrusté d'or et décorée d'une libellule en or appliqué. Fin du xviie siècle.

273 — Garde en fer simulant un morceau de bois veiné, sur lequel courent quelques brindilles de feuillages en or appliqué. xviiie siècle.

274 — GARDE en shakoudo à surface chagrinée, décorée sur chaque face de tiges de chrysanthèmes fleuries en émaux translucides, polychromes, cloisonnées d'or, entourant une palissade. Fin du XVIIIe siècle.

275 — AUTRE analogue. Fin du XVIIIe siècle.

276 — GARDE en fer avec parties incrustées d'or; décor en relief; d'un côté, des tiges de millet dont les grappes de graines sont en bronze rouge; de l'autre, deux perdrix et le disque rayonnant du soleil presque entièrement voilé par des nuages. XVIIIe siècle.

277 — GARDE en fer à décor en relief d'applications d'or et d'argent: une chauve-souris et une araignée tissant sa toile. XVIIIe siècle.

278 — GARDE en shakoudo à fond chagriné et décor en relief, avec applications d'or: un sanglier courant au pied d'un arbre. XVIIIe siècle.

279 — GARDE en fer décorée en relief, avec applications d'or: des fleurs champêtres et des grami-

nées au-dessus desquelles volent des papillons. XVIIIe siècle.

280 — Garde en fer gravée de stries rayonnantes sur lesquelles courent des brindilles de liserons fleuris en applications d'or et d'argent. XVIIe siècle.

281 — Garde en fer décorée en relief, avec applications d'or, d'argent et de cuivre rouge : deux personnages debout près l'un de l'autre. XVIIe siècle.

282 — Garde quadrilobée en fer décorée de paysages montagneux en relief ; de chaque côté du passage de la lame, une ouverture; l'une est rebouchée par une pièce rapportée en or. XVIIe siècle.

283 — Garde quadrilobée à bord saillant, en fer partiellement incrusté de points d'or, et décorée en relief, avec applications d'or et d'argent : deux oiseaux volant au-dessus d'un cours d'eau. Fin du XVIIe siècle.

284 — Garde en shakoudo décorée en relief, avec applications d'or : sur une terrasse bordée d'une riche balustrade, un personnage accroupi près d'une table à écrire relève la tête et contemple, dans un nuage qui descend jusqu'à lui, la tête d'un dragon qui y apparaît ; près de lui, un enfant épouvanté se jette la face contre terre. xviiie siècle.

285 — Garde en fer décorée en relief, avec quelques applications d'or : une oie sauvage volant au-dessus des flots de la mer. xviiie siècle.

286 — Garde en fer décorée en relief, avec incrustations d'or et applications d'argent et de bronze rouge : un personnage barbu, coiffé d'un grand chapeau et tenant un glaive à la main, s'apprête à trancher la tête d'un démon couché à terre. Fin du xviie siècle.

287 — Garde en bronze rouge à fond chagriné, décorée en relief d'applications en or, argent et shakoudo : une tige fleurie de pivoine et un papillon. xviiie siècle.

288 — Garde en fer à décor en relief partiellement

doré; sur chaque face, un démon courant; l'un d'eux porte un sac. XVIIe siècle.

289 — GARDE en bronze à bord saillant orné d'un filet d'or et décor en relief, avec applications d'or, d'argent, de shakoudo et de bronze rouge, de paysages par un temps de pluie; sur une des faces, des personnages s'abritent sous un hangar à toit de chaume. XVIIIe siècle.

290 — GARDE quadrilobée en fer ajouré, bordée d'un filet encadrant un dragon volant dans les nuages et un tigre en ronde bosse. XVIIe siècle.

291 — GARDE en fer ajouré et incrusté d'or, composée de feuilles d'éventails superposées et décorées d'oiseaux, de fleurs, de paysages et de dessins mosaïques. XVIIIe siècle.

292 — GARDE en shakoudo à décor partiellement gravé et en relief, avec applications d'or et de bronze rouge; un pêcheur soulevant au bout du fil de sa ligne une tortue d'eau suspendue. XVIIIe siècle.

293 — Petite garde quadrilobée à échancrure et double face; l'une en fer, l'autre en shibuitshi; sur la première, un rat debout regarde le disque de la lune, sur l'autre, quelques tiges de plantes aquatiques. xviiie siècle.

294 — Petite garde ovale en fer; décor en relief, avec applications d'or, d'argent et de shakoudo: un personnage debout regarde voler un oiseau. xviie siècle.

295 — Garde en fer ajouré, à bords lobés, inscrivant deux dragons en ronde bosse dont les griffes, les yeux, les dents, etc., sont en or. Fin du xviie siècle.

296 — Garde en fer incrusté d'or, bordée d'une grecque et décorée de dragons volant dans les nuages. Fin du xviie siècle.

297 — Garde quadrilobée en fer, décorée en relief, avec applications d'or et d'argent : un paysage montagneux dominant un cours d'eau sur lequel vogue une barque contenant un homme et un enfant. xviie siècle.

298 — Garde quadrilobée, en fer, décorée en relief avec rehauts d'or de trois insectes. Fin du xviie siècle.

299 — Anneau et bout de sabre en bronze, décorés en relief, par application d'or et de shakoudo, d'une libellule. xviiie siècle.

300 — Anneau et bout de sabre en bronze, décorés de fleurs d'or en relief. xviiie siècle.

301 — Anneau et bout de sabre en sentokou décorés en relief; sur le bout de sabre, un personnage tenant une gourde; sur l'anneau, trois chevaux au galop. Commencement du xviiie siècle.

302 — Anneau et bout de sabre en shibuitshi incrusté d'argent et de shakoudo : un corbeau et le disque de la lune. xixe siècle.

303 — Anneau et bout de sabre en fer décorés en relief, sur le bout de sabre, d'une tête de vieillard soutenue par une main; sur l'anneau, un paysage. Fin du xviie siècle.

304 — Anneau et bout de sabre en shakoudo pointillé, sur l'anneau, le haut des branches d'un pin, bande d'or ; sur le bout, un masque avec incrustations d'or et d'argent.

305 — Anneau et bout de sabre en shibuitshi ; sur l'anneau, le haut d'un toit en or et le haut d'un pin, effet de pluie ; sur le bout de sabre, un vieillard s'abritant derrière un parapluie.

306 — Anneau et bout de sabre en shibuitshi ; sur l'anneau, quelques fruits de graminée en or ; sur le bout, une souris rongeant un grain semblable à ceux de l'anneau.

307 — Anneau et bout de sabre décorés d'applications en or, corail, etc., sur l'un, d'une pochette à tabac, sur l'autre, d'un inro. xviiie siècle.

308 — Anneau et bout de sabre en bronze rouge décorés en relief, avec rehauts d'or, de personnages dont l'un ouvre un parasol. xviiie siècle.

309 — Anneau et bout de sabre en shakoudo à fond pointillé, décorés en relief, avec applications

d'or : sur l'un, un oiseau volant; sur l'autre, un singe dans l'excavation d'un rocher couvert de végétation. XVIIIe siècle.

310 — ANNEAU et bout de sabre en fer, décorés en relief, avec applications d'or et d'argent, de personnages portant des attributs. XVIIIe siècle.

311 — ANNEAU et bout de sabre en shakoudo à fond pointillé, décorés en relief, avec applications d'or, d'oiseaux et de tiges fleuries. XVIIIe siècle.

312 — ANNEAU et bout de sabre en bronze, décorés en relief, avec applications d'or et d'argent, de démons accroupis. XVIIIe siècle.

313 — ANNEAU et bout de sabre en sentokou, décorés en relief, avec applications d'or et de shakoudo, d'un martin-pêcheur perché sur des plantes aquatiques. XVIIIe siècle.

314 — ANNEAU et bout de sabre en bronze rouge, avec applications d'argent et d'or, figurant une grue et une oie sauvage volant. XVIIIe siècle.

315 — Anneau et bout de sabre en shibuitshi, décorés en relief, de personnages avec applications d'or et d'argent. xviiie siècle.

316 — Anneau et bout de sabre en même métal et décor analogue. xviie siècle.

317 — Anneau et bout de sabre en shakoudo à fond pointillé et applications d'or de deux tons figurant des feuillages. xviiie siècle.

318 — Anneau et bout de sabre en sentokou, décorés en relief, avec rehauts d'or ; sur l'un, un personnage en buste ; sur l'autre, un cheval dans un paysage. xviiie siècle.

319 — Anneau et bout de sabre, l'un en shakoudo, décoré en relief d'or d'un instrument composé de sept grelots ; l'autre formé par un semé de fleurs de paulownia et de chrysanthèmes stylisés. xviiie siècle.

320 — Anneau et bout de sabre en shibuitshi, décorés en relief, avec applications d'or, shakoudo et bronze rouge ; sur l'un, un personnage à

cheval vu à mi-corps; sur l'autre, un homme montrant le poing. XVIIIe siècle.

321 — ANNEAU et bout de sabre en shakoudo, à fond pointillé, décorés en relief, avec applications d'or et d'argent : des sauterelles sur des graminées. XIXe siècle.

322 — ANNEAU et bout de sabre en shibuitshi, décorés en relief, avec applications d'or et de bronze rouge : un personnage couché tirant une corde à laquelle sont accrochés des herbes et des feuillages. XVIIIe siècle.

323 — DHARMA debout en fer incrusté d'argent et bronze.

324 — MASQUE grotesque en bronze rouge, avec applications d'or pour les yeux et d'argent pour les dents.

325 — KOTZUKA à lame aiguë en shakoudo et manche en fer, décoré de deux personnages en relief, avec applications d'or, d'argent et de bronze rouge.

326 — KOTZUKA à manche en shibuitshi, à décor

ciselé, incrusté d'or : une femme tenant un écran, endormie sous un arbre.

327 — Petit kotzuka à lame à deux tranchants et manche en fer, décoré en relief, avec applications d'or et d'argent : une tige de chrysanthème.

328 — Kogaï en shakoudo doré, à plaque réservée, décorée en relief, avec applications d'or : un loir parmi des pampres.

329 — Kogaï en shibuitshi, à décor ciselé en demi-relief, avec quelques applications d'or : un personnage portant une aiguière et entouré de meubles et vases.

330 — Kogaï en shakoudo, décoré en relief, avec applications et incrustations d'or : un chien de Fô courant.

331 — Kogaï en shakoudo, décoré en relief, avec applications d'or : attributs de l'écrivain.

332 — Manche de kotzuka en shakoudo, décoré de

canards nageant et plantes d'eau en émail translucide polychrome, cloisonné d'or.

333 — Manche en shakoudo, bordé d'un filet saillant, fond pointillé et décor en relief, avec applications d'or : harnachement de cheval.

334 — Manche en shibuitshi, décor gravé et ciselé, avec applications d'or : un homme en buste élevant de la main droite une coupe d'où s'échappe un nuage de fumée.

335 — Manche en shakoudo, à fond pointillé, bordé d'un filet d'or et décoré en relief, avec applications d'or, de loirs courant parmi des pampres; revers doré.

336 — Manche de kotzuka en shakoudo, à extrémité arrondie percée d'un trou losangé, à décor d'incrustations et d'applications d'or et d'argent : un petit dragon enroulé; bordure de grecques.

337 — Manche en shibuitshi, décoré en relief, avec applications d'or et d'argent : un gant et un bâton terminé par une pomme hémisphérique.

338 — MANCHE en shakoudo, bordé d'un filet saillant; décor en relief, avec applications d'or : un pinceau, une écritoire, etc.

339 — MANCHE en shakoudo, bordé d'un filet saillant; décor en relief, avec applications et incrustations d'or : des tigres se défiant.

340 — MANCHE de kotzuka en shibuitshi, à décor gravé, avec applications d'or et d'argent; d'un côté, des graminées; de l'autre, la lune dans les nuages.

341 — MANCHE en shibuitshi, décoré en relief, avec applications d'or : Tshoki debout sous un pin.

342 — MANCHE en sentokou, à décor ciselé : un vieillard portant une tortue sacrée.

343 — MANCHE en shakoudo, à extrémité arrondie, à décor en relief, avec applications d'or et d'argent : des pivoines, un chien de Fô et un papillon.

344 — MANCHE de kotzuka en bronze rouge, dé-

coré d'applications d'or, d'argent et de shakoudo : une oie sauvage et la moitié du disque de la lune.

345 — Manche en shibuitshi, décoré d'une fleur de pivoine en relief, en argent.

346 — Manche en shibuitshi, décoré de quatre personnages, portant des attributs en relief avec applications d'or.

347 — Manche en shibuitshi, décoré en relief, avec applications d'or et d'argent : fût de colonne brisé et renversé, et fragment de pierre portant des inscriptions ; au-dessus, un papillon.

348 — Manche de Kotzuka en shibuitshi, décoré en relief, avec applications et incrustations d'or : deux philosophes debout sous un pin, dont l'un s'appuie sur un bâton, et l'autre déplie un rouleau.

349 — Manche en shakoudo, à fond pointillé, encadré d'un filet saillant; décor en relief, avec applications d'or, d'argent et de bronze rouge :

un personnage couché tenant un livre ouvert devant lui.

350 — Manche en shibuitshi ; décor gravé : le dieu Fokouchokou-Djiou.

351 — Manche en shibuitshi, encadré d'un filet saillant ; décor en relief, avec applications d'or : Dharma.

352 — Manche de kotzuka en shakoudo, figurant un sac noué par un cordon d'or.

353 — Manche en sentokou, à fond pointill et décor en relief, avec applications d'or : un martin-pêcheur, au bord d'un ruisseau, au milieu de plantes d'eau.

354 — Manche en shakoudo, fond pointillé et bordé d'un filet saillant ; décor en relief, avec applications d'or et d'argent : une branche fleurie au-dessus de laquelle vole une libellule.

355 — Manche en shibuitshi, décoré en relief, avec applications d'or : un personnage dansant et tenant un parasol.

356 — Manche de kotzuka en shibuitshi, décoré en relief, avec applications d'or, d'argent et de bronze rouge : deux personnages debout, dont l'un s'appuie sur un balai et l'autre tient un rouleau.

357 — Manche en shakoudo, à fond pointillé portant, appliqué en or, un cheval en relief.

358 — Manche en shibuitshi, à décor gravé, avec incrustations d'argent et de shakoudo : une colombe dont la tête se détache sur le disque de la lune ; en bas, un ruisseau.

359 — Manche en shakoudo, à fond pointillé, décoré, en relief, d'une grue volant, avec applications d'or et d'argent.

360 — Manche de kotzuka en shakoudo, décoré en relief, avec applications d'or et d'argent : deux grues, dont l'une volant au-dessus d'un ruisseau.

361 — Manche en shibuitshi, décoré en relief, avec applications d'or : un personnage porté par un nuage ; au dessous, une table portant une coupe contenant deux pêches de longévité.

362 — MANCHE en shibuitshi, décor ciselé avec applications d'or : un personnage debout, appuyé sur un bâton et regardant un crapaud placé devant lui.

363 — MANCHE de kotzuka en laque noir, décoré en or en relief : un personnage portant une cloche sur son dos.

364 — MANCHE en shibuitshi, décoré en relief, avec applications d'or et d'argent : deux personnages dont l'un tient un éventail, et l'autre, accroupi, porte devant lui un tambourin.

365 — MANCHE en shibuitshi à décor gravé et incrusté d'or : deux libellules volant au-dessus d'un ruisseau.

366 — MANCHE en shibuitshi, décoré, par applications d'or et d'argent, d'une tige fleurie.

367 — PETIT MANCHE de kotzuka en shibuitshi, décoré en relief de fleurettes au-dessus desquelles vole un papillon en or appliqué.

368 — Manche de kotzuka en shibuitshi, décoré en noir : un canard et des plantes d'eau.

369 — Manche en fer décoré en relief, avec applications d'or de deux tons : une libellule.

370 — Manche en shibuitshi, décoré en relief, avec applications de bronze rouge : un serpent et un crapaud.

371 — Manche de kotzuka en shibuitshi : un ruisseau et la moitié du disque de la lune en argent appliqué.

372 — Manche en sentokou, décoré en relief : un personnage chauve, pieds nus, et tenant un chasse-mouches.

373 — Manche en fer à extrémité arrondie percée d'un trou, décoré d'une branche de courges avec feuillages en or et argent appliqué.

374 — Manche de kotzuka en bronze rouge encadré d'un filet saillant et décoré en relief, avec applications d'or et d'argent : Hotei assis dans une draperie et traîné par des enfants.

375 — Trois manches en fer arrondi à l'extrémité et décoré en relief, avec applications d'or et d'argent, d'une sauterelle.

376 — Manche en shibuitshi décoré en léger relief, avec applications d'or : nombreuse réunion d'hommes buvant.

377 — Manche en fer décoré en relief, avec applications d'argent doré : des toits et huttes en chaume ; au-dessus, un nuage sous lequel vole un oiseau ; le revers est argenté.

378 — Manche de kotzuka en shibuitshi, décoré en relief, avec quelques applications d'or : un sennin, personnage debout et nimbé.

379 — Manche en shibuitshi, décoré en relief, avec applications d'or, shakoudo et bronze rouge : quatre diables jouant.

380 — Manche en bronze ciselé, figurant un manche de sabre entouré de sparterie et portant une branche de chrysanthème en applications d'or et d'argent.

381 — Manche en fer ciselé et incrusté d'or, terminé en crosse et décoré, dans un médaillon oblong, de fleurs de paulownia accompagnées de rinceaux.

382 — Manche de kotzuka en shibuitshi, gravé et partiellement doré : un enfant lisant un kakémono qu'il déroule.

383 — Manche en fer décoré en relief, avec applications d'argent : une branche de pêcher en fleur.

384 — Manche en shakoudo arrondi à l'extrémité et percé d'un trou ; décor en relief, avec applications d'or et d'argent : oie sauvage volant au-dessus d'un ruisseau.

385 — Manche en sentokou, décoré en relief, avec applications d'argent : Ho-teï renversé sur un coussin, un enfant couché à ses pieds.

386 — Manche de kotzuka en shibuitshi, décoré en relief, avec applications d'or, argent et bronze rouge : un paysan rapportant des pousses nouvelles de bambou.

387 — MANCHE en fer décoré en relief, avec applications d'or et bronze rouge : deux faisans picorant.

388 — MANCHE en fer décoré en relief, avec applications d'or : une tige de bambou rompue ; au-dessus, une inscription.

389 — MANCHE en fer décoré en relief, avec applications d'or et d'argent ; Djou ro Djin sur le cerf.

390 — MANCHE de kotzuka en fer, gravé d'une figure de Djou ro Djin.

391 — MANCHE en shibuitshi, décoré en relief et applications d'argent et de brouze rouge, sur fond pointillé, d'un piège à oiseaux.

392 — MANCHE en shibuitshi, décoré en relief et applications d'or et d'argent : un oiseau perché sur une branche, au-dessus d'un ruisseau.

393 — MANCHE en shibuitshi, décoré en relief, avec applications d'or : un guerrier debout.

394 — Manche de kotzuka en shibuitshi, décoré en relief, avec applications d'or, d'argent et de bronze rouge, de trois personnages grotesques en buste.

395 — Manche en shakoudo, décoré d'applications d'or, figurant un dragon au milieu de rinceaux.

396 — Manche en shibuitshi, décoré en relief d'un oiseau et de graminées en or et bronze rouge, appliqués.

397 — Manche en shakoudo, décoré d'incrustations d'or et d'argent : un enfant jouant avec un chien.

398 — Manche de kotzuka en shibuitshi, affectant la forme d'une tige de bambou avec deux petites feuilles, appliquées en or.

399 — Manche en sentokou, décoré en relief d'applications d'or de shakoudo et de bronze rouge : une oie sauvage, volant parmi des tiges de roseaux.

400 — Manche en shakoudo à fond pointillé, portant une sauterelle, appliquée en or.

401 — MANCHE en shakoudo, décoré d'un buste de Dharma en relief, avec applications d'or.

402 — PLAQUE de kotzuka en shakoudo, décorée en relief avec applications d'or : six personnages accroupis, en riches vêtements.

403 — PLAQUE en shakoudo, décorée en relief : un bœuf, un tigre et un lièvre poursuivis par un dragon.

BRONZES

ET DIVERS EN MÉTAL

404 — GRAND GROUPE à soubassement contourné, portant un rocher battu par les flots de la mer au milieu desquels nage un dragon aux yeux d'or ; au-dessus s'élève un nuage où s'enroule un autre dragon et d'où s'échappent des flammes entourant le génie de la foudre debout au sommet. — Haut., 1 m. 50 cent.

405 — DEUX FIGURES DE GÉNIES accroupis, partiellement dorés et laqués noir ; l'un porte de la

main gauche une hache ; l'autre élève de la main droite une sonnette, et tient de la gauche un flacon. XVIe siècle.

406 — STATUETTE DE BOUDHA levant le bras droit dans un geste de bénédiction ; il est vêtu d'une longue robe recouverte d'une draperie ; les cheveux sont frisés en petites boucles ; sur le front est incrustée une perle d'argent. XVIe siècle.

407 — STATUETTE DE SAINT PERSONNAGE chauve, debout sur un rocher, les mains jointes à la hauteur de la poitrine et vêtu d'une robe entourée d'une draperie. XVIIe siècle.

408 — VASE aplati à panse surbaissée et col uni, à deux anses formés de têtes de chimères, dessins archaïques. Chine. XVe siècle.

409 — FIGURINE de philosophe assis sur un rocher et tenant de sa main droite un anneau qu'il élève à la hauteur de sa tête ; à ses pieds, un chien couché. Bronze à patine noire. XVe siècle.

410 — PERSONNAGE armé d'une espèce de fau-

cille et portant un grand chapeau suspendu sur son dos, monté sur un buffle en marche dont le licol est rattaché aux naseaux. XVIIe siècle.

411 — Grand chien de Fô courant, la queue relevée. XVIIe siècle.

412 — Paire de vases de forme balustre, à arêtes faisant saillie et coupée par des frises ornées de grecques ; sur le renflement médian ajouré, le paulownia armorial ; col et pied sphériques gravés de branches de chrysanthèmes et de vagues. Socle en bois de fer. Bronze jaune.

413 — Tortue marchant la tête tournée à droite. XVIIe siècle.

414 — Tortue marchant et portant un petit sur son dos. Marque de Seimin.

415 — Crabe. XVIIIe siècle.

416 — Valve de coquille argentée extérieurement et dorée à l'intérieur.

417 — Oiseau volant en bronze rouge partiellement doré.

418 — Crabe à pattes et pinces mobiles.

419 — Grand flambeau de temple à soubassement quadrangulaire à base découpée, portant deux chiens de Fô dressés face à face et élevant de leurs pattes au-dessus de leur tête un chandelier à tige cylindrique autour de laquelle s'enroule un dragon. xvie siècle.

420 — Paire de grands flambeaux de temple à tige en balustre ajourée avec renflement médian plein orné d'un dragon en relief; le pied est en forme de plateau plat à bord relevé et ajouré. xvie siècle.

421 — Flambeau de temple à tige en balustre et trois pieds contournés, s'amorçant à des têtes chimériques. xvie siècle

422 — Grand brule-parfums de forme sphérique surbaissée, à deux anses formées par des têtes de fong-hoangs ; la panse est divisée en quatre parties saillantes à surface plane, décorées de

bas-reliefs représentant des animaux chimériques; couvercle bombé et ajouré, décoré de médaillons contenant des attributs. En dessous, une inscription de douze caractères. Bronze jaune. Sentokou. XVIIe siècle.

423 — Brule-parfums de forme évasée, portant sur le bord deux anses en arcade dressées et supporté par trois têtes d'éléphants reposant sur l'extrémité recourbée de la trompe. En dessous, la date de *Siouen te* (1426-1436). Bronze. Sentokou.

424 — Brule-parfums formé par un animal chimérique à large gueule ouverte et quatre pieds terminés par des griffes; la tête, mobile et jouant sur une charnière, forme le couvercle. Chine. XVIe siècle.

425 — Brule-parfums quadrangulaire à quatre pieds formés par des têtes chimériques, surmonté d'uue galerie ajourée, et couvercle portant un chien de Fô assis, en ronde bosse. Chine. XVIe siècle.

426 — Brule-parfums tripode de forme sphérique

surbaissée, composé de trois éléphants. Bronze jaune. En dessous, la date de Siouen-te. Chine.

427 — Brule-parfums en forme de soulier dont l'extrémité se relève en double volute, et l'ouverture fermée par un couvercle ajouré en shibuitshi. Chine. xviie siècle.

428 — Brule-parfums quadrangulaire de forme évasée à pourtour côtelé et bordure de grecque et dont le pied est formé par un dragon en ronde bosse; couvercle légèrement bombé et ajouré servant de base à un groupe composé du dieu de la littérature. Le corps du dragon est visible en partie dans l'intérieur du couvercle. Signé : Tohun. xviie siècle.

429 — Brule-parfums en forme de boule décorée de cercles entrecroisés en relief; le couvercle portant une petite ouverture en rosace est surmonté d'un chien de Fô debout et courbé en avant. Daté de Siouen-te. Chine. xve siècle.

430 — Brule-parfums hémisphérique à trois lobes, trois pieds formés par des personnages, et deux anses composées de rinceaux dressés; couvercle

plat, ajouré, surmonté d'un chien de Fô assis, la patte posée sur une boule. Chine. xve siècle.

431 — BRULE-PARFUMS de forme évasée à trois pieds et deux anses formées par des têtes d'éléphants; couvercle bombé, ajouré, supportant un éléphant couché sur le dos duquel est assis un personnage. Chine. xvie siècle.

432 — PETIT BRULE-PARFUMS quadrangulaire à quatre pieds et deux anses formées par des masques chimériques; couvercle bombé, ajouré d'ornements rectangulaires et surmonté de deux chiens de Fô jouant. En dessous, la date de Siouen-te. Sentokou. xvie siècle.

433 — BRULE-PARFUMS ovale, à quatre pieds en dents de loup courbes, col à ouverture élargie et deux anses en arcades dressées sur l'épaulement; décor ciselé en relief d'ornements et bordures de grecques. En dessous, une marque à six caractères. Japon. Signé : Seimin.

434 — PETIT BRULE-PARFUMS de forme sphérique, à couvercle conique ajouré et élevé sur trois

pieds terminés en crosse; autour de la panse, des caractères gravés.

435 — Petit brule-parfums de forme turbinée, à deux anses torses portant des anneaux mobiles et petit couvercle plat, ajouré, portant un animal chimérique; le tout est supporté par un dragon, la tête relevée en ronde bosse. Chine. xve siècle.

436 — Brule-parfums en forme de grue perchée sur une patte. Japon. xve siècle.

437 — Autre en forme de canard. Chine. xve siècle.

438 — Autre formé par un canard plus petit. Japon.

439 — Autre formé par un canard, la tête relevée. Japon xviie siècle.

440 — Brule-parfums formé par un canard, à patine maculée d'or, perché sur un rocher. Longue inscription à l'intérieur. Chine. xve siècle.

441 — Autre formé par un fong-hoang debout sur terrasse. Chine. xve siècle.

442 — Brule-parfums formé par un coq debout. Japon. xvie siècle.

443 — Coupe à libations hémisphérique à anse en S et goulot formé par une tête de dragon; au pourtour, huit figurines en relief, dont la tête dépasse le bord et représentant des divinités portant divers attributs. Chine. xve siècle.

444 — Grand vase turbiné de forme élevée, à deux anses latérales soutenant des anneaux et deux autres plus petites placées plus bas sur les faces; décor de frises et dents de loup d'ornements de style archaïque.

445 — Grand vase à corps sphérique surbaissé, piédouche et col cylindrique à ouverture élargie; le piédouche est engagé dans une ouverture cylindrique placée au sommet d'un rocher, entouré de pivoines, battu par les flots de la mer, et peuplé de tortues formant support et élevé lui-même sur un soubassement quadrilatéral à angles arrondis et six petits pieds en console; au pourtour du vase, un dragon, un fong-hoang et des ornements en relief. Japon. xviiie siècle.

446 — Grand vase à corps sphéroïdal surbaissé, piédouche et ouverture très évasée quadrangulaire, se développant sur les côtés en prolongements qui se déroulent en volutes et se rattachent à la panse pour former les anses ; autour de la panse, ceinture à fond gravé d'ornements sur lesquels se détachent des postillages saillants, composés de cercles concentriques et terminés par une perle. Chine. xvie siècle.

447 — Urne à col évasé et deux anses placées sur l'épaulement et formées par des têtes d'animaux chimériques soutenant des anneaux ; sur l'épaulement, six bossages décorés de rosaces en or incrusté ; les yeux des animaux sont également en or. Chine. xve siècle.

448 — Vase bursaire aplati et côtelé, à quatre petits pieds et deux anses composées de trois rinceaux liés ; autour de la panse et du col, bandes d'ornements archaïques ; sur une des faces, un anneau destiné à suspendre le vase.

449 — Vase bursaire à ouverture évasée et deux anses latérales, simulant la vannerie.

450 — Vase à corps turbiné, pied élargi, col évasé et deux anses formées par de grosses mouches; sur l'épaulement, une bande ciselée et gravée d'ornements archaïques, d'où descendent des dents de loup à décor analogue. Bronze à patine brune. Pied en bois de fer. Japon. xvie siècle.

451 — Vase ovoïde, à piédouche, col cylindrique renflé à six lobes autour de l'ouverture et deux anses formées par des manthes religieuses; décor de frises et dents de loup gravées d'ornements archaïques.

452 — Vase à corps sphérique accosté de deux anses formées par des têtes chimériques, piédouche à bande de grecques, accosté de deux petites anses, et col évasé orné de quatre dents de loup montantes à nervure médiane formée par une tige de bambou. Japon. xvie siècle.

453 — Vase quadrangulaire portant sur chaque face une bande perpendiculaire décorée de compartiments losangés contenant des rinceaux. Pied en bois de fer à quatre béquilles. Chine. xvie siècle.

454 — GRAND VASE imitant la vannerie, à corps ovoïde élevé sur trois pieds terminés en volute, ouverture évasée à bord relevé, et anse supérieure torse, très élevée et portant, sur l'un des côtés, une grosse mouche en bronze rouge. Japon. XVIIe siècle.

455 — VASE à corps sphéroïdal surbaissé, piédouche et col évasé à ouverture cylindrique, accosté de deux anses formées par des têtes chimériques et se rattachant aux deux bords d'une bande gravée d'ornements archaïques formant ceinture à la base du col. Chine. XVIe siècle.

456 — VASE quadrangulaire à corps côtelé, piédouche à angles pourvus d'arêtes saillantes et col évasé, à deux anses latérales formées par des têtes chimériques ; décor de fleurs et animaux gravés ; autour de l'ouverture, quatre réserves contenant des grecques en relief. Chine. XVIe siècle.

457 — VASE à corps sphéroïdal et col cylindrique accosté de deux anses formées par des têtes d'éléphant ; sur l'épaulement, les huit Koua de Fou-i ; sur le col, quatre dents de loup dres-

sées, décorées d'ornements archaïques. Japon. XVIe siècle.

458 — VASE hexagone, renflé à la partie inférieure, à deux petites anses formées par des crabes : sur chaque pan, fonds mosaïques variés. En dessous, une inscription gravée. Japon. XVIe siècle.

459 — VASE de forme aplatie, à quatre pieds formés par des poissons et deux anses latérales formées par des serpents tenant une boule entre leurs dents ; décor de bandes à fonds de bâtons rompus et ornements de style archaïque ; sur chaque face une grande dent de loup descendant et portant une inscription. Chine. XVIe siècle.

460 — VASE bursaire quadrangulaire à piédouche et deux petites anses latérales ; décor ciselé d'ornements de style archaïque. Chine. XVIe siècle.

461 — VASE bursaire, à couvercle décoré, au repoussé, de frises et lambrequins d'ornements ; sur le couvercle, une rosace. Japon. XVIIe siècle.

462 — Vase ovoïde à pied élargi, ouverture évasée et deux anses formées par des tiges de bambou, imitation de vannerie ; sur la face, une grosse mouche en relief. Japon. xviiie siècle.

463 — Vase à corps sphéroïdal, col cylindrique légèrement évasé, piédouche et deux anses latérales formées par des têtes chimériques ; autour du col, une bande ciselée d'ornements de style archaïque.

464 — Vase ovoïde à ouverture évasée formée de six chauves-souris en relief, et trois petits pieds courbes, en forme de dents de loup et gravés d'ornements ; autour de la panse s'enroule un dragon déchirant une enveloppe extérieure à travers laquelle apparaissent les flots de la mer. Signé : Tohun. Japon.

465 — Vase à corps ovoïde surbaissé, ouverture évasée et deux petites anses se rattachant à une bande d'ornements gravés placée sur l'épaulement. Japon. xviie siècle.

466 — Vase quadrangulaire losangé, à corps surbaissé, piédouche et col évasé, à décor de

grandes dents de loup montant sur les quatre faces du col et contenant des ornements de style archaïque; sur la panse, des lambrequins à fond quadrillé. Chine. xve siècle.

467 — Petit vase bursaire aplati, à couvercle capsulaire surmonté d'un bouton cylindrique, et anse supérieure en arcade, mobile, se rattachant au col par deux petites têtes chimériques; fer à décor en relief, incrusté d'or, de style archaïque. Chine.

468 — Petit vase à quatre pieds, imitant la vannerie; il est accosté de deux anses formées par des animaux fantastiques à longues cornes. Japon. xve siècle.

469 — Vase à piédouche à panse médiane; col quadrangulaire évasé, deux anses formées de têtes de chimères, ornements archaïques. Chine. xve siècle.

470 — Bouteille à corps sphéroïdal surbaissé, piédouche et col cylindrique coupé en son milieu par un filet saillant et portant autour de

l'ouverture un renflement à six lobes; décor de bandes d'ornements de style archaïque. Chine. XVIe siècle.

471 — Bouteille quadrangulaire à deux anses latérales rectangulaires ; décor de bandes horizontales d'ornements archaïques. Japon. XVIe siècle.

472 — Cornet à pied élargi, orné de filets saillants, ouverture élargie en plateau et deux anses quadrangulaires dont les amorces sont formées par des têtes chimériques. Japon. XVIe siècle.

473 — Deux grands cornets à renflement médian et quatre arêtes saillantes, décorés en relief de médaillons et dents de loup contenant des fleurs de chrysanthème et de paulownia; bordures de grecques. XVIIe siècle.

474 — Cornet à pied élargi et ouverture très évasée, à bords relevés ornés de points saillants dans des cercles concentriques; anses latérales s'amorçant à des têtes chimériques. Chine. XVIe siècle.

475 — Cornet hexagonal à large ouverture lobée,

et renflement médian entouré d'un dragon en relief. Chine. XVIe siècle.

476 — CORNET évasé, arrondi à la base et accosté de deux anses tubulaires rampantes ; avec socle. Japon. XVIIe siècle.

477 — BOUTEILLE à corps sphéroïdal surbaissé, piédouche et col renflé à la partie supérieure et accosté de deux grosses mouches en ronde bosse formant anses. Japon. XVIIe siècle.

478 — BOUTEILLE à corps sphéroïdal surbaissé et col cylindrique, entièrement ajourée de rinceaux fleuris. Chine. XVIe siècle.

479 — AIGUIÈRE de forme persane, à piédouche ajouré, goulot et anse formés par des tiges de bambou et couvercle bombé surmonté d'un bouton ; au pourtour, bande d'ornements mosaïques coupée sur les deux faces par un médaillon en forme de palme contenant des caractères. Chine. XVIe siècle.

480 — VASE à pinceaux cylindrique à fond poin-

tillé, portant deux grosses mouches en ronde bosse; petite anse pourvue d'un anneau de suspension. Japon. XVIIe siècle.

481 — Coupe ovale à bord rentrant et élevée sur quatre pieds formés par de petits monstres debout; à chaque extrémité, une anse formée par une tête chimérique cornue. Chine. XVe siècle.

482 — Petite coupe campanulée en bronze, à patine rougeâtre, décorée de fleurs ornementales en émaux colorés formant relief. L'intérieur est doré.

483 — Coupe élevée formée par une grande feuille de nelumbo sur sa tige; le pied est formé par une autre feuille renversée sur laquelle est posée une grenouille. Japon. Signé : Seimin.

484 — Coupe hémisphérique surbaissée, à quatre pieds formés par divers ustensiles de ménage. Japon. XVIIe siècle.

485 — Coupe hémisphérique surbaissée, à extérieur vermiculé et pied rentrant dans un sup-

port annulaire entouré d'un dragon en ronde bosse. Japon. XVIIe siècle.

486 — Petite jardinière quadrangulaire, à quatre pieds formés par des pommes de pin, et décorée au pourtour de quadrillages simulant la vannerie. Japon. Signé : Tohun.

487 — Chauffe-mains sphéroïdal, à couvercle bombé, percé de trous et d'une ouverture plus large ; décor au repoussé, de rinceaux et fleurs ornementales ; anse supérieure mobile. Bronze rouge. Japon. XVIIe siècle.

488 — Chauffe-mains oblong, à angles arrondis, anse supérieure mobile et couvercle ajouré, de singes entrelacés, à pourtour de grecques. Japon. Signé : Seimin.

489 — Jardinière quadrangulaire légèrement évasée, à quatre petits pieds et pourtour treillissé imitant la vannerie, sur lequel courent des insectes. Japon. Signé : Seimin.

490 — Théière sphéroïdale en fer, à grande surface

rugueuse et quatre pans coupés, décorés d'arbustes et crabes en relief, avec applications d'or et d'argent; anses supérieures mobiles, portant également des crabes en relief; couvercle plat en bronze, décoré de coquilles en argent incrusté. Japon. XVIIe siècle.

491 — Théière cylindrique, à couvercle plat et anse supérieure formée par un dragon à trois griffes; au pourtour, les flots de la mer; sur la partie supérieure plate, des nuages. Japon. XVIIe siècle.

492 — Petit flacon en forme de gourde, à deux renflements, ajourée en métal blanc, suspendu à une chaînette à trois rangs.

493 — Très petite bouteille à corps sphérique en émail cloisonné fond bleu, à rinceaux portant des fleurs de couleurs variées, et petit col en bronze fermé par un bouchon rentrant en argent, dont la partie supérieure est ornée d'une fleur de chrysanthème.

494 — Encrier en forme de gourde, à deux renfle-

ments, dont le pédoncule est fixé à la charnière d'un support ajouré d'une ouverture quadrangulaire.

495 — Petite boîte en forme de feuille d'éve en shakudo, décorée de fleurs de pêcher dorées en relief.

496 — Très petite boîte plate, quadrangulaire, à charnière latérale, fond d'or pointillé, ornée de feuillages et fruits en bas-relief à patine noire et rouge.

497 — Bouton, masque grimaçant, bronze et shibuistshi.

498 — Applique, masque de vieillard à bouche de dimension démesurée.

499 — Petite boîte cylindrique, surbaissée, à couvercle bombé, à partie supérieure plane ; métal blanc décoré d'applications en relief figurant des tortues et des grues en bronze à patines variées.

500 — Étui à pinceaux cylindrique en fer damasquiné de ramages en argent et monture d'argent,

accompagné d'un encrier cylindrique en argent, à couvercle capsulaire dont le dessus légèrement bombé figure une fleur de chrysanthème renversée.

501 — Petit miroir en forme de disque à ouverture centrale et bordures d'ornements archaïques; support élevé et ajouré en bois de fer.

502 — Pipe à opium à tige de bambou et garniture en shibuitshi, décorée en relief de branchage avec feuillage léger et grappes de graines, en or, argent, shakoudo et corail.

503 — Deux petites coupes en forme de feuilles de nelumbo à bords relevés, en shibuitshi et portant, l'une une tortue, et l'autre un crabe et un fruit de nelumbo.

504 — Bout de sabre en forme de langouste.

505 — Coulant de cordon sphéroïdal formé par un groupe de souris.

506 — Plaque en sentokou repoussé, figurant un

sennin accroupi, portant sur sa tête la grenouille légendaire.

507 — Deux plaques rectangulaires en fer à incrustations d'or et d'argent, figurant des paysages montagneux traversés par des cours d'eau. Monture en bois laqué noir.

508 — Plaque d'applique oblongue en bronze noir, décorée d'animaux en relief.

509 — Plaque d'applique oblongue en bronze noir, à relief de fleurs dorées.

510 — Plaque d'applique à contours festonnés, portant en bas-relief une figure en buste de guerrier ; parties dorées.

511 — Petit bronze d'applique. Deux gardiens de temple, le torse nu en bronze rouge, à jupe noire et draperies dorées.

512 — Deux guerriers combattant en bronze à patines variées et parties dorées.

513 — Tigre en bronze noir incrusté de taches annelées en or.

514 — Guenon accompagnée de deux petits, dont l'un doré.

515 — Serpent enroulé. Métal blanc.

516 — Bronze d'applique : fauchard à lame argentée sortant de la gueule d'un dragon.

517 — Arme a feu à monture en bronze rouge, canon noir et batterie dorée.

518 — Vingt-sept petits bronzes d'applique figurant des masques, grues volant, grenouilles, tiges fleuries, rosaces, etc.

BOIS

519 — Le Dieu de la longévité, la tête couverte d'une draperie, accroupi et portant un enfant sur son épaule droite. Figurine en bois sculpté. xviie siècle.

520 — Personnage accroupi sur le dos d'une grenouille à trois pattes monstrueuses, portée sur un balai couché. Socle en bois de fer. XVIIIe siècle.

521 — Groupe composé d'un buffle portant un enfant sur son dos; un autre enfant tient l'animal par une corne. Racine de bambou sculptée. XVIIIe siècle.

522 — Embarcation en racine de bambou formée par un tronc de pêcher, dont les branches chargées de fruits forment une arcade; elle est montée par cinq femmes dont deux sont armées d'avirons et trois portent des vases et corbeilles de fleurs. Support en bois noir figurant les vagues de la mer et porté lui-même sur un socle oblong à pans coupés en bois de fer sculpté, ajouré et incrusté d'ivoire teinté en vert. Chine. XVIIe siècle.

523 — Statuette en bois sculpté, peint et doré. Dieu du vent, un genou à terre, les cheveux flottant au vent, tenant des deux mains une sorte d'outre gonflée, passée sur les épaules et derrière la tête. XVe siècle.

524 — Statuette en bois sculpté, peint et doré Dieu du tonnerre, les cheveux flottant au vent, tenant au-dessus de sa tête une sorte de cerceau interrompu par des tambourins. xve siècle.

525 — Statuette en bois sculpté, peint et laqué. Dharma, vêtu d'une large draperie, assis sur une large stalle et méditant. xve siècle.

— Statuette en bois sculpté et doré partiellement. Boudha assis sur le lotus, dans l'attitude de l'enseignement, l'auréole autour de la tête, la perle de verre au front. Base octogonale à feuillages et rinceaux. xve siècle.

527 — Statuette en bois sculpté, peint et doré. Boudha debout, la perle de verre au front dans l'attitude de l'enseignement ; il repose sur le lotus ; autour de la tête, auréole circulaire. xve siècle.

528 — Statuette en bois sculpté et doré. Boudha assis sur le lotus dans l'attitude de la contem plation, une gloire trilobée ajourée en manière de flammes derrière lui ; base circulaire à feuillages et rinceaux.

529 — Statuette en bois sculpté et doré : Boudha debout enseignant, une gloire en forme de feuille ajourée derrière lui ; il repose sur le lotus.

530 — Deux statuettes en bois sculpté peint et doré : gardiens du ciel debout, l'un souriant, l'autre menaçant. xve siècle.

531 — Quatre statuettes en bois sculpté, peint et doré : gardiens du ciel armés de toutes pièces, une auréole de flammes autour de la tête, foulant aux pieds un démon. xve siècle.

532 — Douze masques en bois peint, laqué et doré.

533 — Pagode quadrangulaire entourée d'un balcon auquel on accède sur chaque face par un escalier à double toiture à angles relevés et surmontés d'une pyramide annelée, en bois sculpté et doré Le soubassement laqué en noir porte une inscription en caractères dorés.

534 — Petite pagode en bois laqué or avec charnières, garnitures et fermeture en cuivre gravé :

elle contient une divinité en bois peint et doré tenant un enfant. XVIe siècle.

535 — Jardinière figurant une section de tronc d'arbre en bois naturel décoré de fleurs et feuillages en relief en laques de couleurs et d'or et céramique appliquée. XVIIIe siècle.

536 — Écuelle circulaire en bois sculpté : feuilles, fruits et insecte peints au naturel et en burgau et ivoire teint rapportés. XVIIIe siècle.

537 — Panneau rectangulaire en bois sculpté en haut-relief, peint et doré : composition de six personnages, dont deux dans l'attitude de la danse. Chine. XIVe siècle.

538 — Grand écran en bois de fer sculpté avec appliations de jade, corail, ivoire et bois représentant d'un côté un paysage au bord de la mer entrecoupé de rochers avec nombreux personnages en jade.

Sur le panneau du bas, applique chauve-souris en jade. De l'autre côté, branche d'arbre fleurie en applications de jade et bois de fer.

OBJETS EN IVOIRE

NETZUKÉS

539 — Groupe : une femme debout en riche costume; devant elle deux hommes, l'un debout, tenant une théière; l'autre accroupi, portant de la main droite un éventail.

540 — Groupe de deux squelettes, dont l'un accroupi tient une tasse, et l'autre debout agite un éventail; près d'eux, une grenouille.

541 — Boîte plate, cylindrique; sur le couvercle une tige de pivoine à fleur de nacre et feuillages d'écaille.

542 — Petite boîte plate cylindrique, décorée, sur le couvercle, d'un personnage en buste.

543 — Étui à pipe, décoré de tiges de roses et de volubilis en bas-relief se détachant sur un fond teinté en brun.

544 — Étui à pipe, décoré à la base, en bas-relief,

d'un enfant jouant d'une sorte de tambourin; au-dessus de lui, une tige de lis gravée et deux papillons en relief.

545 — Groupe composé d'une jeune fille debout en longue robe, les cheveux retombant sur les épaules, et d'un vieillard, accroupi près d'elle, la tirant par une de ses manches et la regardant.

546 — Groupe de trois buveurs de saki.

547 — Groupe composé d'un géant debout, le torse nu, entouré de cinq enfants munis de pinceaux et de pots à couleurs occupés à le badigeonner; l'un est monté sur une échelle, un autre sur un escabeau.

548 — Groupe de quatre hommes armés de longs bâtons et luttant; près de l'un d'eux une femme agenouillée.

549 — Le dieu Ho-téi accroupi, tenant la perle de la main gauche, tirant la langue et portant à un de ses yeux l'index de sa main droite; derrière lui un enfant debout, s'appuyant sur son épaule.

550 — Personnage accroupi sur une section de tronc d'arbre et plongeant la main droite dans un panier plein de riz (?) qu'il tient devant lui.

551 — Squelette agenouillé derrière une tête de mort colossale sur laquelle il s'appuie de la main gauche ; de la droite il tient une fleur de nelumbo en bouton.

552 — Deux personnages dansant, l'un tenant un éventail, l'autre élevant au-dessus de sa tête une sorte de tam-tam sur lequel il frappe d'un bâton qu'il tient de la main droite.

553 — Personnage en longue robe, coiffé d'une large feuille de nelumbo et tenant de la main gauche un marteau; près de lui un diable tenant de la main droite une branche d'arbre à laquelle est suspendue une gourde qui retombe derrière son dos.

554 — Mendiant assis sur une solive; il appuie sa main droite sur l'anse d'un panier placé à côté de lui, et retient de la gauche par un cordon son chapeau pendant derrière son dos.

555 — PERSONNAGE chauve et barbu, debout, vêtu d'une robe à larges manches, tenant à deux mains, devant lui, une gourde par le goulot de laquelle s'échappe un petit cheval.

556 — FRUIT à côtes sur son pédoncule accompagné de deux feuilles ; les deux côtes portant des ouvertures réniformes qui permettent de voir dans l'intérieur deux personnages accroupis en face l'un de l'autre et jouant aux dames.

557 — JEUNE FEMME accroupie tenant un enfant de son bras gauche et surveillant les jeux de deux jeunes filles placées devant elle.

558 — GROUPE de personnages sacrés dans diverses attitudes et portant des attributs, formant cercle autour d'un gros sac placé derrière eux.

558 *bis* — GROUPE de neuf personnages debout : hommes, femmes et enfants.

559 — SINGE accroupi vêtu d'une sorte de veste sans manches ; il porte de la main gauche un fruit à sa bouche, il tient entre ses pieds une pêche.

560 — Vieille femme tenant à deux mains un grand bâton, assise sur une solive; près d'elle, à sa gauche, un panier; à sa droite, un grand chapeau.

561 — Deux enfants jouant; l'un d'eux tient un masque devant sa figure.

562 — Histrion en longue robe, masqué et dansant; il tient de la main gauche un éventail, et, de la main droite, un bouquet de grelots placés à l'extrémité d'une tige.

563 — Personnage grotesque accroupi et tenant une gourde attachée à un cordon et pendant derrière son dos.

564 — Petit fruit ovoïde accompagné de feuillages.

565 — Section d'une tige de bambou sur laquelle est couché un personnage.

566 — Enfant couché sur le ventre et relevant la tête appuyée sur ses deux mains.

567 — Femme debout tenant un enfant de la main droite, et retenant de la gauche un fagot placé sur sa tête.

568 — Personnage agenouillé auprès d'un grand sac le long duquel grimpe une souris ; une autre montre sa tête à un trou pratiqué dans l'étoffe.

569 — Section d'un tronc de bambou, percé d'ouvertures ; par deux d'entre elles se montrent deux personnages, tenant chacun l'extrémité d'un rouleau.

570 — Poisson sur le dos duquel est assis un personnage tenant devant lui un rouleau déployé.

571 — Feuille de nelumbo accompagnée d'un bouton de fleur et sur laquelle s'efforce de se hisser une grenouille.

572 — Masque grotesque louchant, à nez épaté et large bouche dont les lèvres sont teintées en rouge.

573 — Personnage à grande barbe, assis sur un

rocher, et tenant un livre ouvert sur son genou droit; près de lui, un enfant appuyé sur un grand panier.

574 — PERSONNAGE à barbe blanche et crâne chauve démesuré ; il est à quatre pattes et sur son dos chevauche un enfant qui le guide à l'aide d'une draperie lui entourant le front.

575 — DEUX SINGES en buste, s'embrassant.

576 — COQUILLAGE sur lequel rampe un petit génie.

577 — GRELOT aplati, à parois ajourées et poignée supérieure formée par deux têtes de dragon.

578 — LION jouant avec une boule.

579 — BOUTON sphérique aplati, portant un anneau d'argent; sur la face, en bas-relief, un enfant soufflant dans un instrument.

580 — BOUTON de même forme, décoré en bas-relief, sur la face, d'un éléphant accompagné d'un enfant et dont le caparaçon est incrusté de nacre, corail, etc.

581 — Bouton sphérique aplati, à ouverture centrale, garni d'une attache en métal doré; décor en bas-relief, en réserves creusées : une femme debout retenant du pied le licou d'un cheval emporté, teinté en noir; au revers, un personnage renversé.

582 — Bouton quadrilatéral à angles arrondis; sur la face, en bas-relief, dans une réserve creusée, un pêcheur tenant devant lui un poisson monstrueux.

583 — Bouton ajouré portant, sur la face, un personnage incrusté en bronze partiellement doré; au revers, une chauve-souris au milieu de branchages.

584 — Bouton ovale aplati, affectant la forme d'un sac; sur la face, en bas-relief, un personnage assis et tenant un écran.

585 — Bouton enchâssant une plaque de bronze noir, à reliefs partiellement dorés : un diable portant une lanterne au bout d'un bâton et s'appuyant sur une cloche.

586 — Autre : deux mendiants traversant une rivière à gué.

587 — Autre à plaque gravée : un personnage portant un sac et s'abritant sous un parasol auquel est suspendue une lanterne.

588 — Bouton à plaque de bronze, à ouvertures simulées sur lesquelles on aperçoit une tête monstrueuse ; un enfant en relief recule épouvanté.

589 — Bouton à plaque de bronze : un personnage en relief tenant un rouleau déplié ; au fond, une grue gravée.

590 — Bouton à plaque de bronze décorée en relief : un enfant portant un énorme fruit ; à ses pieds, une bouteille renversée.

591 — Bouton à plaque de bronze en relief : deux femmes traversant une rivière à gué.

592 — Autre : un oiseau perché sur une branche fleurie.

593 — Autre à plaque de bronze à reliefs partiellement dorés et argentés : un oiseau et des fleurs dans un encadrement à contours irréguliers.

OBJETS EN BOIS

594 — Personnage grotesque accroupi, la bouche ouverte. Bois.

595 — Personnage assis sur un fagot. Bois.

596 — Coquillage à deux valves, s'ouvrant comme une boîte ; dans l'une, sculpté en haut-relief, un paysage avec deux habitations élevées sur des degrés et contenant des personnages. Bois.

597 — Personnage accroupi en train d'attacher ses sandales. Bois.

598 — Personnage debout, en longue robe, tenant devant lui un linge dans lequel est couché un enfant. Bois.

599 — Personnage accroupi dans un linge noué au-dessus de sa tête. Bois.

600 — Singe accroupi dévorant des pêches. Bois.

601 — Groupe de deux lapins. Bois.

602 — Fruit accompagné de feuillages, s'ouvrant en deux parties jouant sur charnière et contenant deux personnages accroupis de chaque côté d'une table sur laquelle est placé un jeu de dames. Bois.

603 — Masque grimaçant, dont les yeux sont faits en ivoire. Bois.

604 — Masque de diable. Bois.

605 — Masque grotesque laqué en rouge ; le globe des yeux est doré. Bois.

606 — Sorte de seau quadrangulaire renversé sur lequel est perché un crapaud. Bois.

607 — Sandale en vannerie portant un crapaud. Bois.

608 — Personnage debout, à moitié nu, portant en bandoulière une sorte de panier suspendu à son

côté droit ; il élève à la hauteur de l'œil sa main gauche tenant un œuf (en ivoire), pour le mirer sans doute. Bois.

609 — Personnage chauve accroupi. La tête est en ivoire. Bois.

610 — Rocher sur lequel grimpe une tortue. Bois.

611 — Masque de femme placé au fond d'une sorte de coupe hémisphérique à stries rayonnantes, portant une fêlure simulée, avec attaches en ivoire teinté en vert. Bois.

612 — Personnage grotesque accroupi, retenant par une patte une grenouille grimpée sur son épaule. Bois.

613 — Bouton en bois noir incrusté d'une plaque de bronze à incrustations d'or et d'argent : le disque de la lune au-dessus d'un nuage avec trois oiseaux volant.

614 — Autre à plaque de bronze à reliefs : deux hommes portant, l'un, un parasol ; l'autre, divers ustensiles.

615 — Netzuké en forme de boîte quadrangulaire en laque d'or, portant sur le plat du couvercle un masque en laque noir; ce couvercle en se soulevant montre l'intérieur d'une habitation avec de petits personnages en ronde bosse.

616 — Masque grotesque en bronze, la figure enveloppée d'un linge noué sur la joue gauche, argenté et maculé de noir.

617 — Masque grotesque.

JADES

618 — Deux petites coupes hexagones, lobées, à deux anses latérales, décorées, sur chaque pan, d'une inscription en relief; bordure de grecques. En dessous, une inscription de deux caractères; couvercle en argent, bombé et ajouré, surmonté d'un bouton de jade. Jade blanc grisâtre. Pied en bois de fer.

619 — Vase de forme aplatie, à corps ovoïde, piédouche et col s'évasant à l'ouverture et accosté

de deux anses latérales soutenant des anneaux; aux angles et sur les deux faces, des arêtes saillantes; décor en relief d'ornements de style archaïque. Jade blanc grisâtre. Pied en bois de fer.

620 — Petit vase triangulaire, à trois pieds, à six lobes; décor de bandes horizontales en léger relief, portant des ornements de style archaïque. Couverture ajourée en bronze. Jade blanc.

621 — Vase quadrangulaire aplati, à piédouche; sur un côté, un dragon en ronde bosse rampant, dont la tête dépasse l'ouverture, et dont la queue se contourne sur l'une des faces décorée de nuages en relief; à l'angle opposé, un bananier en relief; jade gris. Pied en bois de fer sculpté.

622 — Boîte cylindrique en bois de fer portant, sur le couvercle, une rosace ajourée en jade gris.

623 — Petit tabernacle en forme de pagode hexagonale, à parois en jade gris, ajouré de bâtons rompus; elle est posée sur un soubassement en

bois de fer sculpté pourvu d'une balustrade ajourée en émail cloisonné et couronnée par un toit à double évolution, à six pans et arêtes saillantes, terminé par une pointe en bronze ciselé et doré.

624 — Petit vase en pierre, à deux couches : l'une d'agate blanche, formant une tête de cerf accosté d'une grue et de chauves-souris ; l'autre, de cornaline, figurant une branche de pêcher chargé de fruits.

TISSUS ET BRODERIES

625 — Devant d'autel en popeline de soie tissée or, décoré d'un faisan et de fleurs.

626 — Devant d'autel de forme triangulaire, en popeline soie et or, avec trois personnages bouddhiques. Japon.

627 — Grand panneau quadrangulaire en soie rouge, brodé en couleurs et or ; à la base, plusieurs personnages accompagnant un empereur placé au devant d'un portique et entouré de di-

gnitaires ; au-dessus, deux enfants portés par des fong-hoangs, des oiseaux, des papillons et des fleurs. Chine.

628 — Foukousa en velours bleu ciselé, à trois philosophes. Japon.

629 — Tapis de table en satin blanc, présentant en soies de couleurs des instruments de musique. Japon.

630 — Tenture en soie brodée et brochée en couleurs et métal : elle présente sur un fond orné de motifs géométriques six médaillons circulaires contenant chacun des oiseaux affrontés avec quatre cigognes au centre. Japon. XVIIe siècle.

631 — Tenture en soie brochée, présentant des caractères bouddhiques séparés par des bandes de soie appliquées à motifs réguliers. Japon.

632 — Sac en soie orangée ornée en soie de couleurs de feuillages et de motifs géométriques. Japon.

633 — Sac en soie bleue brodée en couleurs : feuilles et oiseaux. Japon.

634 — Porte-feuilles en broderies de soies de couleurs, à fleurs et feuilles sur fond gros bleu. Japon.

635 — Petit coussin circulaire en satin bleu broché en couleurs : papillons. Japon.

636 — Sac en satin bleu clair orné de branches fleuries en soies de couleurs. Japon.

637 — Tunique en tapisserie, à grands ramages en couleurs et métal sur fond gris bleu.

638 — Robe en satin doré, présentant en soies de couleurs des médaillons de formes variées en application de soie blanche contenant des fleurs et oiseaux.

639 — Tunique en soie gros bleu, brochée de ramages fleuris de couleurs. Japon.

640 — Robe en satin de Chine, présentant en soies

de couleurs, sur fonds orangé et bleu, des fruits, des chauves-souris et des motifs simulant les flots de la mer. Chine.

KAKÉMONOS

641 — Deux grues sur une branche de pin. Aquarelle sur soie, par Keibun. xviiie siècle.

642 — Palais dans un paysage montagneux. Aquarelle sur soie. xixe siècle.

643-644 — Deux kakémonos : Kanzan et Jittokou, deux philosophes bouddhiques. Croquis à l'encre de Chine sur papier.

645 — Oie sauvage endormie. Encre de Chine sur soie.

646 — Entrée d'un village. Paysage vaporeux. Esquisse à l'encre de Chine sur soie.

647 — Fauvette sur une branche de prunier fleuri. Aquarelle sur soie. xviiie siècle.

648 — Deux kakémonos : Noble japonais près d'une terrasse de son palais; un Samouraï assiste à une scène d'intérieur dont les assistants sont seulement indiqués par l'extrémité de leurs vêtements. Aquarelles sur soie. Par Yosaï. xixe siècle.

649 — Un Oiseau de proie, sur une branche de pin, s'apprête à fondre sur une proie. Aquarelle sur papier.

650 — Deux moineaux posés sur de jeunes branches d'un bambou. Encre de Chine sur soie.

651 — Porteur dans une rue proche un parc où devisent deux personnages. Le premier porteur est coupé par l'encadrement. Aquarelle sur soie. Par Yosaï.

652 — Corbeau sur un rocher. École de Kano. Encre de Chine sur papier.

653 — Tigre sur un rocher. Aquarelle sur soie. Signé : Gankou. xviiie siècle.

654 — Corbeau sur une branche chargée de grenades. Encre de Chine sur soies.

655 — Trois cailles dans un champ. Encre de Chine sur papier. École de Kano. xvie siècle.

656 — Grue blanche et martin-pêcheur et pivoines. Aquarelle sur soie. École de Namping.

657 — Singe sur un rocher près d'une cascade. Encre de Chine sur papier. Par Sosen. xviiie siècle.

658 — Tigre. Croquis à l'encre de Chine. xvie siècle.

659 — Scène mystique. Encre de Chine sur papier. Par Saurakou. xvie siècle.

660 — Paysage maritime. Aquarelle sur soie. Par Hokusaï.

661 — Cavalier dans la neige. Encre de Chine sur papier. Signé : San Rakoa.

662 — Deux kakémonos : Groupe de cigognes. Deux cigognes. Aquarelles chinoises sur papier.

663 — Scène populaire. École de Kioto. Aquarelle sur papier.

664 — Grue sur une branche; effet d'hiver. Encre de Chine sur papier. XVIe siècle.

665 — Deux panneaux : Corbeau sur une branche de pin. Corbeau sur une branche de prunier près d'un bananier. Peintures chinoises sur soie. XVIIe siècle.

666 — Deux panneaux. Canard s'abattant sur les roseaux. Deux canards dans l'eau. Peintures chinoises sur soie. XVIIe siècle.

667 — Paysages avec de nombreux groupes occupés à des travaux de récolte. Makimono. Aquarelle sur papier. Attribué à Mormobon.

OBJETS DIVERS

668 — Deux théières en argent, à corps ovoïde et anse supérieure mobile, l'une à couvercle plat pourvu d'un anneau, l'autre à couvercle bombé et décoré de grecques en relief.

669 — Grand vase ovoïde quadrangulaire, à piédouche, deux anses latérales, col et couvercle pyramidal tronqué surmonté d'un bouton ; émail cloisonné fond bleu turquoise, décoré de frises superposées d'ornements style archaïque ; sur l'épaulement, des rosaces en bronze ciselé et doré formant relief. Chine. Pied en bois de fer sculpté et incrusté d'argent.

670 — Petite bouteille piriforme fond bleu turquoise, décorée en couleurs de rinceaux fleuris portant des fleurs et des feuilles de chrysanthèmes. Émail cloisonné. Chine.

671 — Deux armures complètes en bois laqué noir, étoffe et mailles.

672 — Sabre légèrement courbe à poignée de peau

de requin garnie de petits bas-reliefs appliqués en bronze : armoiries aux trois feuilles de mauve et oiseaux ; garde en bronze ornée de feuillages ; lame d'acier gravé ; fourreau de bois laqué noir aux trois feuilles de mauve, garni de bronze.

673 — Sabre légèrement courbe à poignée de peau de requin recouverte d'une étoffe ajourée laissant voir un petit sceptre en fer rapporté ; divinité sur le pommeau ; garde en fer ; fourreau de bois laqué noir à décor rouge avec kotzuka à manche de métal orné d'une lance.

674 — Sabre légèrement courbe à poignée de peau de requin avec oiseaux rapportés en métal ; fourreau en bois laqué noir accompagné d'un kotzuka et d'un kogaï à manches de métal noir ornés d'oiseaux en bronze.

675 — Cabinet rectangulaire en laque rouge ciselée de Péking, rehaussé de noir et décoré de fruits, fleurs et oiseaux ; il ferme à deux portes qui recouvrent six tiroirs et sont placés au-dessus de quatre autres tiroirs ; anneaux de tirage et fermeture en cuivre gravé.

676 — Table-support à quatre pieds en bois incrusté de filets de bois clair avec ceinture ajourée à rinceaux. Travail de Ning-Pô.

677 — Petite table basse oblongue en bois sculpté, ajouré et incrusté de burgau ; la ceinture est formée de branches de ling-tchi ; dessus en marbre gris veiné de noir. Tonking,

678 — Support à trois places en bois orné de gardes de sabres simulées en léger relief en bois laqué et ivoire. Japon.

679 — Support hexagonal en bois naturel, décoré d'oiseaux et de branches fleuries laquées en couleurs. Japon.

680 — Guéridon ovale sur deux pieds reliés par une tablette en laque rouge ciselée de Péking, rehaussé de vert à décor de feuillages.

681 — Console-applique en bois naturel sculpté, formée d'une statuette de Génie malfaisant ramassé sur lui-même et soutenant la tablette.

682 — Écran légèrement cintré en bois naturel, présentant sur une face un sennin en laque sculpté flottant sur une branche de bambou, et sur l'autre des attributs divers. Japon.

683 — Écran de table avec deux panneaux latéraux se reliant, en bois laqué à décor de branches fleuries et oiseaux. Japon.

684 — Monture d'écran de table, en bois sculpté et ajouré à rinceaux : deux plaques de jade gris ajouré, présentant des animaux fantastiques et des caractères d'écriture, y sont suspendues. Chine.

685 — Paravent à six feuilles, à monture de bois laqué noir et à feuilles en papier ornées de fleurs en couleurs sur fond doré. Signé : Hoïtsu.

686 — Tableau rectangulaire, en bois naturel avec applications d'ivoire, de burgau, etc., et parties laquées or : personnage jouant de la flûte devant la porte d'une habitation d'où sort une femme tenant un flambeau. Japon.

687 — Panneau rectangulaire en hauteur, en bois

laqué noir avec poignée de cuivre : il présente un vase en bronze garni de fleurs laque, couleurs en relief avec incrustations de burgau, d'ivoire, de nacre et émaux cloisonnés. Japon.

688 — Petit panneau rectangulaire, en bois naturel, décoré d'un casque et d'un sabre, en laque de couleurs en relief avec incrustations de nacre. Japon.

689 — Panneau bois naturel, décoré de laque en haut-relief d'un personnage endormi devant un écran ; dans le haut, le croissant de la lune. Travail en laque et ivoire. Signé : Ritouwo.

690 — Même panneau que le précédent, de coquillages répandus à terre ou contenus dans un panier ; dans le haut, deux palais en laque rehaussés de nacre et d'ivoire. Par le même.

691 — Panneau rectangulaire en largeur, à fond laqué mordoré avec incrustations en porcelaine décorée en bleu sous couverte et représentant, dans un paysage rocheux, un personnage debout et, tenant au bout d'une corde, un poisson qu'il présente à une grenouille placée devant lui. Encadrement en bois noir.

692 — Tabouret circulaire à bords lobés en laque rouge ciselé de Péking ; le siège, décoré d'oiseaux et de fleurs, est supporté par quatre pieds en volutes reposant sur une tablette lobée.

693 — Petit plateau hexagonal en laque rouge ciselé de Péking, présentant au fond un fong-hoang.

694 — Deux vitrines debout, par Dromard.

695 — Vitrine table.

RED. :

16

MIRE ISO N° 1
NF Z 43-007
AFNOR
Cedex 7 - 92080 PARIS-LA-DÉFENSE

graphicom
379.88.70

www.ingramcontent.com/pod-product-compliance
Ingram Content Group UK Ltd.
Pitfield, Milton Keynes, MK11 3LW, UK
UKHW021155260726
13994UKWH00001B/483

9 782329 320168

Él me encontró

Lo que hicieron en secreto

Brenda Ramos

ISBN: 979-8-9954336-3-7
LCCN: 2026908403

Esta es una obra de no ficción. Los eventos son verdaderos según el mejor recuerdo de la autora. Los nombres y detalles identificativos pueden haber sido modificados para proteger la privacidad de los individuos.

Para permisos o consultas, puede comunicarse con la autora al hefoundmebr@gmail.com

Impreso en los Estados Unidos de América

Dedicatoria

A mi niña interior, la pequeña que fue descuidada y abusada. No solo sobreviviste, sino también. ¡Lo lograste! Escribiste el libro, y ahora tu voz está siendo escuchada.

A mi familia, aquellos que quedaron atrapados en una caja de secretos y fueron sacrificados en nombre del silencio.

A todas las víctimas y sobrevivientes que aún luchan por liberarse, esta es mi manera de unir mi voz a la tuya, para que juntas se escuchen con más fuerza.

A mis hijas, hijos, nietos y generaciones por venir. Ustedes son la razón por la cual encontré el valor para romper el silencio.

Tabla de contenido

Advertencia de contenido

Este libro contiene relatos personales de trauma infantil, incluyendo negligencia y abuso sexual. Algunas escenas incluyen descripciones gráficas y detalladas del abuso y sus consecuencias. Estos temas pueden resultar desencadenantes para algunos lectores.

Por favor, cuida de tu bienestar emocional mientras lees. Está bien tomar pausas, detenerte o saltar secciones. No estás solo: el apoyo, la sanación y la restauración son posibles.

Si tú o alguien que conoces está pasando por una situación difícil, considera buscar ayuda:

Estados Unidos

Línea Nacional de Asalto Sexual 1-800-656-HOPE (4673)
Gratuita, confidencial, disponible 24/7

www.RAINN.org

Línea 988 de Prevención del Suicidio y Crisis: Llama o envía un mensaje de texto al 988

Disponible 24/7 para angustia emocional, pensamientos suicidas o crisis.

Cerrando mis ojos

1

Entonces yo me volví y observé todas las opresiones
que se cometen bajo el sol: Y vi las lágrimas de los
oprimidos, y no tenían quien los consolara;
En manos de sus opresores estaba el poder
y no tenían quien los consolara.

Eclesiastés 4:1 NBL

Nací el veintisiete de agosto de mil novecientos setenta y nueve. Justo dos días antes de que el huracán David se convirtiera en un huracán de categoría cinco y amenazara con visitar la isla de Puerto Rico. Como cualquier otro recién nacido, automáticamente encontré un lugar en la vida de mi madre al convertirme en su sexto hijo y su quinta hija. También soy la primera hija de su segundo matrimonio. Debió de ser un momento terrible para nacer, con todos preparándose para un huracán tan poderoso. Aunque la tormenta pasó justo al sur de la isla, trajo vientos fuertes, lluvias intensas, inundaciones y varias muertes en Puerto Rico. Cuando un bebé llega en medio del caos, por lo general hay una historia que contar. Todos deben adaptarse a situaciones difíciles, y eso me incluye a mí.

Ocurrió que cuando mi papá quería un café, yo quería que me alimentaran. Terminamos en una competencia, cada uno gritando más fuerte para obtener lo que necesitábamos. Mi mamá, nerviosa y abrumada, se derramó el café caliente encima mientras intentaba atendernos a los dos. La quemadura dejó una cicatriz en su cuerpo y una marca en mi historia. Esa es la historia de mi nacimiento. Me la sé de memoria. Pero debe haber algo más en mi historia; esto no puede ser todo.

Cuando la mujer está por dar a luz, tiene aflicción, porque ha llegado su hora; pero cuando da a luz al niño, ya no se acuerda de la angustia, por la alegría de que un niño haya nacido. —Juan 16:21 NBL

Al menos eso es lo que me gusta pensar, así que le pido a mi hermana que me cuente sobre el día en que nací. Estoy esperando ese momento en que finalmente me digan la parte en la que estaban felices y emocionados por conocerme. Pero nadie parece recordar esos detalles de mi nacimiento.

Mi madre tenía cinco hijos de su primer matrimonio. Emilia, la mayor, seguida por Aida, Mara, William y Tanairi. Un día, el padre de ellos llegó temprano del trabajo y encontró a nuestra madre con mi padre. Poco después, se divorció de él y se casó con mi papá. Emilia es quien más me cuenta esta historia. Nunca olvida agregar: "Por tu culpa, mis padres no pudieron volver juntos."

Mi padre era alcohólico. Y así como mi madre lo eligió a él por encima de su primer esposo, mi padre eligió el alcohol por encima de su nueva familia. Se divorciaron cuando yo tenía dos años. En ese caso, no puedo culpar a mis hermanas por guardar rencor contra mi papá. Ellas se convirtieron en el sacrificio de un romance que no duró. Cada persona en mi familia parece guardar un pequeño fragmento del comienzo de mi historia, cada una con su perspectiva y su verdad. Pero lo que sí he sentido con claridad a lo largo de los años es su resentimiento. Hasta ahora, nadie ha dicho nada bonito sobre mi llegada. Al contrario, me convertí en un estorbo.

Ser una mujer divorciada con hijos siempre ha sido una tarea difícil. Es complicado asumir el papel de madre y padre al mismo tiempo, especialmente sin apoyo. Mi madre buscó maneras de superar los obstáculos y callar a los muchos que la criticaban. Un paso que dio hacia una vida mejor fue entregar su corazón a Jesús. Con la esperanza de encontrar paz, se convirtió en cristiana y, para agradar a Dios, o al menos eso creía, aceptó seguir una larga lista de reglas. Una de ellas fue cambiar su manera de vestir. Dejó de usar pantalones, maquillaje y joyas. Pero, aun después de todo eso, la vida no se volvió más fácil. Las pruebas seguían empujándola al límite. En su búsqueda por el amor de Dios, terminó sepultada bajo las leyes de hombres.

Anhelando la aceptación de Dios, fue juzgada por personas religiosas. Para ella, la religión se convirtió en otro conjunto de cadenas, en lugar de la paz y libertad que había esperado encontrar.

Vivíamos en Dorado, Puerto Rico. Era un día caluroso y soleado cuando mamá nos llevó a los seis a la playa. Jugamos en el agua, disfrutamos de la brisa y construimos castillos de arena juntos. Se sentía como un momento feliz, compartiendo en familia. Entonces, de repente, justo allí, sobre la arena, un grupo de hombres de la iglesia se cruzó en nuestro camino. Miraron a mi madre y comenzaron a gritarle, señalándonos: "¡Se van a ir al infierno, hijos del diablo!" Todo porque ella llevaba puestos unos pantalones cortos. No era un traje de baño ni algo provocativo, solo pantalones y no el "uniforme cristiano", que consistía en una blusa y falda larga.

Mientras nos maldecían y humillaban, uno de los hombres pisoteó nuestro castillo de arena. Lo que habíamos construido con tiempo, esfuerzo y gozo fue destruido en segundos. En ese momento, nuestra familia se sintió frágil, hecha de porcelana. Como un jarrón que cae al suelo, nos hicimos pedazos. Aquel castillo de arena se convirtió en un símbolo vivo de nuestro hogar: algo bueno que intentamos construir, solo para verlo aplastado por los pies de alguien que afirmaba representar a Dios. Ese día, mi mamá dejó de ir a la iglesia, y la religión se convirtió en una cicatriz en mi familia. El adversario entonces aprovechó la oportunidad y fortaleció los lazos espirituales.

No tengo recuerdos de ese día. Pero es una de esas historias que Aida siempre me cuenta cuando está teniendo un día difícil. Ella cree que Dios castiga a las personas cuando se alejan de Él. Por lo tanto, según ella, Dios nos está castigando.

Siento que algo en mí está cambiando. He estado dormida, y ahora es tiempo de despertar. ¿Puedo tener unos minutos más? Solo un poco más antes de abrir los ojos y empezar a vivir con conciencia. No estoy lista para despertar. Es muy temprano; no estoy lista.

Según abro los ojos, me pongo mi ropa nueva: una camisa polo roja con una falda plisada azul marino. Este será mi uniforme. Por primera vez, iré a la escuela. Me emociono, doy saltos por la casa, feliz y llena de energía. Entonces la escucho gritar: Quítate el uniforme y vete a tu cuarto. ¡Prefiero no verte! Oh, no, es mi mamá gritando. Debe estar enojada. Mejor corro y me escondo de ella. Necesito cerrar los ojos; no es seguro.

Ma', ¡mira! Sé amarrarme los zapatos. Espera, ya los había amarrado antes. Mami, ¿me enseñas a amarrarme los zapatos? Pregúntale a una de tus hermanas. Yo no soy tu maestra, me responde. Me siento triste. Solo quería que se sintiera orgullosa de mí. Estoy segura de que Tanairi me enseñará, y lo hace. Lo intento de nuevo y se lo muestro a mamá, pero ni siquiera me mira. Su rostro está vacío, sin expresión alguna. Estoy decepcionada. Esta no es la reacción que esperaba. Pero está bien; siempre está ocupada como para prestarme atención.

Mamá, ¿me das un abrazo? pedí en voz suave y delicada. Mientras camino hacia ella, me empuja. Deja de ser tan pegajosa y ya madura, tienes cinco años, me dice. No puedo contener mis lágrimas. Corro escaleras arriba y me encierro en el cuarto antes de que se enoje.

Aida, ¿por qué, mami, no me quiere? Pregunté entre lágrimas. Así es, mami. Deja de darle abrazos y besos, me responde.

En la escuela, trabajamos en un proyecto familiar. Tenía que completar las preguntas, llenando el blanco. ¿Cuáles son los nombres de mis padres? ¿Dónde trabajan? ¿Quiénes viven en mi casa?

¿Tengo papá?, pregunté inocentemente. Sí, Brenda, respondió mi maestra, todos los niños tienen. Sentí vergüenza por preguntar.

En casa dije: Mami, la maestra quiere saber quién es mi papá. Ella dijo que todos los niños tienen uno, así que yo también debo tenerlo. Estuve preguntando todo el día, y ella seguía evitándome. Hasta que se molestó y finalmente respondió mis preguntas. Se suponía que debía llenar los espacios en blanco y descubrir quién soy. En cambio, me sentí humillada y rechazada por las respuestas de mi mamá.

Brenda, tú naciste por casualidad, por error. Eso es lo que eres. Dile a tu maestra que tu papá no es nadie. Un alcohólico. Se llama "Borrachón". Ahí tienes, eso es todo sobre tu padre, me contestó. Y aquí estoy en la escuela, y la maestra me grita porque le dije a toda la clase que el nombre de mi papá es Borrachón.

Esto despertó una especie de curiosidad en mí. ¿De veras tengo un papá? Tal vez mi mamá está mintiendo sobre quién es. ¿Por qué dejó a su esposo por él, si él no vale la pena?

Pasaron los meses, y seguía tratando de capturar pedacitos de vida que pudiera entender. Cosas pequeñas que aprendía en la escuela y notaba en casa. La mayoría de mis días parecían desvanecerse según pasaban. Al cerrar mis ojos, no sabía lo que ocurría a mi alrededor, y tampoco sentía nada. Pero cuando tengo los ojos abiertos, lo grabo todo. Cada detalle queda grabado dentro de mi memoria.

De vez en cuando, Emilia viene de visita con su esposo e hijos. A mi mamá le agrada él, porque trabaja y tiene carro. Él nos lleva a su casa en Dorado, Puerto Rico. Había una ventanita con vistas al mar. Podía ver las olas ir y venir, chocando contra la orilla. Como si bailaran al ritmo de una canción. Eddy se paraba detrás de mí, tan cerca que podía oír su respiración. Preferiría no grabar eso. En su lugar, me concentraba en las olas. Las miraba fijamente, como si pudiera hacer que hablaran más fuerte que cualquier otra cosa. Al principio parecían tranquilas, pero luego se tornaban bravas y agitadas. Chocando violentamente contra la orilla, solo para retroceder con miedo. Al igual que ellas, yo retrocedía y cerraba los ojos.

Usualmente, vamos a la playa y pasamos el día allí. Pero a veces, mamá va a otro lugar a pescar con Eddy y sus amigos. Por alguna razón, siempre la sigo. Tal vez solo soy la bebé de la casa. Mamá se detiene en medio del monte y hace cosas malas con los amigos de Eddy. Yo doy la vuelta y miro hacia otro lado, fingiendo que no escucho ni veo. Pero sé que está mal. Ellos beben alcohol y se burlan del esfuerzo de mi mamá por entretenerlos. Mientras tanto, yo me siento en silencio sobre una piedra, mirando el agua. Hundida en mis emociones, esperando que alguien me pesque fuera de esta familia.

Cuando Emilia nos visita en Cataño, Puerto Rico. Yo me escondo de Eddy. No me gusta cuando me encuentra y toca mis partes privadas. Se ríe como si fuera un juego: ¡Listo o no, aquí voy! Finge no verme y luego grita: ¡Te encontré! Él sabe cómo a mamá le gusta castigarnos con su silencio. Nunca nos escucha y siempre elige a los hombres antes que a nosotras. Él conoce a mi familia, nuestros secretos y travesuras. También sabe mis escondites y siempre me encuentra. Excepto cuando soy rápida y logro esconderme debajo de una cama. Entonces no puede tocarme. Aquí, debajo de la cama, estoy a salvo.

Aida tiene novio. Él ha estado visitando desde hace unas semanas. Ah, ahí viene otra vez. Corrí al cuarto y le dije a Aida que su novio había llegado. Ella no dice nada. Solo se quedó callada y luego empezó a llorar. Resulta que Pin no viene a ver a Aida; viene a ver a mamá. Ahora Pin está saliendo con mi madre.

Viene casi todas las noches. Beben alcohol y escuchan boleros. Ese es el tipo de música que escuchan los mayores. La música de bolero significa que la noche será larga y mamá tendrá un amigo invitado. Sabemos las reglas. No podemos bajar a interrumpir porque seremos castigadas. Nosotras nos escondemos, en silencio, en los dormitorios. Si mi mamá nos escucha, si siquiera nos oye respirar, subirá y nos pegará a todas, una por una. Es difícil dormir con música alta, pero con el tiempo uno se acostumbra.

Estoy dormida, pero me siento incómoda; algo está mal con mi cuerpo. Abro mis ojos y Pin está sentado en mi cama. Tocando mi parte privada. Shh… ¡No te atrevas a hacer ruido! Esta se volvió su rutina nocturna, al despertarme con su toque agresivo. Cuando viene, intento no dormir. No hace ruido al subir las escaleras ni al caminar por el pasillo, pero igual puedo sentir su presencia, acercarse. ¿Y si duermo del lado opuesto de la cama? Así, en vez de tocar mis labios con su parte íntima, tocará mis pies. Estoy agotada por no dormir.

—Mamá, anoche Pin entró a mi cuarto. Él viene a mi cuarto y él… Mi madre me interrumpió con una bofetada y dijo: ¡Tú eres una mentirosa; ve a tu cuarto! Corrí a mi habitación y me tiré en la cama. No entiendo por qué me dio una bofetada; ¿cómo puede decir que miento si ni siquiera escuchó lo que tenía que decir? Me tocó. Me tocó, susurré mientras lloraba hasta quedar dormida.

Ser castigada por mi mamá significa que dejará de hablarte por días o incluso semanas. No me mira ni reconoce que existo. Lo extraño es que su silencio también trae alivio. Pin también me ignora. Todavía sube al segundo piso, pero ahora entra al cuarto de mi hermana Mara. Creo que la está tocando. Pero, a diferencia de mí, ella parece disfrutarlo; lo besa y lo toca de vuelta. Mara es la nueva novia de Pin.

Mamá me llamó y me dijo tan casualmente, con una sonrisa, como si no fuera nada. Tenías razón, Pin sube a los cuartos. Así que me atreví a preguntar: Mamá, ¿puedes decir que lo sientes? Ella respondió: ¿Quién te crees tú? ¡Soy tu madre! Nunca te voy a pedir perdón. Vete a tu cuarto hasta que aprendas a quedarte callada. Con sus acciones entendí que no le importaba que Pin subiera a los cuartos o que me tocara. Solo estaba molesta porque ahora estaba con Mara. Para mí, todo se volvió algo vergonzoso. Pero aprendí que esto es parte de la tradición familiar. Un hombre puede salir con mi mamá y con sus hijas. Como si fuéramos una compañía de reciclaje.

Poco después, mi mamá comenzó una relación con un hombre casado. Una noche, ella lo emborrachó y él quedó dormido en el sofá. Cuando lo hizo, ella le tomó fotos con una cámara instantánea. Me dio la foto, y yo la usé como abanico hasta que apareció la imagen en el papel. Ella no sabía cómo tomar fotos. Él estaba acostado, con los ojos cerrados, sin camisa y en un feo sofá amarillo. Sin embargo, a mi mamá le pareció gracioso; no podía contener la risa.

Unas semanas después, me llevó a un vecindario más elegante. Allí, me dio un sobre con fotos, incluyendo la del hombre dormido. Me dio instrucciones específicas para que tocara una puerta en particular.

Toqué la puerta y le entregué el sobre a su esposa. Cuando lo abrió y miró las fotos, vi en sus ojos la expresión de tristeza y dolor. Sentí que la entendía. Así me siento yo cuando mi mamá hace cosas para humillarme. Sin decir una palabra, puede romperme el corazón en mil pedazos. Esa era la mirada de un corazón roto.

Aida comenzó una nueva relación con Manny, quien vivía justo al final de la calle. Una tarde, mamá la golpeó en público. Recuerdo ver cómo mi mamá arrastraba a Aida por el cabello, jalándola por toda la calle hasta dentro de la casa. Ese día, Aida se cansó. Empacó sus cosas y se fue a vivir con Manny y sus padres.

No mucho después, Emilia se divorció de Eddy y se mudó con sus dos hijos a un apartamento a la vuelta de la esquina. Casi de inmediato conoció a un hombre llamado Oswaldo, y él se mudó con ella. Pero Oswaldo era cruel. No le agradaba mi sobrino solo por ser varón. Para complacerlo, Emilia envió a su hijo a vivir con Eddy. Como si fuera un juguete, lo entregó y decidió quedarse solo con la niña. Oswaldo no toleraba a ningún varón, ni siquiera a los animales. Él tenía un perro macho, y también lo golpeaba. Parecía llevarse bien con las mujeres, especialmente con mi hermana Mara, quien había terminado con Pin y ahora estaba soltera. Trato de no grabar mucho de lo que pasa en mi familia. La dinámica es confusa, aterradora y está llena de secretos demasiado pesados para cargar. Así que hago lo que siempre he hecho. Me escondo dentro de mí misma y cierro los ojos cuando no es seguro.

Somos todas niñas, excepto por mi hermano. Así que siempre hay algún novio rondando, a quien tratan como a un rey. De esta manera funciona mi familia.

Es hora de crecer; ya no soy la más pequeña en casa.

Mi mamá tuvo una nueva hija. Tengo una hermanita llamada Leilani. Es hermosa, de piel clara y ojos verdes. Me prometí cuidarla. Leilani, como el resto de nosotras, no tiene papá. La maestra dice que todos tenemos uno, pero ninguno de nuestros padres está presente. Todos nos han abandonado, y me pregunto si yo siquiera tengo una madre.

Un día en la escuela, dos chicos mayores me llevaron al patio trasero. Era un lugar aislado, con nada más que pasto muy alto. De repente, apareció mi hermano William y me pidió que me fuera. Como siempre, hice lo que me dijo y me alejé. Me distancié de los chicos. No había caminado mucho cuando escuché la voz de mi hermano. Miré hacia atrás y los vi sujetándolo contra la pared. Al instante, una ola de rabia subió dentro de mí. Eres un niño, ¿por qué no te defiendes?, susurré a voz baja y temblorosa. Al igual que mis hermanas, di la espalda y seguí caminando. Pero no llegué muy lejos. Tropecé con una piedra y caí sobre el pasto. En momentos así, la gravedad se siente más pesada, como si intentara mantenerme en el suelo. Mientras yacía allí, noté unas flores silvestres escondidas entre la hierba. Se veían tan frágiles que me alegré de no haberlas pisado. Las lágrimas corrieron por mis mejillas mientras susurraba. No se preocupen, florecitas. No le diré a nadie que están aquí. Es nuestro secreto. Nadie las va a pisar. Entonces sonó la campana. Era hora de regresar al salón. Me levanté y caminé de regreso a mi clase, como cualquier otro día, como si solo regresara del almuerzo.

Cuando terminó el día escolar, volví a casa. ¿Qué hice? Mi mamá me miró como si quisiera matarme, y la mirada de mi hermano se sintió como una sentencia de muerte. Ya estoy acostumbrada. Sin decir una palabra, me fui directo a esconderme en mi cuarto.

Mi hermano no volvió a la escuela después de ese día. Nunca entendí por qué él dejó los estudios. Pero cada vez que hablan de la escuela, me culpan a mí, diciendo que fue mi culpa. Ojalá supiera qué quieren decir con que fue por mí. Pero de algo sí estoy segura: no fue mi culpa. Yo nunca le pedí que me salvara ni que tomara mi lugar.

Mi mamá salió y nos dejó solos en casa por varios días. Suele hacerlo porque dice que necesita un descanso de nosotros. Leilani no ha parado de llorar. No hay leche para alimentarla. Tanairi es la niñera personal de mi mamá. Mara todavía vive con nosotras, pero nunca sale de su dormitorio. Así que me toca a mí salir a buscar a mi mamá o conseguir leche. Sin embargo, no sé adónde ir. La busco en la barra y en ese apartamento donde la gente va a usar drogas. Estoy corriendo en círculos, con la esperanza de verla por un momento. Voy y vengo con las manos vacías, sintiéndome perdida y pequeña.

Pasé por la casa de Aida, pero mamá tampoco está allí. Aida, le pregunté: ¿Me puedes dar un poco de leche para llevarle a Leilani? Me dijo que no. Mi corazón se hunde, pero me voy de regreso a casa. Aida todavía vive con la familia de Manny, y su cuarto está al final del pasillo, en el segundo piso. Justo antes de llegar a las escaleras, su suegro me llama. Me dice que entre a la habitación. Me detengo. Sé que no está bien entrar en los dormitorios de otras personas. Pero tal vez él pueda ayudar. Una vez dentro de su cuarto, me pidió que me acercara. Estaba acostado en la cama. ¿Sabes en dónde está mi mamá?, pregunté. Sin decirme una palabra, sujetó mi brazo y me jaló hacia él. Luego me tocó entre las piernas. No me podía mover. Estaba paralizada, mientras él sonreía y disfrutaba del momento. ¿Acaso cree que me gusta que me toquen?

Sentía los pies pegados al suelo; mis piernas ya no funcionaban. Mis ojos buscaron por toda la habitación una salida, pero en su lugar se detuvieron en una pintura colgada en la pared. El pintor había hecho un mal trabajo. No podía distinguir qué se suponía que era. Un desorden de colores, borroso e incompleto. Un desastre de emociones que no lograban formar una imagen, al igual que yo.

Brenda, ya te puedes ir. Escucho la voz de Aida diciendo mi nombre. Sonaba lejos. Lentamente, miré, y ahí estaba, parada a mi lado. Su suegro ya no estaba. Ya terminó, vete a tu casa, me dijo, riéndose. No entendía qué tenía de gracioso. Tan pronto como volví a sentir mis piernas, salí corriendo sin parar hasta llegar a casa.

Unas horas después, mi mamá regresó. Esperé el momento adecuado y le dije en voz baja: Mamá… Ñin me tocó. Al principio, se rio. Luego me preguntó: Si tú sabes que él es un viejo sucio, ¿por qué te acercas? Todo el mundo sabe que no puede mantener las manos quietas. Eso te pasa por acercarte a él.

Me quedé callada; no sabía qué responder. Repetía en mi mente el momento en que me acerqué a él. Necesitaba encontrarla. No pude contestar, así que corrí a mi cuarto, y allí me dormí llorando.

Aún espero

2

Alma mía, espera en silencio solamente en Dios,
pues de él viene mi esperanza.

Salmos 62:5 NBL

Siempre supe quién era mi padre, pero no era nada como el "padre de mis sueños". Aún conservaba la esperanza de conocerlo algún día. El padre que creé en mi mente era perfecto. Me amaba, me reconocía y en verdad le importaba. Un protector, fuerte como un superhéroe, siempre listo para luchar contra el mal.

Tengo que ser responsable y salir a buscar a mi mamá. Nos habían dejado solos en casa, y mi hermano estaba al borde de un episodio. Traté de calmarlo, pero nada duraba. Sabía dónde podría estar, probablemente en un bar cercano. Y sí, la encontré. Justo como esperaba, estaba borracha; apenas podía mantenerse en pie. Por eso, cuando aceptó regresar a casa conmigo, sentí que había ganado una guerra sin tener que pelear. Supongo que hoy es mi día de suerte.

Cuando mamá toma alcohol, se cree la mujer más sexy del mundo y actúa como si todas las demás mujeres fueran inferiores a ella. Está convencida de que puede llamar la atención de cualquier hombre, incluso si eso significa desnudarse en público. Estábamos justo a la vuelta de la esquina de casa cuando un hombre le llamó. Estaba sentado en una silla, tomando una cerveza. Sin dudarlo, mi madre se acercó y se sentó en sus piernas. Me sorprendió, porque cuando está sobria, no lo soporta. Él es chofer de guagua pública, del tipo que no la deja montar si no tiene el dinero por adelantado. Y ahora ahí estaba, sentada en sus piernas, besándolo. Me sentí avergonzada.

El hombre extendió su mano y agarró la mía, jalándome hacia ellos. Estaba tan cerca que con su mano tocó mi pecho. Luego la deslizó entre mis piernas y tocó mi parte íntima. La vergüenza me ardía por dentro. Sentía que todos estaban mirando, que desde el otro lado de la calle podían ver exactamente lo que estaba ocurriendo. Pues había gente bebiendo afuera del bar, al otro lado de la calle.

No. Yo no quiero que él me toque. Empujé su mano lejos de entre mis piernas. Pero me agarró, él intentó de nuevo, y volví a empujarlo. Fue entonces cuando me agarró la mano con fuerza, inmovilizándola. Mi madre seguía sentada en su regazo, aun besándolo. Él la besaba mientras me miraba fijamente. Al otro lado de la calle, mi padre estaba sentado en el bar. Desde allí él podía ver todo. Pero lo único que le importa es su botella de ron Palo Viejo.

Lágrimas corren por mis mejillas como un aguacero torrencial que cae del cielo sin previo aviso. Cada lágrima golpea con fuerza, dejándome sin aliento. Tengo miedo. ¿Y si la gente piensa que me gustan estas cosas malas? ¿Y si creen que yo quiero esto? No puedo cerrar los ojos. Su mano aún aprieta la mía con fuerza y me duele.

Finalmente, mi madre se pone de pie y decide que es hora de irnos a casa. Damos solo unos pasos antes de que se vuelva contra mí. Me empuja y caigo al suelo. Cada vez que me levanto, me vuelve a empujar. Luego me da una bofetada en la cara. ¡Siempre arruinas mi paz! dice con tono furioso. No puedo ser feliz por tu culpa; siempre te metes en mi camino. ¡Siempre eres tú!

Debo ser la peor hija del mundo si soy capaz de arruinar la felicidad de mi madre. Soy una carga, y es mi culpa que ella esté infeliz.

Es por mi culpa que mi hermano tiene esquizofrenia; se enfermó el día que me salvó en la escuela. Debo ser un error, una niña sin valor que arruina la vida de los demás. Y ese pensamiento me entristece, porque llevo dos años intentando hacer feliz a mi madre, y he fallado; no logro complacerla.

Tengo casi ocho años, y todavía no logro que me ame. No me lo he ganado. Tal vez si le pido perdón, las cosas mejoren. Pero primero tengo que dejar de llorar. Necesito esconderme debajo de la cama. Si me oye, se enojará y me pegará otra vez.

Mamá, ¿puedes perdonarme por arruinar tu vida?, le pregunté. No dudó. No, Brenda. No puedo perdonarte. La única persona que puede hacerlo es Dios. Pero Él tampoco te perdonará. Me miró a los ojos y siguió diciendo: Por eso estás aquí en la tierra. Él te envió como castigo. Te portaste mal en el cielo y te echó.

Corrí a mi cuarto y allí le pregunté a Tanairi: ¿Quién es Dios? Ella se quedó pensativa por un momento y luego me respondió: ¿Dios? Él es igual que nosotros. No tiene papá ni mamá. Se inclinó un poco para susurrar. No puedes hacer muchas preguntas sobre él. Mejor olvídate de eso. Igual, nunca lo vas a ver, porque si lo ves, te mueres. Desvió la mirada y dijo: Dios es solo Dios. Es quien creó a Adán y a Eva, y el que nos castiga cuando hacemos algo malo.

Anoche no pude dormir pensando en Dios, hasta que resolví el misterio de dónde está. Ahora no puedo esperar a salir de la escuela para correr al patio del frente y hablar con él. Tal vez gane un punto a favor. Estoy segura de que me dará una oportunidad cuando me escuche. Me alegra que hoy sea viernes. Los fines de semana son para pasarlos en familia. Los niños en la escuela siempre cuentan historias de sus aventuras. Por primera vez, al igual que ellos, yo también iré en un viaje. Un viaje mágico de regreso a casa. No tengo miedo. Sé que no voy a morir cuando hable con Dios. Mantendré mi cabeza baja para no hacer contacto visual con él. Creo con todo mi corazón que Dios vendrá por mí. Él me va a perdonar.

Dios, sé que te escondes en el sol. Por eso nadie puede verte, y si lo hacen, se mueren. No me importa si me matas. Solo quiero que sepas que lo siento. Por favor, Dios, perdóname. Te prometo que, si me llevas de nuevo al cielo, me voy a portar bien. Sé que me enviaste a la Tierra para castigarme. Dios, ¿yo toqué a los ángeles en sus partes privadas? Lo siento. Ahora entiendo por qué no me querías en el cielo. Tenías razón en echarme. Me lo merecía. Querías que sintiera lo que se siente cuando alguien te toca... duele. Dios, si me botaste del cielo por hacer cosas malas... ¿A dónde envías a las personas que tocan a otros aquí en la Tierra? ¿Las lanzas de planeta en planeta?

Dios, ya aprendí la lección. No lo volveré a hacer. Estás tan lejos que ni siquiera sé si puedes escucharme. Aun así... aquí estaré, esperando. Tu escondite está seguro conmigo. No le contaré a nadie sobre el sol. No quiero que te enfermes, como yo, cuando tengo que buscar un nuevo escondite. Guardaré tu secreto. Pensé que Dios vendría a buscarme. Me senté afuera, bajo el sol, pero él no apareció. Aun así, todos los días espero por él. Hay una Biblia en mi cuarto, siempre abierta en el Salmo 91. Mamá dice que no podemos leerla. La gente que lee la Biblia se vuelve loca porque se hacen preguntas y no hay respuestas. Me mantengo alejada. Bueno... a veces me da curiosidad y leo unas líneas mientras finjo limpiar alrededor.

A veces vienen personas de la iglesia a predicar en la plaza. Cuando lo hacen, mi mamá apaga las luces y cierra las puertas y ventanas para fingir que no hay nadie en casa. Siempre hay un grupo que va de puerta en puerta, invitando a la gente. Hoy me senté en el piso, cerca de la ventana, para escuchar. Ellos deben conocer a Dios, ¿cierto?

¡Qué estúpida! El predicador solo habla del pecado y de cómo la gente irá directo al infierno. Predicador estúpido, estoy en el infierno.

Si conoces a Dios, ¿por qué no dices cómo llegar al cielo? Seguro que no lo conoce en absoluto. Parece que sabe más del infierno que del cielo, y gritó tanto que me dio dolor de cabeza. Me voy a acostar. Me duele la cabeza y estoy decepcionada.

He estado tratando de no llorar hasta dormirme. Me congestiona la nariz y no puedo respirar en silencio. Por eso empecé a mojar la cama durante la noche. Lloro mientras duermo y mi cuerpo trata de sacar las lágrimas, por otro lado. Creo que hay demasiadas lágrimas dentro de mí. Incluso puse un vaso debajo de mi cama para recogerlas, pero siempre me olvido cuando lloro. Cuando llueve, pienso que Dios está llorando. Las nubes no pueden contener sus lágrimas, así como mis ojos no pueden contener las mías. Quizás Dios se siente triste porque toqué a algunos ángeles, y ellos están sufriendo igual que yo.

Aida se mudó a un apartamento, y cada vez que voy a visitarla, su esposo pone películas porno en la T.V. Eso es lo que una mujer tiene que hacer, dice él, o es inútil. Me da asco ser mujer. A veces, Manny me hace acostarme en su cama. Dice que puede hipnotizarme. Tiene un collar especial con poderes. Cuando lo usa, debes hacer lo que él dice. Eso significa ser hipnotizado. No puedes resistir; o la hipnosis no funcionará. Si no funciona, él dice, podrías quedar hipnotizado para siempre, lo que significa que te volverás loco por el resto de tu vida. Si obedeces, todo volverá a la normalidad. No recordarás nada. Por eso debes acostarte por la seguridad. ¿Qué cosas tontas he hecho? Él nunca dice y no puedo preguntarle a Aida por qué ella siempre sale del cuarto. No me gusta cuando me hipnotiza. Pero tengo mucho miedo de decir no. Él dice que, si me niego, el collar me perseguirá en mis sueños.

Los padres y la hermana de mi mamá vinieron de Estados Unidos a visitarnos, y se están hospedando con nosotros. No me gusta que esperen que los abrace y les dé un beso, ni que me haga la emocionada solo porque están aquí. Me he vuelto igual que mi mamá; no me gusta dar abrazos ni besos.

Hoy se supone que vamos a ir a la playa. Ya tengo puesto mi traje de baño, y solo estoy sentada en el balcón, esperando. Entonces aparece mi papá. Abre la verja y me carga lejos de la casa. Mientras nos alejamos, la tristeza me invade. Tenía muchas ganas de ir a la playa. Ya que nunca salimos juntos como familia. De pronto, estoy casi de regreso en casa. Todo es borroso. Mi mamá me está empujando, y estoy llorando. Mi mamá y su hermana están gritando. Están golpeando a mi papá. Su hermana tiene un bate de béisbol y lo está golpeando. Él cae al suelo, y hay sangre corriendo por su cabeza. Incluso su padre lo está golpeando con su bastón. ¿Por qué hacen esto? ¿Qué hizo mal? Trato de ayudarlo, pero mi mamá me golpea y me dice que me vaya. Nadie ayuda. La gente solo mira. Cada vez hay más personas reunidas, pero nadie interviene.

No puedo respirar. Me duele la cabeza, y el corazón me late muy rápido. La casa está a solo unos pasos, pero se siente demasiado lejos. Veo a Tanairí en el patio. Me está llamando con los brazos extendidos, agitándolos para que regrese. De algún modo, lo logro. Ella agarra mi mano y me mete a la casa, cerrando la verja detrás de nosotras. Corro a mi cuarto, cierro las ventanas y me escondo debajo de la cama, cubriéndome los oídos con las manos. Mi corazón todavía quiere salirse por el pecho. ¡Deja de grabar! ¡Cierra los ojos!

La señora mayor no podía tener hijos, así que junto al tío de mi mamá criaron a mi mamá y a otras dos niñas como si fueran suyas. No son mis abuelos de verdad. No tengo por qué amarlos. No lo necesito; ni siquiera tenemos la misma sangre. Yo no fui quien arruinó la vida de mi mamá; fueron ellos. No es mi culpa, es de ellos.

He estado acostada todo el día en el sofá amarillo. Me siento enferma y tengo fiebre. Quiero ir a mi cuarto, pero me vuelvo a dormir aquí en la sala. Despierto por el alboroto. La vieja señora jura que compró guineos y que alguien se los robó. Mamá le dice que revise su cuarto, que seguro los escondió ella misma. ¿Quién querría robar guineos, de todos modos? Aun así, todos están buscando.

Lydia, la hermana de mi mamá, finge que está ayudando. Me pregunta si sé dónde están los guineos, como si yo fuera quien los esconde. Se sienta a mi lado y mete las manos debajo de mi sábana. ¿Estás segura de que no los estás escondiendo? Se ríe de mí y me baja los pantalones y la ropa interior. Quédate quieta y en silencio. Voy a asegurarme de que no los tengas escondidos. Dijo mientras ponía su mano entre mis piernas y metía sus dedos dentro de mí.

Mi mamá está en la cocina. Puedo verla desde donde estoy. Tengo los ojos bien abiertos, pero como siempre, no me sale ni un sonido. Por más que quiera gritar, no puedo. Luego, mamá camina hacia la sala y nos miramos fijamente. Estamos atrapadas en una especie de duelo con la mirada. Entonces… ella da la vuelta y se va. Yo me quedo aquí, con los ojos pegados a ella, siguiéndola con la mirada. Lydia está fumando, ya que se cansó de tocarme. Dice: Oh, tú estás sucia, necesitas ser purificada. Quemándome entre las piernas con su cigarrillo encendido. Aun así, sigo en silencio.

Todo este tiempo pensé que mi mamá no veía lo que pasaba frente a sus ojos. Tal vez era como yo. Quizás tenía los ojos cerrados. Pero ahora sé que no es nada como yo, y yo nada como ella. Cierro mis ojos por no grabar tantos malos momentos en mi memoria. Por fuera parezco un robot, pero por dentro estoy escondiendo a una niña real. Una niña a la que prefiero no permitir que arruinen. Mi mamá se da la vuelta a propósito. No quiere que ninguna de nosotras la supere. Quiere demostrar que no valgo nada y que mi vida no significa nada. Mi madre no es mi mamá; es una extraña, y la odio.

Quiero morirme. Ojalá pudiera morir. Pero incluso cuando me siento desesperada, tengo que quedarme callada. Así que solo escribo en mi libreta de la escuela, una y otra vez, "Quiero morirme". También escribí una carta para mí misma, para no olvidar escribir un libro cuando yo sea grande, sobre todo lo que me hacen. Ya que mi mamá quiere que me quede callada, haré lo contrario. Si no muero, escribiré un libro. Pero con mi suerte, mi madre encontró la libreta y me castigó. Dijo que guardaría la libreta como prueba de que estoy loca y suicida.

Siento que mi hermano se aprovecha de su condición. Grita y tira las puertas, mientras mis hermanas y yo nos escondemos en terror. Al verme jugar y reír, le dice a su mamá que me burlo de él. Si estoy seria, dice que lo miro mal. Siempre, mamá me dice que le pida perdón y lo haga sentir bien, porque al final, todo es mi culpa.

Llegué temprano a la escuela y me quedé esperando frente a mi salón a que sonara la campana. Los niños están jugando; podría unirme si quisiera, correr y sentirme libre. Pero prefiero guardar mi energía; sé que será un día largo.

Mi hermano se mecía violentamente en la mecedora, con la mano derecha en la frente, como si estuviera pensando mientras hablaba en otro idioma. Digo que es otro idioma porque nadie lo entiende. Habla solo, y así es como comienzan sus rabietas. Sé que es mi hermano y se supone que debo entenderlo porque está enfermo. Pero a mí me responsabilizan por sus constantes estallidos. Preferiría que me tocaran todos los días de mi vida antes que tener que pagarle por su supuesto acto de bondad. Yo no le pedí que me salvara. Yo podía manejar la situación. No lo necesitaba a él; es él quien me necesita a mí para ser feliz. Yo ya pagué un precio muy alto, y es un secreto.

Desde el segundo piso de la escuela puedo ver hacia mi casa. Mi hermano sigue meciéndose, y su mamá camina de la cocina hacia él. Le da algo de tomar, probablemente jugo con sus medicamentos. Los odio a los dos. Me dan asco. Es un sentimiento nuevo; estoy cegada por la ira. Ayer pasé todo el día escribiendo en mi cuaderno que quería morirme. Y ahora estoy aquí en la escuela, y no tengo que respirar en silencio. ¡Te odio!, grité con todas mis fuerzas. ¡Te odio! ¡Te odio a ti y odio a tu mamá! Como siempre, ella no me escuchó. Lo grité tan fuerte que creo que ya no me queda ningún sonido. Hay un silencio total en toda la escuela.

Estoy cansada. No puedo seguir esperando a que Dios termine su castigo. No puedo seguir viviendo así. Quiero morir. Me subí a la baranda y me solté. Uno de los padres me agarró cuando me solté y me llevó a la enfermería. De allí me llevaron al hospital. Yo seguía abriendo y cerrando los ojos, lo suficiente como para tomar algunas fotos. Sentía que la cámara en mi mente se estaba estrellando, congelada entre dos vidas. Estoy atrapada entre ser una muñeca de trapo viviente y una pequeña niña enjaulada. Todavía esperando ser rescatada.

Hombres de negocios

3

También echaron suerte sobre mi pueblo,
cambiaron un niño por una ramera,
y vendieron una niña por vino para poder beber.

Joel 3:3 LBLA

Estoy siendo criada solo por una figura materna. Mi hermano es el único varón, pero no está tomando su rol de hombre. Mi madre no trabaja, así que está muy limitada con el dinero y también con la comida. Yo heredo la ropa de mis hermanas mayores. Tengo que cuidarlas porque luego se las pasaré a mi hermanita. Constantemente me envía a la tienda con una nota pidiendo comida y prometiendo que pagará después, como si fuera un crédito. A veces dicen que no. Otras veces, los hombres me llevan al cuarto de almacenamiento, y si me porto bien, entonces me dan comida para llevar a casa.

Cuando ella cocina, mi hermano es servido antes que nadie. También recibe una porción más grande y no tiene que compartir sus dulces ni bebidas. De un paquete de seis galletas, a cada una nos toca una, mientras él come un paquete completo. Él toma jugo o refresco, y nosotras un sorbo cada una, o agua. A veces, él tira la comida por toda la cocina antes de que podamos comer. Sus rabietas son más frecuentes ahora que ya no soy su entretenimiento personal. Casi cada episodio me garantiza un castigo. Terminé escondida debajo de mi cama, y todas terminamos con hambre. Mi mamá dice que necesita un descanso de esta casa, así que nos deja solas por varios días. Cuando ella se va, Tanairí cuida de nosotras, y yo cuido de mi hermano. Yo también quisiera desaparecer por unos días… o para siempre. Yo también necesito un descanso.

Mi barriga siempre duele por el hambre. Me canso de beber agua y comer hielo. Así que encontré una forma de alimentarme. Hay tantos árboles y plantas en el patio que nadie notará que estoy comiendo las hojas. Mi hermana también hace bizcocho de chocolate o sopa, con tierra y piedras. Las piedras son como papas, pero no se pueden comer; son muy duras. Ella hace café con tierra y agua, pero yo no tomo café. Soy una niña. Siempre finjo que es leche de chocolate.

Desde el día que tuve una crisis nerviosa en la escuela, no he vuelto. A diferencia de mi hermano, no obtuve un pase libre. Se espera que salga a las tiendas y farmacias a buscar medicinas. Mi mamá siempre dice: "Si no vas a calmarlo, entonces ve a la farmacia mientras yo me aseguro de que no mate a tus hermanas." Yo voy feliz a hacer los mandados. Me da la oportunidad de respirar aire puro, porque el aire en casa está envenenado con su presencia. Cada vez que estoy cerca de ellos por mucho tiempo, el aire me enferma. No puedo respirar.

No todos los hombres son malos conmigo. Cuando mi mamá me manda a la casa de apuestas, ellos son amables. Uno de ellos siempre dice: ¡Niña, tú otra vez! Me río y le entrego la lista con los números que mi mamá quiere jugar. Siempre hay pistolas y dinero sobre la mesa. A veces me siento en el suelo, solo observando. Me gustaría aprender de ellos, pero siempre me sacan diciendo: Aquí no es lugar para una niña. No creo que él sepa mi nombre, y yo tampoco el suyo. Un día cuestionó: ¿Cuándo aprenderá tu mamá a no enviarte? No le gustaba verme ahí. ¿Y si viene la policía? Yo le ofrecí estar pendiente a cambio de comida. Él solo sonrió y dijo que no.

Después de ese día, empezó a darme comida gratis. Le pregunté si quería que vigilara por si venía la policía. Dijo que no. Le pregunté si quería tocarme o besarme como los demás, y me dijo que no. El hombre con mala reputación fue el único bueno conmigo. Siempre que me encontraba con él mientras jugaba la lotería o apostaba a los caballos para mi mamá, me pedía que escogiera un caballo. Dándome dinero porque él sabía que mi caballo ganaría. Me pedía que comprara comida solo para mí y la escondiera. "Es solo tuya", decía. Claro, la compartía con mis hermanas y la escondía de mi mamá y hermano. ¡Cuánto deseaba que ese hombre fuera mi papá!

Mi mamá me dio una lista para llevársela a mi papá. Me pidió que no regresara hasta tener todo lo que estaba ahí. Sé que está molesta conmigo. Su hijo está a punto de tener una rabieta, y cuando me pidió que lo calmara, le dije que no. Puedo ver en sus ojos que quiere abofetearme, pero también necesita que consiga la comida. Quiere hacerlo sentir especial cocinándole su plato favorito. Como siempre, yo prefiero hacer los mandados. No es tan difícil encontrar a mi papá; casi siempre está borracho, sentado en la misma esquina. Antes de salir, me puse una falda corta azul, y me sentí bonita. Quiero que mi hermano me vea feliz. Odia cuando yo sonrío, especialmente si está a punto de perder el control. ¡No le tengo miedo!

Mi papá estaba borracho; sentado en el mismo lugar, fue fácil encontrarlo. Hola, papá, mi mamá te envió esta lista. Sentí su enojo cuando me gritó: Eres igual que tu madre, solo vienes a mí cuando necesitas algo. Y, al igual que ella, pareces una cualquiera con esa falda. ¿Tienes pantalón debajo? Más te vale, o te daré una bofetada.

Papá, la falda tiene pantalón pegado. Yo no soy como mi mamá. Mientras hablaba, él estiró la mano y la metió debajo de mi falda para comprobar si decía la verdad. Pero mi papá no quitó la mano… ahora me está tocando. Me miró con sus ojos rojos e irritados. ¿Ves?, dijo. Eres igual que tu madre, te gusta. Con la otra mano, me agarró la cara bruscamente y me besó en la boca. Su aliento a alcohol era tan fuerte como el estiércol de caballo. Una vez más, yo quedé paralizada. Después de lo que pareció una eternidad, se levantó y se fue. Regresando con dos bolsas de papel llenas de comida para mi mamá. Diciendo: Así es como se hacen negocios con una ramera.

Traje comida a casa, tal como mi madre exigió. ¿Soy ahora el hombre de la casa? ¿A qué precio suplí yo la comida?

¡La cena estaba servida! Mamá silbaba desde las escaleras, dejando nuestros platos en el suelo. Bajé corriendo y seguí directo hasta el patio, sin recoger mi plato. Había un arbusto con unas frutas verdes y redondas. La gente dice que son venenosas, pero esa fue mi cena. Me dio un dolor terrible en el estómago. Mi cuerpo se retorcía de dolor, y mi alma también. Me dolía tanto que me acosté en la cama y esperé la muerte. Después de todo, eso era todo lo que deseaba: morir.

Llegó la mañana siguiente, y aquí estoy, viva. Hay un dolor horrible dentro de mí. No está en el estómago, ni en el corazón, sino en algún profundo lugar entre ambos. Seguro dormí hasta tarde, porque los escucho hablar desde la sala. Claro, solo mi madre y mi hermano. El resto de nosotras no podemos hacer ruido. Se les escucha felices. Puedo entender a mi hermano; no está hablando en su idioma raro. Estoy segura de que está relajado; después de todo, él es el hombre de la casa, y no tiene que salir a buscar comida. Él no es el proveedor. Yo lo soy. Mi mamá no tiene que salir a hacer negocios. ¿Por qué lo haría, si me tiene a mí? Cuando está sobria, salta la verja del patio trasero en vez de salir por la puerta del frente. Se esconde de la gente. Mientras yo tengo que salir, dar la cara y cumplir sus exigencias.

¡No puedo más! ¿Dónde está Dios? ¿Por qué no me perdona? Duele, es un dolor invisible que me está matando lentamente. Duele ser la que arruina la vida de todos. Sentir que mi valor es apenas una bolsa de comida, medicinas y préstamos. Es una maldición ser culpable. Ser intercambio en las manos de los hombres de negocios. Estoy paralizada en mis pensamientos. Hay un peso enorme presionando sobre mi pecho, haciéndome imposible mantenerme a flote. Me hundo más en la cama. Mi vida se siente como una trampa. Estoy enferma, al igual que mi hermano lo está.

Con cada gramo de fuerza que me queda, grito, fuerte y desesperada, una y otra vez, hasta desmayarme. Y al recobrar el conocimiento, empiezo de nuevo. Mi mamá me lleva al hospital. Yo solo deseo desaparecer. No quiero estar aquí. ¿Por qué nadie lo entiende? Quiero cerrar los ojos y convertirme en esa niña pequeña escondida. La niña pura, inocente, que nadie puede tocar. Dentro de mí, hay dos niñas en guerra: una está rota y quiere morir, y la otra es pura y quiere sobrevivir. No puedo dejar de gritar. Me desmayo una y otra vez, capturando solo imágenes borrosas.

Del hospital local me trasladan en ambulancia a un lugar mejor equipado. Los doctores intentan mantenerme despierta, sosteniendo un paño cerca de mi rostro. Veo sus labios moverse, pero sus palabras se pierden en el silencio. Mantenerme despierta es difícil y, siendo honesta, no quiero estarlo. Estoy acostada, con una vía en el brazo y cables en el pecho, respirando finalmente aire limpio a través de una mascarilla de oxígeno. Los médicos hablan, y no los escucho. Un doctor joven me alumbra los ojos con una linterna y me sacude cada vez que empiezo a dormirme, preguntándome: ¿Cuál es tu nombre? Lo miro en silencio; por primera vez, mi mente también lo está. Aunque quiera responder, no sé quién soy. Me estoy perdiendo, y es por culpa de mi mamá y mi hermano. Me están volviendo loca.

Estuve ingresada en el hospital por unos días. Médicamente, no hay nada físicamente mal conmigo. Por lo tanto, me trataron como una paciente de salud mental. Así como mi hermano, ahora tengo una cita con un psiquiatra. Por lo tanto, mi mamá está enojada y no quiere llevarme. ¿Tú crees que yo tengo tiempo para ti?, sigue preguntando. Siempre tienes que empeorar las cosas. Yo no tengo tiempo para ti.

En camino a mi primera cita, ella no dice ni una palabra. Solo cuando nos sentamos en la sala de espera, empieza a hablar. Los psiquiatras siempre terminan volviéndose locos porque cargan con los problemas de mucha gente. No quiero que hables mucho. Si te quedas callada, quizás te dejen ir a casa. No quieres quedarte en el hospital con los locos, ¿verdad?

El psiquiatra me llama, y entro sola. Su oficina es pequeña y su escritorio es enorme. No hay ni espacio para respirar. Él pregunta, y no sé cómo contestar. Me preguntó: ¿Qué te gusta? Le digo: Me gusta cuando hay silencio. Cuando estuve en el hospital, no podía oír nada. No había televisión alta, ni gritos, ni portazos, ni boleros por la noche. Mi mente se sentía en paz, vacía. Me encantó. Me encanta cuando hay silencio.

Luego pregunto: ¿qué no te gusta? Y dije: No me gusta cuando la gente dice malas palabras como 'estúpida' o 'puta'. No me gusta mi familia ni guardar secretos. ¿Qué secretos estás guardando?, preguntó. No te lo puedo decir; es un secreto. No quiero hablar más; me estás enfermando. Siento que no puedo respirar. ¡Deja de preguntar, para!

Él accede: Está bien, no hablemos más. Dibujemos un retrato de tu familia para conocerlos. Colocó una hoja y crayolas sobre el escritorio. Dibujé a mis hermanas y a mí dentro de cuadros porque nos escondemos en nuestros cuartos. Al lado de cada cuadro, una sombra negra esperándonos. Mi mamá y mi hermano están afuera de los cuadros porque ellos pueden estar en cualquier parte de la casa. Mi hermano es un muñequito de palitos porque es débil, con una línea extra en su parte íntima porque él es diferente a mí. Estoy orgullosa de mi dibujo. Es una foto perfecta.

Mi madre está enojada conmigo por hablar demasiado. Dijo que no me va a llevar más donde el psiquiatra porque él está loco. Lo que pasa en esta casa se queda en esta casa. Me sentí mal por el psiquiatra. Me escuchó, y ahora su vida está arruinada.

Pasaron los días, y Eddy vino a visitarnos. Hoy no se siente como un buen día. Puedo sentir que algo está mal. Tengo una perrita llamada Susie, blanca con manchas negras. Casi no paso tiempo con ella porque siempre estoy tratando de mantenerme un paso adelante de mi hermano. La niña real que vive en mí solo sale cuando está segura, y Susie la hace feliz. Ella deja que la abraces. Te lame la cara como si te diera besitos. Susie sabe amar; ella no es como mi mamá.

Mi hermana se despidió de Susie, pero no entendí por qué. Susie nunca sale de la casa. Tanairí me dijo que también me despidiera. Le pregunté por qué y dijo que Eddy se la iba a llevar porque mamá ya no la quería. Fui a preguntarle a mamá si era cierto. Solo me dijo que me callara. Le pregunté a Eddy, y él me dijo: Sí. La voy a meter en una bolsa de basura y la voy a tirar al agua para que se ahogue. Las lágrimas me caían como una cascada. Les supliqué que no lo hicieran. Mamá me empujó, y Eddy solo se burló.

¿Por qué?, pregunté. Porque es hembra y ya estoy harta de ella, dijo mamá. Le baja la regla y todos los perros la buscan. Estoy cansada de criar tantas perras en esta casa. Lloré más fuerte. Por favor, ¿podemos regalarla a alguien? ¡No la maten! Pero mamá me dijo que me callara o me haría lo mismo. Así que guardó silencio. Eddy se llevó a Susie en una bolsa de basura. Ni siquiera tuve tiempo para decirle adiós. Siento que la mataron como castigo hacia mí. Y ahora cargo con la culpa.

Hoy estoy en una gira con los niños del vecindario hacia la piscina. Los niños están saltando al agua y divirtiéndose. No puedo hacer lo mismo porque no sé nadar. Así que solo me siento en el borde, chapoteando los pies silenciosamente.

En casa, Tanairí intentó morir al tragar unas pastillas. Le dije a mi mamá y ella la golpeó; ahora Tanairí está enojada conmigo. ¿Ella me preguntó por qué no la dejé morir en paz? Yo pienso que las pastillas no funcionan. No funcionan para mi hermano; soy yo quien lo calma. Tampoco cuando Aida quiere dormir para siempre. Además, yo pago un alto precio por conseguir medicina. ¿Por qué desperdiciarlas?

Yo también quiero morir, pero no sé cómo. Tengo ocho años; no sé cómo se supone que una persona debe morir. Susie murió ahogada porque no sabía nadar. Tanairí dijo que tal vez murió en el baúl del carro al no poder respirar con la bolsa plástica y hacía mucho calor. Tal vez yo también puedo morir ahogada. Si salto en la parte más honda de la piscina, me ahogaré al igual que Susie.

Sin pensarlo dos veces, me tiré a la piscina y subía y bajaba. Quería quedarme abajo, pero mi cuerpo seguía subiéndose solo. No es una buena sensación, pero no duele. Puedo sentir los latidos de mi corazón en mi cabeza; al principio suenan fuertes; no obstante, luego desvanecen. Todo se pone en cámara lenta. Ya no subo tanto ni busco aire. Mis ojos se cierran mientras apagan la cámara. De repente, toso y escupo agua. Con mis ojos abiertos estoy acostada en el suelo, en medio de un círculo de gente mirándome. El salvavidas está empapado al lado mío. Escuchó al chaperón pidiendo que me quedara con ella. Mientras me ayuda a levantar, sujetándome la mano. Me dice: Vamos mejor al parque.

Guardó silencio el resto del día. Mantengo mi boca cerrada, así como mis pensamientos. Al igual que mis hermanas, fallé. Me siento desanimada por no haber logrado morir. ¿Por qué alguien tenía que ser un héroe y salvarme? Ahora entiendo por qué Tanairí se enojó conmigo. También me siento traicionada por haber sido salvada.

Estoy aprendiendo a ser más callada. No hablo tanto como antes. La gente piensa que soy tímida. Hacen comentarios y preguntan si un ratón mordió mi lengua. ¡Qué irónico! Nadie quiere escuchar, y se preguntan por qué estoy callada. Tal vez no tengo nada que decir.

Otras veces siento la urgencia de gritar. Cuando grito, siento alivio, como si todos mis sentimientos salieran de golpe. Me gusta que por unos minutos no recuerde nada. Mi mente se toma un descanso, y mis pensamientos se detienen. No es algo que yo pueda controlar o decidir cuándo hacerlo. Siempre me viene una sensación enferma; mi corazón se acelera y no puedo respirar. Guardo tantos secretos que me ahogo con ellos. Cuando grito, cuento los secretos, porque sé que nadie podrá escuchar las palabras escondidas en mi grito.

Todavía voy con mi papá a intercambiar lista por comida. Voy a ver a Manny y a todos esos hombres sin nombre a los que mi mamá me envía. Mi mamá aún se desaparece por días. Usualmente salgo a buscarla. A veces la encuentro, y a veces no. A veces se va conmigo para la casa, y otras veces me da una bofetada y me dice que ella es quien decide, no yo. Me da pena por Leilani, así que hago feliz a mi hermano para que ella no tenga miedo ni tenga que esconderse todo el tiempo. Por eso, cada día hago algo para pagar mi deuda. Odio tener que hacer negocios. ¡Odio a los hombres de negocios

Mensaje pendiente

4

Ningún ojo se apiadó de ti para hacer por ti
alguna de estas cosas, para compadecerse de ti;
si no que fuiste echada al campo abierto,
porque fuiste aborrecida el día en que naciste.

Ezequiel 16:5 NBL

Cumplí nueve años, y mi mamá ni siquiera me dijo feliz cumpleaños. Nunca lo hace. Siempre se le olvida; dice que tiene demasiados hijos como para acordarse. Estoy acostumbrada, y aun así, me siento triste y rechazada. Me volvió a dar una bofetada y me dijo que no le diga cuándo debe regresar a casa. Acababa de salir de la casa de droga fumando un cigarrillo delgado. José estaba con ella, y cuando me golpeó, los dos comenzaron a burlarse de mí. Le dije que me iba para la casa, pero que si me volvía a pegar, me escaparía para siempre.

Dice que necesito ir a la iglesia porque soy irrespetuosa. Ya habló con una mujer que me recogerá el domingo. —¿Por qué? —le pregunté. Respondió: Porque no aprendes y necesitas ayuda. O Dios te castiga, o Dios te hace mejor persona. Ojalá te castigue por ser tan terca.

El domingo me despertó temprano, me bañó y me cepilló el pelo. Luego me sacó a empujones de la casa porque no quería ser invitada a la iglesia por la mujer. Me quedé un buen rato en el patio, esperando a alguien que ni siquiera conocía. Mientras esperaba, desayuné un bufé de hojas de las plantas del jardín.

Una mujer llamada Marianela por fin llegó y me llevó a la iglesia. Todos parecían conocerse, lo cual me hizo sentir aún más incómoda. Por una vez, yo era la extraña. Una anciana me entregó una pandereta para tocar, y yo no sabía cómo. Luego regresó y me dijo que cerrara los ojos. ¡No! No voy a cerrar los ojos. Tengo miedo. ¿Y si los cierro y un hombre me toca? Nunca he estado aquí antes. No sé dónde se esconden los monstruos. Mientras el pastor predicaba, solo escuché una parte: "Dios ama a todo hombre." Al final del sermón, él pidió que pasaran al altar a orar, y esa misma mujer volvió y prácticamente me empujó al frente. Debes arrodillarte y orar, me dijo.

Así que me arrodillé en el altar, recostando mi cabeza sobre los escalones, cubriendo mi rostro con los brazos para que nadie vea que tengo los ojos abiertos. ¡No los voy a cerrar!

Dios, ¿por qué eres tan malo? Te pedí perdón. He estado esperando casi dos años y nunca apareciste. Por tu culpa, nadie me ama. Tú haces que me odien. La madre que me diste no me perdonará a menos que tú lo hagas. El padre que me diste me abandonó igual que tú lo hiciste aquí en la tierra. Tenía miedo de venir a la iglesia porque te tengo miedo. Pero pensé que tal vez, si venía a tu casa, por fin me escucharías. Esta es tu casa, ¿no es así? Sin embargo, eres igual que mi mamá. Necesitabas un descanso y te fuiste. ¿Dónde estás, Dios? ¿Escuchaste lo que dijo el pastor? Bueno, Dios, el hombre que tanto amas, me toca. ¿Amas a los hombres y no a las mujeres? Por eso me castigas y no a ellos. Todos me dan la espalda, al igual que tú. Nunca volveré a este lugar. Dios, ojalá castigues a todos los demás como me estás castigando a mí. Sin piedad. Si no me muero y llego a crecer, te prometo que mataré a la vieja por fastidiosa, y también mataré al pastor. Si quiere llevar su mensaje, tal vez debería predicarle a una iglesia llena de hombres, no solo a viejitas. Y sobre todo, mataré a cada hombre que me haya tocado. Tal vez así recibas mi mensaje.

Cuando me levanté, supe que fue un error ser irrespetuosa con Dios. Sé que me va a castigar y me va a enviar al infierno. Me falta el aire y me siento mareada. El pastor dice: "¡Dios está aquí!", y todos se emocionan. Pero yo me asusto tanto que me desmayo. La iglesia piensa que fue el toque de Dios. Si tan solo supieran que no fue a Dios a quien sentí, fue al terror.

Emilia y Oswaldo se mudaron a los Estados Unidos, y no los extraño para nada. Pero Mara sí lo extraña y ha estado buscando con quién reemplazarlo. Salí con Mara, y un hombre que estaba en la terminal de guaguas empezó a silbarle. Odio ver a los hombres silbándoles a las mujeres; se siente como si estuvieran llamando a un perro. Así es como mamá nos llama cuando deja la comida en el suelo, arriba en las escaleras, con su silbido característico. A Mara le gusta cualquier atención que le den los hombres. Una hora después, ya hay otro desconocido en la casa, y de inmediato lo lleva a su habitación. Mi mamá lo conoce, y puedo notar que no le impresiona. Aun así, él pasa la noche en nuestro hogar.

Desde el primer día en que lo conocimos, se convirtió en mi nueva amenaza. Besaba a Mara y me llamaba para que yo viera cómo se besaban y se tocaban. Después se reían y se burlaban porque yo no los quería mirar. Decían que yo solo estaba celosa porque él la había escogido a ella y no a mí para ser su novia. Mi mamá los escuchaba burlándose, pero no le importaba. Su única respuesta a mis quejas era: Solo debería molestarte si lo que ellos dicen es cierto; ¿es cierto?

No quería ver a mi hermana actuando en una película porno. Tener que verlos era asqueroso. Pero eso se volvió la nueva normalidad. Ellos tenían sexo, y yo tenía que verlos. Mara y Michael me pedían que me uniera a ellos y luego se burlaban. ¿Te gusta esto? Sabemos que quieres que te lo hagamos a ti también. No tengas celos; eres fea comparada con Mara, pero puedes unirte. Mira, tengo suficiente para ambas. Las dos pueden beber de él. Cuando terminemos, te compraremos un helado, y así podrás practicar para la próxima. Sabemos que lloras porque Mara se llevó todo y no te dejó nada. La próxima vez, lo puedes tener todo.

Mi madre se metió en una relación con un hombre viejo y gruñón. Siempre está sentada en las piernas de los hombres, besándolos y haciendo un espectáculo; este no es la excepción. Cuando bebe alcohol, su personalidad cambia por completo. Se convierte en un ídolo sexual, y todas las demás mujeres se vuelven su competencia. Sus hijas no deben opacar su aura radiante cuando está en ese estado de embriaguez. Llega a casa y le cocina la cena, actuando como si él fuera un dios. Cuando le cocina a él, es solo para él. Él le trae comida y le dice: Eso es para ti; no lo compartas con esas niñas feas. Yo nunca pido comida, y mis hermanas no se atreverían. Me da pena mi hermanita, Leilani. Todavía es inocente y no entiende cómo jugar el juego de mamá. Mi mamá te golpeará hasta que demuestres que ya no te duele. Cuando igualas su fuerza, se rinde. Yo la voy a vencer.

El hombre de la casa de apuestas tenía razón; es mi comida. Si pago un alto precio por ella, entonces la esconderé de mi hermano y de mi madre. A menudo llevo a mi hermanita por el vecindario para que juegue y, si consigo dinero, le compro comida. Quiero enseñarle a sobrevivir, pero creo que sus ojos aún están cerrados.

El nuevo novio de mamá tenía una reunión, y solo mis hermanas y mi hermano pudieron votar. Él les preguntó si lo dejarían mudarse a nuestra casa. Todos dijeron que sí. Mi opinión no importaba, así que nadie me la pidió. Alcé la voz y me quejé. Cállate, sé que solo quieres arruinar mi felicidad, susurró mi mamá. Pero, supongo que él quiso fingir que le importaba, así que finalmente pidió mi voto. No, dije, y corrí a mi habitación antes de que mi mamá pudiera darme una bofetada. Mi voto no importó, pero yo quería darlo. ¿Quién sabe si este hombre es otro monstruo escondido? Aun así, ahora tengo oficialmente un padrastro.

Mi hermano sigue portándose mal, pero solo durante el día. Tal vez ahora tiene miedo, porque hay un nuevo hombre que llega a casa tarde por la noche. Hay una fricción constante; todavía nos pega por cualquier cosa, si hablamos muy alto o si nos reímos. Ya no le tengo miedo. Estoy creciendo y haciéndome más fuerte. Ya no duele como antes cuando me golpea. Usa el cinturón, la escoba, sus tacones o cualquier cosa que tenga a la mano. Cuando llega en la noche, enciende la manguera para mojarnos y así despertarnos en medio de la noche. Otras veces, lanza piedras cuando llega borracha. Tengo nueve años, y estoy aprendiendo a sobrevivir. Ojalá no me tome mucho tiempo aprender a morir. Todos esos cristianos siguen diciendo que Dios viene pronto, pero no creo que sea verdad.

Si hago algo que le moleste a mi madre, me manda a la iglesia para que Dios me castigue. También dice que Él puede perdonarme y hacerme mejor, pero no lo ha hecho. Me aterra Dios por los castigos. Trato de no molestarla, aunque es inevitable. Se enoja por nada o descarga su mal día conmigo. Mamá cree que yo soy la que tiene que arreglarlo todo. Hacerle las compras y mantener a su hijo de buen humor. Cada vez que me pega, me dice: ¡Yo soy la mamá, no tú!

Oír hablar de Dios me enferma. Pienso que esa es su arma contra mí. Ya me orino en la cama, y ahora, cuando sé que me va a enviar a la iglesia, vomito y me hago caca en la ropa mientras duermo. Aun así, me despierta al amanecer y me hace esperar afuera. Voy a la iglesia a que me castiguen. Cuando estoy allí, me siento enferma y mareada. Siempre dicen que Dios está allí. Pero yo nunca he sentido paz en medio de su caos.

Tanairí piensa que mamá va a cambiar ahora que hay un hombre en la casa. Tal vez quiera quedarse en casa por complacerlo. Tanairi es nuestra niñera. Entiendo por qué para ella sería bueno que nuestra madre estuviera presente. Pero para mí, tenerla cerca todo el tiempo es asfixiante. No se está convirtiendo en una mejor madre, sino en una mejor mujer que juega a ser ama de casa.

Camino con mi hermanita todos los días hacia la escuela. Le doy su abrazo y beso de despedida, y siempre le digo lo hermosa que es. Quiero que sepa que tiene una mejor oportunidad en la vida. En casa, no siempre puedo protegerla. Y ahora que viene otra hermana en camino, Leilani ya no será la bebé. Mamá la está tratando mal sin motivo, especialmente por las mañanas antes de ir a la escuela. Si mueve la cabeza mientras le arregla el cabello, es golpeada hasta que el cepillo se rompa en pedazos. Me paro frente a mi hermana para que se enfoque en mí y no en el dolor. Jugamos a ver quién parpadea primero, y aunque ella pierda, la dejo ganar. Hago caras graciosas para que se ría y no llore. Ojalá supiera peinarla. Mi mamá tampoco me quiere peinar; simplemente me corta el pelo como a un varón. Vienen cambios, y prefiero quedarme con mi rol. Estoy acostumbrada a hacer negocios. No quiero que Leilani ocupe mi lugar.

Desde que mamá quedó embarazada, su pareja cree que vamos a robar la comida y que ella morirá de hambre. ¿Acaso no sabe que podemos sobrevivir solo con agua, hielo y hojas? Él nos muestra la comida y dice: ¿Ven toda esa comida? Pues no es para ustedes. Siento que se cree más importante cuando nos humilla, y mamá lo permite. Nuestro nuevo padrastro disfruta decirnos lo feas que somos. A veces finge que está hablando en serio solo para compararnos con animales o monstruos. Mi autoestima se está desmoronando.

Nunca me había fijado en mi apariencia, pero ahora me encuentro mirando al espejo. Mi padrastro dice que soy fea, y mi mamá se ríe. Ella nunca me ha dicho que soy hermosa. El hombre que maneja la guagua, el que aprieta mis manos, dice que son pequeñas, y eso lo hace sentir fuerte. Ojalá pudiera cortármelas y quedarme sin manos. He estado pensando: ¿cómo puedo cortarme la mano derecha sin la izquierda? Cuando lo descubra, lo haré, así él no podrá apretármelas nunca más. A veces me cubro las manos con un pedazo de tela. Pasé una aguja por la piel para que la tela se quede en su lugar, pero un dedo se me infectó. Así que dejé de cubrirlas.

No me gusta el color de mi piel; tengo un tono marrón medio, y me hace sentir sucia. Tampoco me gustan mis ojos; los hombres dicen sentirse atraídos por ellos, pero creo que solo les gusta ver mi miedo en ellos. Odio mi cabello rizo y enredado; mamá dice que es pelo malo. No me gusta mi apariencia. Quisiera ser hermosa, pero ¿cómo se supone que luce una persona hermosa? Si algún día Dios me perdona y decide hacerme mejor, ¿eso significa que me hará mejor físicamente o en comportamiento? Nunca me he fijado si los cristianos son atractivos. Su actitud juzgadora los hace ver feos, aunque algunos parecen ser serenos.

Le pregunté a mi mamá por qué sigue teniendo hijos si no quiere a los que ya tiene. Me contestó que tengo la boca muy suelta y que a la gente que habla mucho le arrancan la lengua. Corrí a mi habitación y me escondí debajo de la cama; no quería que me cortara la lengua. Desde entonces, me está aplicando la ley del hielo. Aun así, nunca obtuve respuesta a mi pregunta honesta. Prefería cuando nos dejaba solos por días en la casa.

Ha llegado el bebé; tengo una nueva hermanita, la octava en fila. Tanairí está faltando mucho a la escuela porque está de niñera. Me da pena. Se levanta en la noche para atenderla y, aun así, tiene que ir temprano a la escuela, si es que se lo permiten. Mamá me pidió que cuidara a la bebé, y le dije que no. Me ofreció un dólar, y le dije que no. ¿Qué puedo hacer con un dólar? ¿Comprar una lata de refresco para mi hermano? Cuantas más niñeras consigue, más bebés seguirá teniendo. Nunca la he visto cuidar a mis sobrinos. Siempre dice: "Si es tu bebé, es tu responsabilidad." ¡Yo nunca seré su niñera personal! Yo cuido a mis muñecas, aunque algunas ya no tengan pelo, brazos o piernas. Como quiera, las cuido. Los juguetes se heredan de hermana a hermana. Ya hago mandados y cuido a mi hermano. ¿Por qué tengo que hacerle más favores? No puedo cuidar a un bebé y calmar al loco de mi hermano al mismo tiempo.

La tensión está subiendo, y puedo sentir que es solo cuestión de tiempo antes de que me castigue. No voy a cuidar a la bebé, no importa cuántas veces me pegue o si nunca me vuelve a hablar. Prefiero vivir con el terror en una iglesia y convertirme en monja. No voy a asumir el papel de Tanairí, y Leilani no tomará el mío. Ahí viene otra vez, pidiéndome ayuda con la bebé. Le dije que no. Me exigió que lo hiciera, y las palabras se me salieron de la boca antes de poder detenerlas. El bebé es tu problema, no el mío. ¡Pídele ayuda al papá! Ni siquiera tuve oportunidad de disculparme; ya su mano estaba levantada y me dio una bofetada en la cara. Cuando levantó la mano para pegarme otra vez, levanté la mía para detenerla. Le recordé: te dije que si me volvías a golpear, me iba a escapar. Hoy me voy de esta casa. Y la próxima vez que pongas una mano encima de mí, voy a pelear contigo. Nunca olvidaré las cosas malas que me has hecho ni las que permitiste que otros me hicieran. Un día, cuando crezca, escribiré un libro, y todos sabrán quién eres.

Me quedé de pie en el patio, pensando adónde podría ir. Por suerte, mi prima pasó por allí y me invitó a su casa. Le dije que me estaba escapando, y ella me ofreció quedarme con ella. Mi tía, la hermana de mi papá, es buena. Disfruto de estar en su casa con mis primas. Incluso intentó todo para obtener la custodia legal de mí. Pero prefiero no arruinarle la vida como arruino la de todos los demás.

Emilia y Oswaldo no dejan de llamar. Mi mamá me compró un boleto de avión para enviarme a vivir con ellos a Estados Unidos. No quiero irme, pero me repiten que mi tía irá a la cárcel por mi culpa. Me da miedo por ella; no se lo merece. Mi tía me llevó a hablar con una trabajadora social, y mi madre ya estaba allí, llorando. Es la primera vez que la veo llorar. ¿Ella también llora?

Le dijo a la trabajadora social que mi tía era una mala persona y que mi papá era alcohólico. Incluso mostró pruebas de que yo debía estar medicada. Dijo que estaba dispuesta a luchar por la custodia porque mi tía me había secuestrado y se había aprovechado de mi estado mental. La trabajadora social le dio una caja de pañuelos. Con lágrimas en los ojos, le dijo cuánto me ama. La trabajadora social le creyó y me dijo: Tienes que dejar de ser una niña rebelde. Estás haciendo sufrir a tu mamá. Tienes que tomar tu medicamento e ir a la escuela. Si sigues portándote mal, ¿sabes a dónde enviamos a los niños malos? En la cárcel de niños. ¿Quieres que te enviemos allí? Dile a tu mamá que la amas y que lo sientes. Le dije a la trabajadora social que jamás le diría a esa mujer que la amó. Pues no la amo, ella no es mi madre.

No logro llevar mi mensaje a nadie, ni siquiera a Dios. Son mensajes pendientes que nadie desea abrir.

Una nueva jornada

5

Escudríñame, oh Dios, y conoce mi corazón;
Pruébame y conoce mis inquietudes.
Y ve si hay en mi camino malo.
Y guíame en el camino eterno.
Salmos 139:23-24 NBL

El 10 de junio de 1990 es un día soleado, perfecto para viajar. En un abrir y cerrar de ojos, estoy nuevamente en las garras de mi mamá, quien me lleva al aeropuerto. Tengo el corazón roto. Traicioné a mi tía tratando de protegerla. No importa si me odia; ella está a salvo, y no podrán meterla en la prisión. Salgo del carro, recojo mi bolso y mi boleto de avión, y comienzo a caminar directo al matadero. Siento en mi corazón que debería correr. Esconderme en un baño, para luego vagar por la isla. Pero solo soy una niña. El olor del mar intenta detenerme, y el calor suplica que no me vaya. Aun así, doy los pasos y sigo a la azafata hasta dentro del avión.

El avión despega y todo queda atrás. Las banderas de Puerto Rico ondean diciendo adiós. Las casas se ven pequeñas y los carros se volvieron hormigas. Atesoro en mi corazón la imagen de esta isla que desaparece frente a mí. La tierra donde nací, la que me alimentó con sus plantas y me entretuvo con sus olas. La tierra que me conoció, aunque yo nunca la conocí del todo. Un lugar lleno de paisajes hermosos que nunca llegué a ver. Esta pequeña isla crio guerreros, los que pelearon con todas sus fuerzas, y ni los conquistadores pudieron borrarlos. Aquí fue donde tres razas se mezclaron en una, y todas dejaron sus huellas en mí. Quiero quedarme. Aquí pertenezco.

Mirando el océano, tan grande e interminable, separando mi pasado de mi futuro. Este pájaro gris continúa volando más alto; parece que alguien extendió una gran manta de algodón, sobre la cual vuela el ave. Devorando la nube blanca de algodón de azúcar, partiéndola en mitad. Estoy en las nubes. Espera… ¡Ahora estoy cerca de Dios!

Dios, ahora que me escuchas. Solo quiero disculparme por todo lo malo que hice en el cielo. ¿Puedo regresar al cielo? Por favor, Dios.

Pasé todo el vuelo mirando por la ventana, preguntándome si Dios me escuchó, con miedo de pedir una señal. Sé que sí me oyó; estoy cerca de él, flotando por encima de las nubes. Mamá dice que hablo mucho y debo aprender a estar callada. Pero ahora que estoy cerca de Dios, tengo tantas cosas que decir y tantas preguntas. Sin embargo, le demostraré que aprendí la lección. Le voy a comprobar que merezco volver al cielo. La persona sentada a mi lado me pregunta mi nombre, pero lo ignoro. No hablaré estando en el avión. ¿Y si Dios, enojado dice, ¡cállate! ¿Y si lanza este avión al océano? Tal vez a Dios le gusta el silencio. Cuando hay mucho ruido, todo se vuelve abrumador.

He estado sentada en la misma posición por horas, sin hablar, sin moverme, respirando suave. La gente mira con asombro por las ventanas. El pájaro se menea de un lado a otro, balanceándose según nos acercamos a la ciudad. Afuera, veo luces de neón brillando como decoraciones de fiesta, rayos de colores esparcidos por la noche. Se ve hermoso, pero no se parece en nada a la isla que dejé atrás.

El avión ha aterrizado en Estados Unidos, y ya no hay vuelta atrás. No quería vivir con mi mamá, pero este lugar tampoco se siente como hogar. Un niño de mi edad me mira mientras desbordamos el avión y dice: No tengas miedo. Al final, todo estará bien, y vas a hablar. Solo me sonreí. Junto con el avión, he aterrizado en un lugar nuevo, con nuevas oportunidades para vivir. Respiro hondo al bajar. Mas la realidad me golpea, pues sé que quien me espera es parte de mi familia. Eso significa que seguiré atrapada en una jaula.

Camino por un pasillo largo, sintiéndome sola y perdida. Oswaldo está allí, esperando con un amigo. Me envuelve con un abrazo y, mientras me susurra, ¡bienvenida! Te voy a enseñar muchas cosas.

Al día siguiente, mi hermana Emilia me explicó las reglas de la casa. Debo obedecerlas sin hacer preguntas. Tengo que hacer todos los quehaceres y ayudarla con todo. Está prohibido hablar con Dios, ya que ellos tienen un indio protector, y a él no le gusta. No se me permite hablar con nadie. Ni por teléfono, por carta, ni en persona.

Me lleva a su habitación, que está justo al lado de la sala, dividida solo por una cortina en lugar de una puerta. Su cuarto está lleno de velas. En una esquina tiene lo que parece un altar, una gran estatua de un indio de yeso rodeado de objetos extraños e inciensos. Cuchillos frente a él, algunos limpios y otros sucios. También tiene un plato con comida y un vaso de agua. Su habitación es pequeña, con una cómoda y su cama al lado de la ventana. Me invita a sentarme en la cama y saca unas cartas del tarot. Las divide y me pide que escoja un mazo. Sé leer las cartas, me dice. Emilia siempre ha sido extraña; disfruta hacer daño de una forma que hace que la gente sienta que se lo merece, o incluso que lo desea. Se le nota la emoción con las cartas, igual que cuando se emocionaba y se reía al herir a alguien.

Ella dice: Veo a un hombre guapo y fuerte, y debes obedecerlo en todo. Él te pedirá que seas su novia, y te diré cómo es para que puedas reconocerlo. Tiene ojos negros, pelo rizado y su piel más oscura que la tuya. Escucha, necesitas ser su novia. No puedes desobedecer lo que dicen las cartas. Luego guarda las cartas y me dice que permanezca donde estoy, porque necesita preguntarme algo importante.

Estás en deuda con nosotros por haberte rescatado. Mamá, iba a enviarte a la cárcel. Está cansada de lidiar contigo; ella no te quiere.

Ella ya nos dijo lo que hiciste. Sé honesta y dime, ¿cuáles son los nombres de los muchachos que tuvieron sexo contigo detrás de la escuela? Sabemos que no eres virgen.

Estoy confundida por sus preguntas. Supongo que mamá sí la llamó. ¿Por qué insiste tanto con los nombres de los chicos detrás de la escuela? No sé quiénes son. Además, yo no tuve sexo con ellos. No fui yo la que se quedó atrás. ¿Qué quiere decir con que no soy virgen? Bueno, eso ya lo sé. Solo los adolescentes que murieron en la Iglesia Católica son vírgenes, y hacen estatuas de ellos. Algunas personas les rezan a esas estatuas porque creen que la Virgen María puede hablar con su hijo e interceder por nosotros, los humanos. Yo pienso que eso es una pérdida de tiempo. ¿Por qué Dios escucharía a una estatua de yeso y no a un ser humano vivo? No voy a hablar con nadie sobre aquel día detrás de la escuela. Hay unas flores escondidas entre la hierba, y les prometí guardar su secreto. No quiero que las pisen.

Mi hermana sigue hablando y preguntando. Yo sigo ignorándola. Me enferma el hablar de cosas malas. Ella sigue, y empieza a contarme la historia de cómo sangró en las sábanas la primera vez que tuvo sexo con su exesposo, Eddy. Le digo que no me importa y que no quiero hablar de esas cosas. Ella solo se ríe y dice: Luego te importará.

Prefiero jugar con mi sobrina y sobrinos, pero ella quiere que me quede aquí escuchando su historia. Oswaldo pone música de santería, y suena más fuerte que la voz de mi hermana. Él viene y me lleva a la sala y me dice que me mantenga de pie. Cocinó algo, y Emilia se lo pasó, algo que echaba mucho humo y apestaba toda la casa. Él da vueltas a mi alrededor, atrapándome en medio del humo. Dice que esto me va a preparar para el día especial.

Ellos no tienen sentido. Obedezco, estando quieta. No hago ruido, respiro suavemente. Estoy practicando estar en silencio y guardar las palabras. El silencio es la prueba de que aprendí la lección. No sé si Dios me busca, pero si lo hace, esta vez me comportaré en el cielo.

Con el paso de los días, me acostumbro más a ellos. Oswaldo vende drogas, igual que hacía en Puerto Rico. Ahora es mi trabajo mirar por la ventana y avisar si la policía pasa. Como no quiere meterse en problemas si la casa es allanada, Emilia se va con sus tres hijos. Este apartamento está sucio, lleno de cucarachas por todos lados. A mi hermana no le gusta limpiar, así que yo lo hago por ella. Es difícil barrer una alfombra con una escoba vieja. No me dejan usar la aspiradora, y la escoba sigue perdiendo cerdas de plástico que se quedan pegadas en la alfombra. Pero eso no me detiene. Estoy decidida a limpiar este basurero.

A mi hermana le encanta llevar a sus hijos a McDonald's; siempre los lleva allá. Apenas cocina; ni siquiera sé si sabe hacerlo. Yo no suelo tener mucha hambre. Por lo general, con un vaso de agua me lleno. En la cena, tengo que esperar a que los demás sean servidos. Primero le dan comida a la estatua del indio en el cuarto. Luego, Oswaldo recibe su plato, seguido de su hijo mayor porque es el favorito; después el hijo menor porque es varón. Mi hermana y su hija vienen después. Si sobra y Oswaldo no lo quiere, entonces puedo comerlo. Solo me permiten comer de pie. Mi hermana dice que mis piernas están delgadas y que comer parada puede ayudar a que la comida vaya a mis piernas. Para cuando llega mi turno, la comida está fría y no sabe bien. Ver las cucarachas y oír a mi hermana burlarse de mí me quita el hambre. Mi padrastro solía hablar de mi cabello y mi cara. Resulta que todo mi cuerpo es feo.

Hablan de mi cumpleaños y lo especial que será ese día. Están más emocionados que yo. Me pregunto si tendrán un pastel. Sería la primera vez que alguien me entregue un pastel de cumpleaños. La primera vez que alguien recuerde o reconozca mi día. Mi mamá siempre olvida mi cumpleaños. Ya que la menciono, ni siquiera ha llamado para preguntar si estoy bien o si me porto bien. Ni modo. Mi cumpleaños se acerca, y empiezo a creer que tal vez sí será especial.

Es un día caluroso de verano a principios de agosto, y extraño la brisa fresca de Puerto Rico. Aquí la humedad es tanta que siento el vapor subiendo del asfalto. Casi no hay árboles, solo unos pocos plantados en un patrón perfecto, cada uno cercado en un cuadro. Si mi vida dependiera de los árboles, ya estaría muerta. Siempre esperan que acompañe a Oswaldo cuando hace diligencias o vende drogas. Él dice que la policía no va a registrar a una niña, así que tengo que cargar las drogas. No tiene sentido que la policía lo detenga cuando él le vende droga a un policía. James es un americano alto, de cabello rubio y ojos azules. A veces está en su uniforme, manejando su patrulla. Otras veces vamos a su casa. Tiene esposa y dos hijos. Su esposa es muy delgada, con el cabello rubio, corto y rizado. De vez en cuando, él le da una bofetada en la cara frente a nosotros, igual que mi mamá solía hacerme a mí.

Hoy nos reunimos con James para entregarle drogas. De regreso a casa, paramos en una tienda de videos. Oswaldo escogió una película de caricaturas para su hijo y una porno para él y Emilia. El calor es insoportable y parece que no hay aire para respirar. Aunque no me gusta estar en su casa, es mejor que estar afuera. Vivimos en el cuarto piso, y no hay patio para jugar. El apartamento solo tiene dos cuartos, uno para mi hermana y Oswaldo y otro para sus tres hijos y yo.

No hay puertas, solo cortinas. El baño está adentro del cuarto de los niños, así que no hay privacidad. Desde las ventanas de la sala se ven los edificios altos y los carros pasar en la calle North Fourth . Aquí todo es aburrido. El cuarto de los niños tiene una sola ventana que da hacia atrás, donde la escalera de incendios baja hasta los zafacones. Aunque está afuera, el basurero se ve más limpio que el interior de este apartamento.

Subíamos las escaleras cuando Oswaldo me bloqueó el paso. Se detuvo a mitad del escalón, atrapándome con sus brazos. ¿Quieres ser mi novia?, preguntó. No, respondí. Él sonrió con arrogancia. No te preocupes, tu hermana sabe y está de acuerdo con nuestra relación. ¡No! No quiero ser tu novia. Tengo nueve años y tú eres mi cuñado. Sentí asco. ¿No fue por eso que viniste a vivir con nosotros?, me preguntó. ¿No quieres ser mi novia, como Mara?

Intenté empujarlo, pero él era más fuerte. Se acercó, con su cara casi rozando la mía, y susurró: Cuando subamos, le diré a Emilia que dijiste que no. Entonces me besó en la boca. Lo empujé otra vez y finalmente logré zafarme; subí corriendo hasta el apartamento.

Pensé que se guardaría el secreto. Pero en cuanto cruzó la puerta, se lo dijo como un niño malcriado haciendo una rabieta. ¡Emilia!, gritó. Más te vale hacer algo con tu hermana. Le pedí que fuera mi novia y me dijo que no. Si no acepta, no la quiero aquí. ¡Mira a esa inútil! Ha tenido sexo con tantos hombres y ni siquiera sabe besar.

Emilia soltó una carcajada como si fuera lo más gracioso que había escuchado. Yo me quedé congelada. De repente, ella paró de reír.

Me llamó a su cuarto y, en cuanto entré, me golpeó. ¡Zorra! ¡Te dije que obedecerías! Te dije que un chico apuesto te iba a pedir que fueras su novia, y debías decir que sí. Por eso, mamá se rindió contigo. ¡No vales nada! ella gritaba mientras me jalaba del pelo y me pegaba una y otra vez.

Según mi hermana, ahora soy la novia de Oswaldo, aunque claramente dije que no. Pero parece que eso no importa. Dice que todos los hombres engañan, y que es mejor que lo haga conmigo que con otra. Le tiene miedo al VIH y me dice que, como no estoy enferma, soy la opción segura. Si me quieres, harás esto, me dice. ¿No quieres que me muera, verdad? Una y otra vez insiste en que acepte. Para ella, mantenerlo en la familia significa que nadie tiene que enterarse. Solo será otro secreto que cargaremos todos. Mara fue su novia antes que yo, y se llevaban bien. Emilia dice que las mujeres se convierten en amantes todo el tiempo a cambio de regalos y un trato especial. Al menos así, dice ella, él no gastará dinero en otras mujeres, y ella no correrá el riesgo de enfermarse.

Oswaldo a veces juega conmigo. Finge delante de sus hijos que me hace cosquillas. No me gusta. Cuando me hace cosquillas, tiende a tocar mis partes privadas; toca mis pequeños senos y entre mis piernas. Lo empujé y le dije que se detuviera. Él siempre se queja con mi hermana. Entonces ella se une al juego, sujetándome con fuerza para que no me mueva, mientras él hace cosquillas y me toca. No entiendo cuál es el propósito de ese juego. Ella me sostiene con tanta fuerza que me lastima. Lo más aterrador es que es ella quien parece disfrutarlo, especialmente cuando me toca. Sé que le gusta por la expresión de su rostro y su sonrisa.

Hay pocas ocasiones en que mi sobrina comparte conmigo sus muñecas y jugamos juntas. Trato de jugar con mis sobrinos, pero su papá siempre arruina la diversión. Él dice que los niños deben aprender a ser el hombre de la casa y les dice que me peguen para que aprendan a ser dominantes y a tomar control.

Fui con Emilia a inscribirme en la escuela. Las clases empiezan en septiembre, y mi sobrino Junior comenzará el jardín de infancia. Los tres asistiremos a la escuela elemental Lauer's Park en Reading, Pennsylvania. Emilia compró ropa nueva para sus hijos; luego me llevó a una tienda de segunda mano. Dijo que no merecía nada nuevo porque no soy su hija y, como la amante de Oswaldo, no debería verme mejor que ella.

Se acerca mi cumpleaños, y Oswaldo mantiene una cuenta regresiva. Tal vez los cumpleaños son especiales en Estados Unidos. Emilia a menudo come pastel y helado. Aún tengo que comer parada, y dos meses después, mis piernas se ven igual. Han pasado dos meses desde que mi mamá me envió a una "nueva vida", y nada ha cambiado, excepto que ahora hago mandados con mi cuñado y no sola.

Un nuevo camino, dijeron. Pero reconozco esta ruta; sigue doliendo igual. Pensé que viajaba sola, pero ahora me doy cuenta de que el infierno me siguió. Ya no trato con los hombres de negocios, así que tal vez debería estar agradecida. Sigo encerrada en una jaula, pero de alguna manera, soy libre. No soy ya responsable de mi hermano.

Un regalo de cumpleaños

6

Me hallaron los guardas que rondan la ciudad;
me hirieron, me golpearon, me quitaron mi manto
de encima los guardas de los muros.

Cantares 5:7 NBL

Es veintisiete de agosto de mil novecientos noventa. Hoy cumplo diez años. Mi hermana se levantó de buen humor, poniendo música temprano y fuerte, como suelen hacer en Puerto Rico los sábados, pero hoy es lunes. Sin que me lo pidan, comienzo a limpiar la casa. Aun en mi cumpleaños, es mi deber ayudar y ganarme la comida que me dan. Para ser honesta, hoy no me importa. Lo han dicho tantas veces que perdí el interés. Todo se volvió molesto, igual que ellos.

Emilia se arregla temprano, vistiendo a sus hijos según despiertan. Oswaldo dijo emocionado: ¡Es tu cumpleaños! ¡Tendrás un regalo especial! Emilia apura a los niños, planeando salir a desayunar y luego al parque de la ciudad. Admito, se siente bien que alguien recuerde mi cumpleaños. Me apuro a terminar de limpiar y me visto. Solo tengo unas pocas prendas en una caja de cartón, así que elegir ropa es fácil.

Finalmente, estamos listos y salimos por la puerta, hasta que Emilia me detiene poniendo su mano en mi pecho. ¿A dónde crees que vas? Te quedas aquí con Oswaldo para que estés alerta. Luego recibirás tu regalo. Disfruta la sorpresa; te va a encantar. Lo dijo emocionada, como si ella fuera la que disfrutara el momento.

Limpio la mesa y preparo la balanza y las bolsas de plástico. Cuando mi cuñado empieza a trabajar con las drogas, me arrodillo por la ventana, escondida. Observo y tomo nota de quién entra y sale. Mientras miro hacia afuera, me pregunto cómo sabe el desayuno de McDonald's. Mamá solía decir que esos lugares eran para los privilegiados. Mi hermana va muy seguido. He estado ahí con ellos, pero no me dejan comer. Solo observo, no soy lo suficientemente digna para tener nada. Mi hermana es la que come la comida de mi cajita feliz, y mi sobrino recibe el juguete sorpresa.

Una vez que terminó de poner las drogas en sus bolsas individuales, me dice que entre a su cuarto a buscar mi regalo de cumpleaños. Entro, y no hay nada fuera de lo ordinario. Salgo y Oswaldo se ríe de mí, preguntándome si lo encontré. Le digo que no hay nada, pero él jura que está en el cuarto. Sigue insistiendo, y decido intentarlo una vez más. Esperaba una caja, un globo o quizá un pedacito de pastel. Tal vez tengo que buscar algo más pequeño.

Las velas grandes están encendidas, el indio con una paloma muerta a sus pies y cuchillos ensangrentados esparcidos a su alrededor. Aun así, no hay nada, ni grande ni pequeño, así que me doy por vencida. Él me espera en la sala y empieza a reírse cuando me ve salir con las manos vacías. Eres estúpida, dice. Tu regalo está en la cama. ¿Cómo no puedes verlo? Vuelvo a entrar, y no hay nada. Pienso que debe estar burlándose de mí, y ya no quiero seguir buscando. Camino hacia la cocina porque los platos ya deben estar secos y hay que guardarlos.

Oswaldo me agarra del brazo y dice que me ayudará a encontrar el regalo, prácticamente empujándome de nuevo a su cuarto. Sigue burlándose. Está en la cama, ¿no lo ves? Me siento estúpida por pensar siquiera que alguien podría preocuparse por mí, como si este día no estuviera ya maldito. No hay nada especial en él. Intento salir, pero él bloquea la entrada del dormitorio. Entonces me agarra la cara y me besa. Lo empujó cuando intentó hacerlo otra vez. Me niego a ser su novia, aunque mi hermana insista en que ya lo soy.

No me digas que no quieres esto. Después de todo, viniste de Puerto Rico para estar conmigo. He esperado dos meses para hacer de este día algo especial. Te prometo que nunca lo olvidarás. Recordarás este día por el resto de tu vida. A partir de ahora, me perteneces, dice él.

No quiero ningún regalo; Emilia lo puede tomar. Vine porque me enviaron, no tenía opción. ¿Puedes dejarme salir de tu cuarto, por favor? Intento alejarme de nuevo, pero él sujeta mi brazo. Trató de amenazarlo. Le diré a mi hermana que me estás haciendo daño.

Adelante, díselo, responde. Tu hermana sabe que estás recibiendo tu regalo de cumpleaños, y también tu mamá. Aun así, viniste desde Puerto Rico; tú siempre quisiste esto. Intenté zafarme, pero su agarre se hace más fuerte. Se enfurece y me lanza contra la cama. Se recuesta encima de mí e intenta besarme. Mientras lo hace, susurra: Es tu culpa; tú querías esto. Sé que lo quieres tanto como yo. ¡Es tu culpa!

Mientras está encima de mí, empieza a quitarme la ropa. Lo empujo, pero no con la fuerza suficiente para escapar. Se pone aún más agresivo y me da una bofetada en la cara. El tiempo comienza a retorcerse, moviéndose demasiado lento y rápido a la vez. En un parpadeo, estoy desnuda. El tiempo me ha traicionado. Él se para al lado de la cama y empieza a desvestirse: la camiseta blanca, el mahón azul, el calzoncillo blanco... todo mientras me mira como una serpiente, lamiéndose los labios. ¡Por favor!, te ruego, no mires mi cuerpo desnudo. Pero como un disco rayado, no deja de repetir. Es tu culpa. Tú quieres esto. Es tu culpa.

—Oswaldo, yo no quiero esto. Déjame vestirme. ¡Déjame ir!

Se vuelve a subir encima de mí, y grité: ¡No! ¡Yo no quiero esto! ¡Déjame ir! Intento arrastrarme hacia la esquina de la cama, pero ya he chocado con el espaldar; no hay a dónde más ir. Me agarra por el cabello y me lanza hacia abajo otra vez.

Grité en un intento por escapar, y él paró. Me preguntó: ¿Quieres que la gente te escuche? Caminando hacia la ventana, la abrió. Vamos a ver quién se preocupa por ti ahora. Dale, grita todo lo que quieras.

Vuelve a acostarse encima de mí, y seguí luchando. Me abofetea y jala mi cabello. Es un ciclo, una repetición; siento que nunca terminará. La ventana está completamente abierta, pero nadie me oye. ¿No es mi grito más fuerte que la música de santería sonando de fondo? ¿Quién puede ayudarme si nadie quiere escuchar?

Se levantó de la cama y me arrastró con él, sujetándome del pelo. Me había dominado por completo. Tomó unas almohadas y las colocó cerca del pie de la cama; luego me empujó otra vez sobre el colchón, acomodando las almohadas bajo mis caderas. Murmuró frustrado: "Eres tan pequeña".

Se acostó encima de mí, y sentí un dolor horrible. Al instante, un grito escapó de mis labios, y mis piernas comenzaron a temblar. Eso lo enfureció. Se levantó, agarró un cuchillo de encima de su gavetero y lo presionó contra mi rostro. La hoja estaba manchada con sangre seca del pajarito que había matado. Podía sentir la punta del cuchillo en mi mejilla derecha, justo debajo del ojo.

Si te mueves, te apuñalarás tú misma, advirtió, como si le importara. Lo intentaré una última vez. Si no te quedas quieta, si no detienes el temblor de tus piernas, le voy a dar tu sangre al indio, y nadie sabrá jamás que estás muerta. Pondré tu cuerpo sobre una bandeja. Sujeté mis piernas con toda la fuerza que me quedaba. Luego giré mi rostro hacia la izquierda, lejos del cuchillo, mirando hacia la ventana abierta.

El dolor volvió, pero tenía que evitar que mi cuerpo temblara. No cerré mis ojos. Me esforcé por convertirme en un robot. Tengo miedo, y duele.

Puedo olerlo; él está sudando. Él sigue susurrando: Es tu culpa. Es la forma en que me miras, la forma en que sonríes. Me estás obligando a hacer esto; ¡es tu culpa!

Hoy es un día caluroso y soleado. Las nubes se mueven lentamente; se ven blancas y esponjosas, como algodón de azúcar. En algún lugar, allá arriba en el cielo, hay un castillo; lo sé. Un castillo que nadie puede encontrar y al que nadie puede entrar. Un lugar con muros de piedra tan fuertes que nadie derribara. Si corro lo suficientemente rápido sobre las nubes, sé que puedo alcanzarlo. Debo correr, y no puedo caer. Entonces estaré a salvo. Necesito huir.

¡Brenda, zorra estúpida! Escucho su voz desde lejos. Cuando dejo de correr sobre las nubes, inmediatamente desaparecen bajo mis pies; al hacerlo, me hacen caer de nuevo a la realidad. Obligándome a aterrizar otra vez sobre la cama. Cuando abro los ojos, lo veo completamente vestido. Ve al baño y límpiate, demandó.

Me ayudó a caminar hasta el baño porque mi cuerpo no respondía cuando intentaba moverme. La bañera ya estaba llena de agua. "Límpiate", me dice. Me senté en la bañera, sintiendo que todas mis emociones se habían subido juntas a una montaña rusa. Puedo sentirlas todas a la vez y, al mismo tiempo, no siento nada. No puedo comprender lo que acaba de pasar, ni cómo me siento al respecto.

Él pide que me limpie, pero no hay manera de hacerlo. Sigue entrando al baño para asegurarse de que me esté lavando, pero no puedo. Estoy frotando mi cuerpo, y no se limpia. Estoy sucia.

Tan pronto como salí de la bañera, me vestí. Tenía miedo de que Oswaldo regresara y lo hiciera otra vez si me veía desnuda. Entró al cuarto sosteniendo una extensión blanca en sus manos y me dijo que fuera a la sala. Apenas estaba cruzando la línea entre el cuarto y la sala cuando ya me estaba empujando hacia una esquina. Como no quieres moverte en la cama, tampoco te vas a mover por la casa, dijo. Me sentó en el suelo y me ató las manos y los pies con la extensión eléctrica, como hacen con los rehenes en las películas. Me dolía, pero no dije ni una palabra. Preferí quedarme callada.

Emilia llegó a casa y me vio en el suelo. Le pareció gracioso. Cuando por fin recuperó el aliento de tanto reírse, preguntó: ¿Qué pasa? ¿No te gustó tu sorpresa? Le rogué que me desataran. Estaba muy apretado y me dolía, pero simplemente dijo que no. Está molesta conmigo y no sé por qué. Ordenaron comida china para la cena. Mi hermana me preguntó si tenía hambre, y dije que sí. Entonces tiró un poco de arroz al suelo y dijo que comiera como un perro. Oswaldo se molestó porque ella tiró el arroz. Diciendo: mejor dale los huesos.

Ella empezó a gritar porque no estaba comiendo. Te voy a dar una golpiza si no comes del piso, me amenazó. Luego le pidió a Oswaldo que tuviera sexo conmigo otra vez. Rápidamente, lamí el arroz del suelo. Los huesos, también, añadió burlándose mientras yo comía. Después de terminar, comencé a llorar. Mis manos y pies me dolían tanto que sentía que iban a explotar por lo apretado del cable, y pensé que tal vez si lloraba, la sangre saldría por mis ojos. Mientras lloraba, revisaba mis lágrimas al limpiarlas para ver si tenían sangre.

Desearía que Dios me dijera qué hice en el cielo para merecer tal castigo aquí en la tierra. No pude haberle hecho algo así a un ángel. ¡Dios, por favor, perdóname! Grito en mi mente porque no quiero que me oigan. Espero que Dios escuche mi grito telepáticamente. Dios, ¿dónde estás? Por favor, ven a buscarme.

He estado sentada en el suelo por horas, creyendo tener poderes telepáticos, al conversar con Dios en mi mente. Pero él no parece escucharme. Debo estar volviéndome loca. Dios debería ser la última persona en mi mente; aun así, es a quien más necesito. Imagino a un ser invisible protegiéndome, y ese pensar me consuela. Entonces la realidad golpea, y aquí estoy, sola, sin esperanza, como un perro herido. Dios, por favor, rescátame.

¿Por qué Emilia no se calla? Sigue hablando de lo mismo. Cuando tuve sexo con Eddy por primera vez, sangré; había sangre en las sábanas. Mira, en estas no hay sangre. Eso es la prueba de que no eras virgen. Todo el mundo sangra por primera vez. Las sábanas están limpias; no tengo que lavarlas, repite sin parar. Casi es hora de dormir y aún sigo atada en el suelo, esperando que termine el castigo. El dolor en mis pies y manos dura un rato y luego se va. Eventualmente, olvido el dolor. Tengo sed, pero no me atrevo a pedir agua. Es mejor quedarse callada, quedarse quieta, como un robot. Mi hermana está viendo su novela; no puedo interrumpirla.

Tal vez si le pido a Oswaldo, él tenga compasión de mí. ¡Sí! Se acaba de levantar. ¿Puedes soltarme, por favor? Me duele. Mira, mis manos y pies van a explotar. Por favor. Él solo me miró, y se puede escuchar a mi hermana de fondo diciendo que no. Se sentó en el suelo junto a mí para desatarme y me liberó del castigo.

La persona que amenazó con dar mi sangre al indio y servir mi cuerpo en un plato está mostrándome misericordia en la noche. Pasé del miedo, decepción y odio a sentirme agradecida por su lástima.

Él pidió que me fuera a dormir. Al no poder caminar, me arrastré por el suelo como un soldado, lo más rápido que pude, para cruzar esa línea de la sala al dormitorio. Ojalá pudiera cerrar los ojos solo por esta vez. Necesito reiniciar mi mente y borrar la memoria de hoy. En su lugar, me duermo llorando. Sabiendo, muy dentro de mí, que hoy quedé marcada para siempre. Creo que él tenía razón; hoy es una fecha que nunca olvidaré.

Debería sentirme llena de energía y emocionada. Abrazando una muñeca o un peluche hasta quedar dormida. Pensando en cuánto disfruté el día y planeando el juego de mañana. Como la escuela empieza en unos días, mirar la ropa nueva y elegir un conjunto. Tal vez debería estar quejándome del calor, dando vueltas en la cama, buscando el lugar más fresco. Pero en vez de eso, me siento agotada y confundida. Sin entender qué pasó hoy ni por qué no pude encontrar el castillo. Con miedo de cómo se verá el mañana. No soporto más el calor; no puedo respirar. Odio los días soleados y calurosos porque la gente suda, y es asqueroso. Estoy sucia; no pude limpiarme. Dios, ¿dónde estás? Busqué tu casa y no pude encontrarla. Me caí de las nubes; me echaste del cielo. ¿Dónde estás? Ahora estoy sucia y no puedo regresar. ¿Qué hice para merecer esto?

Aun así, hoy fue mi cumpleaños, y debería estar agradecida de que alguien, por primera vez, lo recordó. ¡Feliz cumpleaños para mí!

La escuela comenzó, y es difícil poder aprender. No hablo inglés, así que la mayoría del tiempo estoy perdida. No me permiten hablar con maestros ni tener amigas. Todos piensan que soy tímida, y por eso no participo en conversaciones. Si tan solo preguntaran si tengo algo que decir. Más aprendí hace mucho que a nadie le importa. En el almuerzo, algunos días me trago la comida con miedo de que me la quiten. Otros días, me quedo en blanco, y cuando me doy cuenta, es hora de volver a clase. Quedándome con hambre hasta el próximo día. En casa, mi porción de comida es limitada, si tengo suerte.

Le pregunté a la maestra si podía hacer trabajo extra y recibir toalla sanitaria en vez de calificación. La maestra dijo que no, que le pidiera a mi mamá que comprara. Siempre encuentro la forma. Ahora robo servilletas o papel higiénico del baño de la escuela o de algún lugar público y lo uso durante mi ciclo menstrual. Los fines de semana, a veces tengo que reutilizarlos. Como no me permiten botarlos en casa, los guardo en mi mochila hasta regresar a clases, donde puedo tirarlos. En esos momentos, me alegra que la gente me vea como la tímida. Al igual que mi mochila, cargo muchos secretos sucios.

La primera vez que le pedí una toalla sanitaria a Emilia, me dio una paliza y me dijo que era asquerosa por tener la menstruación. Me permiten usar solo una toalla al día. También me castigan cuando Oswaldo quiere tener sexo conmigo y estoy en mis días. Por eso trato de esconderlo lo más que puedo, deseando poder controlar cuándo sucede. A veces Oswaldo me tiene lástima. Me dice cosas como: No tendré sexo contigo hasta dos días después de que termines. Te cuidaré. Puedes tomar algo dulce o un jugo. Toma, te conseguí dos toallas extras. Las cosas que otras niñas de mi edad dan por sentado, para mí son privilegios. Sí, estoy agradecida por su lástima.

Mi hermana da más miedo que su esposo. Me culpa por no saber complacerlo. Parece disfrutar cuando él tiene sexo conmigo. Pide comida para llevar y se pone de buen humor. Lo más loco es que también me golpea cuando está feliz. Lo único que cambia es la expresión en su rostro. Emocionada o enojada, expresa ambas cosas a golpes. No sé cómo complacerla. Ella es, como nuestro hermano, una bomba de tiempo. Si río o lloro, ella le dice que es porque quiero sexo. Estoy aprendiendo a mantener mis emociones neutrales. No río ni lloro a no ser que así lo requieran de mí. Evito el contacto visual con los hombres para no llamar la atención. Dejé de sonreír; ahora me mantengo en silencio. Mi mamá estaría orgullosa.

Cada vez que mi cuñado tiene sexo conmigo, soy castigada. No lo complazco supuestamente, y mi hermana cree que estoy fingiendo. La verdad es que no sé qué hacer. Así que corro por encima de las nubes intentando encontrar el castillo. De existir, necesito hallarlo. Quiero saber cómo es por dentro. ¿Son las paredes interiores de piedra, así como afuera? ¿Hay pasadizos secretos para emergencias? ¿Soldados vestidos con armadura, listos para proteger a los que están adentro? Necesito saber cuán segura estaré una vez que entre.

Mi hermana no entiende que no quiero ser novia de su esposo. Solo porque a Mara le gustaba, no significa que a mí también. Quiero ser una niña normal, como las de la escuela. Tener ropa de la que hablar y diferentes peinados. Planear durante el almuerzo qué programa de televisión ver y pedir un juguete nuevo después de ver el comercial. Deseando experimentar, tener mi primer novio y recibir una nota que diga: "¿Quieres ser mi novia?" Decidir dónde poner la marca, en el sí o no. Ha de ser bonito dibujar un corazón en un papel, sonreír durante la mañana escolar y llorar en el almuerzo porque la relación solo duró unas horas. Todas esas experiencias me fueron robadas.

Hoy no me dejaron ir a la escuela; Emilia tiene una cita, y él dijo que esta era la oportunidad perfecta para tener la casa para nosotros solos. Le rogué a mi hermana que me dejara ir con ella, pero como siempre, me dio la espalda. Mientras lloraba, le dije que lo odiaba.

Tan pronto como nos quedamos solos en casa, me llevo al dormitorio. Intentó besarme y giré la cara hacia otro lado. Él intentó de nuevo, y me aparté. Hasta que, agarrando mi cara, me besó. ¡Odio los besos! No me gusta que me toquen la cara. Detesto la sensación de una mano sobre mi rostro. La rabia me invadió; lo empujé y lo amenacé. La próxima vez que vea a la policía, les diré que me besaste. Se enojó, me golpeó y, aun así, tuvo sexo conmigo. Lastimándome por no comportarme bien, me lo merecí. Cuando mi hermana llegó, pasaron horas hablando en su cuarto.

Él salió a recoger a los niños de la escuela y trajo una caja grande de cartón. Me pidió que entrara en la caja con su hijo mayor. Luego pidió que nos tocáramos nuestras partes privadas. No lo hicimos; mi sobrino ahora está llorando porque le pidió que fuera un hombre, a menos que fuera homosexual y quisiera un niño dentro de la caja en lugar de mí. Con el tiempo, ambos estábamos cansados y sudando. Me rendí y convencí a mi sobrino para que me besara y me tocara y así él podría ir a comer y jugar. Él lo hizo, y nos liberamos de la caja. Oswaldo me dijo: ¡Eres igual que yo! Besaste a tu sobrino. Si hablas, yo también lo contaré, y los dos iremos a la cárcel.

Pensé no ser un monstruo, y resulté ser igual a ellos. Como si alguien hubiera enrollado el cable de extensión alrededor de mi corazón. A mis diez años recibí un regalo de cumpleaños que me marcó para siempre.

Ser castigada

7

Mis lágrimas han sido mi alimento del día y de noche,
mientras me dicen todo el día.
¿Dónde está tu Dios?

Salmos 42:3 NBL

Mi cuñado está buscando otra novia. Ha estado saliendo a los clubes nocturnos, regresando a casa tarde en la noche. Siempre hay peleas entre él y mi hermana. Él pasa tiempo con una chica adolescente del colegio. Ella es mayor que yo y es más popular. Realmente espero que su relación dure; por ahora, ella es mi única esperanza. Estoy teniendo un descanso de él.

Emilia insiste en que es mejor que él tenga un amorío conmigo porque no quiere enfermarse. Dice que, si él se enferma, yo también me enfermaré. Ella está aterrada de que él la deje por otra. Por eso quiere que yo lo haga enamorarse. Aunque mi opinión nunca ha sido valorada por nadie, yo preferiría no hacer algo así. También me dijo que debería tener un bebé, y si doy a luz a una niña, me tratarán como a una princesa.

Él viene de una familia de doce hermanos y tiene dos hijos. Ella podría ser la primera niña para su familia, y ellos la amarían. Emilia también tiene un plan para protegerme cuando quede embarazada. Me mantendrá oculta hasta que dé a luz. Si tengo una hija, ella la criará como propia. No necesitan más niños; por lo tanto, si doy a luz a un niño, ella lo matará y verterá su sangre sobre la estatua del indio, tal como hacen con los pequeños animales. Nadie se enterará jamás. Su cuerpo será devorado por los gusanos hasta que no quede nada.

El ánimo de mi hermana cambia de un momento a otro. De estar feliz y emocionada, se convierte en un monstruo listo para destruirme. Tengo miedo; no deseo tener a su hijo. Mi hermana piensa que esa es la única forma de mantenerlo a su lado. Le alegra la idea de dar la noticia. Según un calendario que sigue, en ciertos días, su esposo debe tener sexo conmigo y así yo quedé embarazada. Se siente más como un ritual de cuentos de viejas.

Esta mañana escribí una carta a mi mamá, preguntando por el clima y mis hermanas. La brisa en Puerto Rico me hizo sentir que no estaba sola. Era como estar cubierta; extraño su calor. Los árboles me cuidaban; no me dejaban pasar hambre. Aquí, el frío llega y las hojas caen de los árboles. Parece que el viento los obliga a desnudarse. Emilia dijo que iba a comprarme un sello para que envíe la carta por correo, pero a cambio, tengo que suplicar a Oswaldo que no salga esta noche. Supliqué, tal como ella me pidió, y él se quedó en casa.

Es medianoche y todos duermen. Él entró a mi cuarto, me despertó y me llevó al baño. Quieres que me quede, ¿verdad? ¿Estás celosa de que esté con otra? Me pregunta mientras me desnuda. Enciende el agua y la deja correr. Tú quieres, susurra. Por alguna razón, el sonido del agua es muy fuerte y me duele en los oídos. No me gusta el vapor que sube de la tina; me da náuseas. Intento ignorar el sonido, pero puedo oír su respiración detrás de mí. Ese sonido me llena de rabia. Miro el agua correr y llenar la bañera. El agua debería limpiarme cuando me baño, pero nunca lo hace. Me siento enfadada. Me pregunto qué tan profunda es el agua. ¿Podría ahogarme ahí?

Mientras estoy perdida en ese pensamiento, él me jala del cabello y me arrastra de vuelta a la realidad. Acuéstate de espaldas, dice. No tienes permiso para bañarte. Siempre me pide que me bañe después de usarme, y eso es lo único que me da algo de alivio. Ahora me lo quitan. Me atrevo a preguntar: ¿por qué no puedo bañarme? Porque quedarás embarazada, responde. Me agarra de los brazos y casi me lanza sobre la cama. Toma las almohadas y las pone bajo mis caderas. Ve a dormir y no te muevas, dice. Te estaré vigilando. No te muevas.

Me quedé despierta después de que me enviara a dormir. Solo usa almohadas para levantarme por ser pequeña. Se fue a su cuarto y habló con mi hermana. Se rieron, y luego creo que se durmieron. Yo me quedé quieta, esperando que él regresara. No porque quisiera que volviera, sino porque estaba aterrada de que lo hiciera. Sentía náuseas. No me dejó ducharme, y la sensación de suciedad era asfixiante.

Emilia se despertó temprano y preparó a los niños para salir. Usualmente, salen a desayunar los sábados. Yo me quedo para vigilar si viene la policía y para ser su novia. Siempre es la misma rutina. Ponen música a todo volumen y yo limpio la asquerosa casa. Ayudo a preparar la mesa y luego me arrodillo frente a la ventana. Cuando termina de preparar las drogas, me lleva al cuarto. Creo que me estoy acostumbrando. Tan pronto como guardó las drogas, me dijo que podía ducharme rápido. Por fin. Me había sentido tan sucia desde la noche anterior. Corrí al baño, y antes de enjuagarme el jabón, él entró. Ni siquiera me permite cerrar la puerta con seguro.

Cuando termino, me lleva a su cuarto. ¿Para qué intento estar limpia? Me dijo: A partir de ahora, solo te bañarás antes de que tengamos sexo. Quiero llorar. Cada vez que me siento rota en pedazos, ellos encuentran otra parte de mí para romper. Me guardo las lágrimas, aunque siento que me ahogo con ellas. Tengo el corazón roto. Según abre la ventana, me acuesto en su cama sin resistirme, sin que me lo pida. Él dice que puedo gritar todo lo que quiera. Ya no grito; sé que a nadie le importa, y si lo hago, me golpea. Mejor, voy en busca del castillo. Confiada en encontrarlo algún día. Corro hacia las nubes antes de sentir dolor. Siempre siento dolor cuando se acuesta encima de mí. Aún tiemblan mis piernas sin control.

Estaba a punto de salir corriendo cuando alguien llamó a la puerta. Él me tapó la boca con la mano y susurró: Si yo voy a la cárcel, tú también vas. Quien fuera seguía tocando, y él entró en pánico. Ponte la ropa rápido, dijo, mientras él también se vestía. Quédate aquí; no te muevas. Él abrió la puerta, y era un hombre. Los escuchaba hablar. Oswaldo regresó y me dijo que esperara en la sala; luego se marchó.

Por primera vez, estaba sola en casa y no sabía qué hacer. Me asomé por la ventana y lo vi subirse a un carro. Estoy sola. Corrí a su habitación para agarrar el arma. Quería dispararme en la cabeza, pero él se la llevó. ¿Debería ducharme? ¿Comer algo para no pasar hambre hasta el lunes? ¿Llorar hasta quedar dormida? Quiero hacer tantas cosas, pero cada opción es temporaria. Estoy cansada de ser castigada por la vida, de ser burlada, ignorada y rechazada. Estoy cansada de vivir. Al mirar por la ventana, me pregunto qué pasará si salto. ¿Moriré? ¿Será este el final de mí?

Abrí la ventana y pensé: Si corro lo suficientemente rápido, directo desde la puerta, caeré al vacío. Moví todo del medio y me paré frente a la puerta. Saltaré desde la ventana del cuarto piso. ¿Empecé a correr y caer justo ahora? Esta es mi única oportunidad, probablemente la única vez que estaré sola, y me caigo. ¿Por qué siempre tengo que caer cuando necesito correr? Desde el suelo, veo las nubes a través de la ventana abierta. Me pregunto si Dios no quiere que muera.

¿Qué puedo hacer? No hay nada más que llorar. Ahogándome en mis lágrimas, digo: ¡Dios, por favor, ayúdame! Y como siempre, el tiempo me traicionó: cuatro palabras y ya no estaba sola en casa.

Mi hermana llegó a casa en la tarde. Oswaldo la golpeó y luego se marchó. Cuando él se fue, ella me golpeó, diciendo: ¡Es tu culpa!

Los niños se durmieron temprano, y yo también, ya que mi hermana no salió de su habitación y él no regresó a casa. Me acosté boca abajo, aprovechando que no se me permitía dormir así. Debí quedarme dormida rápido. Nada parecía durar mucho; él volvió a casa y me desperté. Me di la vuelta y me puse boca arriba, como se esperaba de mí. Respiré en silencio, tratando de volverme invisible.

Estoy pensando en cómo será cuando nos mudemos de esta casa. Nos desalojaron porque mi hermana no pagó la renta. Aún nos quedan algunos días; deberíamos estar en el nuevo apartamento antes de las fiestas navideñas. Me encanta la Navidad, aunque no espero ningún regalo. No creo en Santa; él trae buenos juguetes a los ricos y nada a los pobres. No soy tonta; sé que son los padres quienes compran los regalos. Santa es para los niños que tienen padres.

Oswaldo vino al cuarto y me "despertó". Ya estaba despierta, pero él no lo notó. Me llevó a la sala y me dio una bofetada en la cara. ¿Sabes lo que Dios me dijo?, preguntó. No, respondí. Me dijo que está cansado de que le hables. Me pidió que te castigue; no está interesado en escucharte. Nadie te ama, excepto yo, Brenda. Ni tu mamá, ni Dios, solo yo. Ven al cuarto y conoce a tu castigo. Pensé que mi castigo iba a ser sexo. Para mi sorpresa, había un perro pastor alemán. Me agarró por el cabello y me empujó dentro de un pequeño armario. También arrastró al perro y nos encerró a ambos adentro.

Un nuevo castigo fue sumado a la lista.

Mi hermana y su esposo me están aplicando la ley del hielo, y me gusta. Normalmente, dejan de hablarme cuando estamos en público. De todos los castigos, este es el mejor. Literalmente, tomo un descanso, sobre todo de las ideas de mi hermana. Cuando no me hablan, no se me permite comer. Lo mejor de todo es que él no tendrá sexo conmigo para hacerme "sufrir". Por algún motivo, ambos creen que deseo una relación con él y disfruto del sexo.

Llegué de la escuela, y mi hermana se había ido con sus hijos, dejándome sola. Cuatro amigos de Oswaldo vinieron a visitarlo, y él puso música de santería. Encendieron más velas e incienso. Me llamó a la sala y prácticamente me empujó al suelo. Uno de los hombres dijo: Así que tú eres la elegida.

Mataron una serpiente delgada y larga, y una paloma blanca. La sangre de la paloma fue vertida en una elegante copa frente a la estatua del indio. Derramando algo de sangre sobre mí, mientras se lamían los dedos ensangrentados con emoción. Quiero correr lejos de ellos, mas no me atrevo a moverme. Están parados uno al lado del otro, formando un círculo a mi alrededor. Uno de ellos toma la serpiente y arranca su piel; todos comparten la carne cruda, comiendo mientras me rodean.

Me pregunto cómo estará la verdadera yo. ¿Sigue viva? ¿Está a salvo en su escondite? No he cerrado los ojos en mucho tiempo. He estado grabando sin parar, eligiendo ser un robot con los ojos abiertos. Tal vez debería cerrarlos por un momento. No deseo seguir grabando. ¡Debo esconderme! Siento que no puedo respirar. Levanto la mirada, y este hombre está encima de mí. Eres una perra afortunada, susurró. No puedo hacer lo que quiero porque él te está protegiendo. No descansaré hasta que estés desprotegida y entonces, entonces verás.

¿Quién me cuida?, me preguntó. Si él no pudo hacer lo que quería, entonces mi protector debe ser más fuerte que el indio o cualquier dios de la santería. Debo conocerlo. ¡Tengo un protector!

Últimamente, no me han castigado mucho. Sorprendentemente, mi hermana me permitió salir con ellos. Es sábado, y no tengo que quedarme atrás. Fuimos a McDonald's, y estoy feliz y agradecida de poder sentarme en la mesa. ¡Hoy soy una niña y no un perro!

Con razón, mi hermana visita con frecuencia el parque de la ciudad en los días soleados; es un lugar muy bonito. Tiene un camino largo para caminar, bancas y un área de juegos en forma de castillo. Amo los castillos; están hechos para proteger a las personas. Sé que no se supone que juegue, así que me quedo parada al lado de la banca donde está sentada mi hermana. Los niños me invitan a jugar, pero no me atrevo a moverme. No puedo creer lo que escucho: Oswaldo está diciendo que vaya a jugar. Lo miré y sonreí. Corrí y jugué con mis sobrinos. Jugamos en los columpios, con la pelota, y nos deslizamos por las chorreras. Luego decidieron jugar a las escondidas. Fue cuando mi cuñado se unió a nosotros. Sujetó mi mano y dijo que me mostraría un buen lugar de escondite.

Me llevó a una de las torres del castillo y comenzó a besarme. Diciendo: Cuando sonreíste, supe que me deseabas. Un niño rubio trató de entrar a la torre, y simplemente se quedó ahí parado, mirándonos… No dijo nada. Como todos los demás, se dio la vuelta y se marchó. Te traeré esta noche. Ve y juega, dijo Oswaldo. Me quedé escondida en la torre por unos minutos, sintiéndome avergonzada y molesta conmigo misma. ¿Por qué me sonreí con él?

Curiosamente, mi hermana está de buen humor. Me dijo que podía usar el baño y darme una ducha. A veces, como castigo, no me permiten usar el baño. Pensé que él se había olvidado del parque, pero no fue así. La única razón por la que ella me dejó duchar fue para que su esposo pudiera llevarme a una cita. Una sonrisa rápida y espontánea salió muy cara.

Me llevó de vuelta al parque por primera vez de noche, y parecíamos una pareja mientras me sostenía la mano. Por alguna razón, el camino se sentía más largo, el parque más oscuro y frío. Él no paraba de hablar sobre sus planes. Decía que, en cuanto yo cumpliera dieciocho, dejaría a mi hermana. Una vez más, me llevó adentro de una de las torres para besarme y tocarme. Olía a orina, era oscuro y aterrador. Minutos después, me llevó a otra parte del parque. Había unas escaleras, algunas estatuas conmemorativas, bancos para sentarse y un pequeño estanque con algunos peces. No éramos los únicos en el parque, pero me sentí sola. Había algunas parejas cerca, unas sentadas, otras caminando, tomadas de la mano. Supongo que este lugar es para niños durante el día y para parejas durante la noche.

Pasamos junto a una pareja que parecía ser de Centroamérica. Uno de los hombres dijo: ¡Disculpa! ¿Dónde encontraste una prostituta tan joven? Te cambio por esta y te pago el doble por ella. Oswaldo, con orgullo, le respondió: ¡Esta es mía! Siguió caminando, aun sujetando mi mano, hasta que nos sentamos en un banco. El hombre regresó más de una vez, intentando negociar con dinero en la mano, pero la respuesta seguía siendo no. Según Oswaldo, yo era su novia y no estaba en venta. Susurrando, me perteneces a mí, y solo a mí.

El lugar brillante, una vez cálido y lleno de risas, se había vuelto oscuro, frío y silencioso. Una torre construida para proteger a su gente se convirtió en una trampa para encerrar a sus prisioneros. El mismo parque donde pasaban tiempo con sus esposas e hijos durante el día, ahora era el lugar secreto a donde llevaban a sus amantes por la noche.

No hay diferencia entre un pequeño armario y un gran parque de ciudad cuando ambos se usan como castigo. Cada sonrisa me cuesta algo, cada respiro se siente prestado y cada grito se desvanece en un susurro. El castigo se ha vuelto una sombra que me sigue a donde sea que voy. Sin importar cuán rápido corra, siempre me alcanza. La penalidad por hacer lo indebido, me pregunto, ¿qué hice yo?

Escondida

8

Angustiado está mi corazón dentro de mí,
y sobre mí han caído los terrores de la muerte.
Terror y temblor me invaden, y horror me ha cubierto.
Y dije: ¡Quién me diera alas como de paloma!
Volaría y hallaría reposo.
Ciertamente, huiría muy lejos; moraría en el desierto.
Me apresuraría a buscar mi lugar de refugio
contra el viento borrascoso y la tempestad.

Salmos 55:4-8 NBL

Nos mudamos a una casa nueva. Es más grande y tiene patio, no que eso me importe. No es como si fuera a disfrutarlo. Lo que sí me gusta de este nuevo lugar es que no tiene cucarachas, al menos por ahora. No sé por cuánto tiempo. Últimamente, he estado pensando en lo miserable que es mi vida. ¿De verdad quiero cumplir los dieciocho y convertirme en su esposa? ¿Cuánto más puedo aguantar? Él planea usarme por años y años. Según él, así será mi vida.

Mis opciones son limitadas. ¿Regresar a Puerto Rico con mi mamá? ¿Quedarme aquí y vivir el resto de mi vida como su esclava? ¿Morir? ¿Ir a la cárcel? Ninguna parece fácil; mas morir sería menos doloroso. Me rendí con la idea de morir; ningún intento funcionó. ¿Haría alguna diferencia ser castigada aquí o en Puerto Rico? Al menos aquí, se supone que no me amen. Mi madre sí está supuesta a amarme y protegerme y no lo ha hecho. Sigo tratando de encontrar excusas para su ausencia, razones de por qué no me quiere. ¿Por qué no he sabido de ella? No encuentro. Quizás quedarme con ellos es la mejor opción. ¿Y si me arrestan? Si hablo con la policía, ¿me arrestarán también? No sé si puedo confiar en ellos. Después de todo, James es un policía corrupto que compra drogas y le pega a su esposa.

Emilia renta un buzón en el correo, buzón 1553. Hay una plaza cerca, y normalmente pasan a comprar comida rápida. Entré a una tienda y robé un lápiz bonito. Mi plan para ser atrapada funcionó. Un hombre alto y rubio me llevó a la parte de atrás de la tienda y llamó a la policía. Cuando llegaron, pidieron la información de mi hermana y ni una sola pregunta sobre mí. Poco después, llegó Oswaldo y habló con los oficiales, y así volví a estar en sus manos. Él estaba contento, para mi sorpresa. Hasta paró en un restaurante chino para celebrar. Dijo que por fin me estaba volviendo una chica mala. Mi plan falló.

Ya es invierno, así que mi hermana no sale tanto. Él no puede llevarme al parque por las noches porque hace frío y oscurece temprano. A veces, le pide a su hermano Will que le preste su apartamento. Cuando lo hace, se convierte en un animal. Tan pronto como Will le entrega las llaves, me lanza al piso de la sala y tiene sexo conmigo rápidamente. No puedo ducharme en casa de Will, pero no importa. No tiene sentido bañarme cuando no puedo limpiarme.

No me cae bien, Will. Abre la puerta a su apartamento, me mira con una mezcla de lástima y asco, y luego se va. Odio cómo la gente me mira. Como si yo fuera algo sucio, por ser la novia del amor de mi hermana. Como si fuera mi elección y no la de ellos. Miran como si anduvieran de compras, y yo fuera un artículo rebajado en la estantería. Me sujetan, me revisan y apuestan un precio. Una bolsa de comida o un préstamo de diez a veinte dólares. Algunas pastillas o pañales.

La familia esconde la ropa sucia. Los amigos no se meten, y los vecinos no delatan. Mientras tanto, los maestros solo están por su salario. Estoy rodeada de gente demasiado ocupada, protegiéndose a sí misma. Nadie escucha, nadie habla, nadie ve, o fingen no ver. Son los mismos que lloran viendo películas, los que se horrorizan con las noticias de abuso y luego preguntan cómo es posible que nadie haya visto ni dicho nada. La verdad es que, igual que yo, tienen miedo. Me doy cuenta ahora de que se necesita más que una voz para hablar. Se necesita valor. Tal vez algún día encuentre la fuerza para hacerlo.

Después de todo… El secreto es de ellos, no mío. Los hombres con prostitutas. El policía, su hermano y sus amigos. Mi madre, mis hermanas y sus esposos. Ellos son los débiles. Me parece que, al igual que yo, son culpables, pero soy la única que está siendo castigada.

La Navidad está a la vuelta de la esquina, y mi hermana está saliendo de compras. No tengo permitido pedir regalos porque no soy su hija, pero no me pone triste; ya sé que Santa no es real. El cumpleaños de mi sobrino también es el día de Navidad, y están planeando una gran fiesta. Hoy me compraron un overol de mezclilla. Estaba en oferta porque es de verano, con pantalones cortos, y como es invierno, nadie querrá comprarlo. Pero yo estoy feliz; es la primera vez que me dan ropa nueva, que no ha sido usada ni tiene manchas. Mientras estábamos en la tienda, vi un peluche que parecía un perrito de verdad. Oswaldo me vio mirándolo y me preguntó si lo quería. Dijo que, por ser yo su novia, tal vez me lo compre como regalo.

Paramos en un restaurante de comida rápida con un área de juegos. Me dejaron entrar a jugar, ya que se reunieron con unos vecinos y amigos. Jugué con un niño en la piscina de bolas. Era la primera vez que hablábamos, aunque vamos a la misma escuela. Me reí de verdad. Oswaldo me vio riéndome y jugando, y se enojó. Vino hacia mí y ordenó que saliera. Así, sin más, ya no podía jugar. Salí del área de juegos y me quedé al costado, mirando a los otros niños desde la distancia. Mi libertad fue breve, pero la disfruté mientras duró.

Ellos seguían hablando con sus amigos, y me escapé silenciosamente para ir al baño sin pedir permiso. Cuando salí del baño, Oswaldo me estaba esperando justo afuera de la puerta. Espera a que lleguemos a casa, me advirtió. Ya sabía lo que eso significaba. Desde ese momento comenzó el castigo del silencio. Me quedé de pie como un soldado, al lado de ellos, casi volviéndome invisible para la sociedad, como si tuviera el superpoder de desaparecer.

En casa, no me hablaron. Yo sabía que tenía que ir a sentarme junto al perro, en el rincón oscuro, y eso hice. Ese es mi lugar cuando estoy castigada. Me estaba castigando a mí misma cuando Oswaldo abrió la puerta del clóset. ¿Te gusta ir al baño, ah?, me preguntó mientras empezaba a orinarme encima como parte de mi castigo. Ahora no tengo permitido usar el baño, y si lo hago, dice que tendré que beber su orina. Cuando terminó, cerró la puerta del clóset. Me quedé ahí, sentada, empapada, en la oscuridad, al lado del perro. Me tapé la boca para reírme en silencio. No importa lo humillante que sea él, y usé el baño. Cuando terminé de usar el inodoro, me lavé las manos y la cara. Bebí agua del grifo. Hice todo eso con la adrenalina, apresurándome. Lo logré, y todo valió la pena. Hoy gané.

Siempre voy al baño cuando estoy en la escuela, pero estamos en vacaciones de Navidad. Debo aguantarme hasta obtener permiso. Finalmente, llegó el día de la fiesta, y ellos estaban de buen humor. Oswaldo dijo que hoy puedo comer. No soy de comer mucho; la comida usualmente me enferma del estómago, pero hoy estoy probando cosas nuevas que trajeron otras personas. Mi hermana hasta me tomó una foto con sus hijos. Pidiendo que sonriera y me mirara feliz porque se la iba a enviar a nuestra mamá. Así que intenté parecer feliz. A veces me confundo, no sé cuándo sonreír o si está bien llorar. No puedo distinguir el momento correcto. Mis emociones no son mías; son de ellos. Ellos son dueños de todo sobre mí.

Suena música alta, y la gente baila, come, bebe y usa drogas. Estoy tratando de disfrutar lo más que pueda porque sé que después tendré que pagarlo. También tengo muchas ganas de ir al baño, pero no tengo permitido preguntar cuándo hay gente alrededor.

Tal vez no se den cuenta si me escapo; parecen distraídos. ¿Debo tomar el riesgo? ¿Me orinará en la boca si me atrapa? Ya no aguanto más. Igual que en el restaurante de comida rápida, él me esperaba cuando salí. Me agarró de la mano y me llevó hasta su habitación. Me dio una bofetada y dijo que no saliera hasta que terminara de llorar.

Me sequé la cara lo más rápido que pude y volví afuera a jugar. Pero me detuve después de unos minutos. Algo no se sentía bien. Me sentía culpable por divertirme, como si estuviera desobedeciéndolos. Tal vez sí merezco todos los castigos y que me traten como a un perro, porque me comporto como uno. Estoy usando un conjunto nuevo. Me dejaron comer todo cuanto quiera. Pude correr, hablar con gente y reírme. Aun así, no pude seguir las reglas. Siempre termino haciendo algo mal. Me dieron un poco de libertad, y se siente mal. Es demasiado. No sé qué hacer con ella. Me siento fuera de lugar. No puedo esperar a que se acabe la fiesta. Quiero ir al armario. Ellos ya no son el problema. Soy yo, y la culpabilidad lo demuestra.

Es el día de Navidad, y los niños están abriendo sus regalos. Yo he estado limpiando el desastre de la fiesta de anoche: botellas, vasos y comida por todas partes. Mientras están distraídos con sus juguetes nuevos, le doy al perro unas sobras de los platos. Pero no le doy huesos. No quiero que se le inflamen las encías como a mí.

Oswaldo se acerca y dice que me apure, que tiene una sorpresa para mí. Pero yo hago lo contrario: tomando mi tiempo. No confío en él, y no me gustan sus sorpresas.

Minutos después, él regresa y me dice que puedo jugar el videojuego nuevo que se compró para él. No debería creerle, pero lo hago. Aunque todavía tengo que terminar de lavar los platos. Escuché que su hermano Rolando viene a visitar a los niños hoy, así que trato de apurarme. Me gusta cuando viene Rolando. Él sonríe, y cuando me castigan, me susurra que todo estará bien. A veces, solo escuchar esas palabras ayuda. Me dirijo al armario del perro. Necesito limpiarlo y asegurarme de que comió toda la comida que le dejé. Sí, lo hizo. Limpio todo rápido, por si me castigan más tarde.

De repente, Oswaldo aparece y me da el peluche que vi en la tienda. Dice que es un regalo de Navidad. Por un segundo, creí en la magia de la Navidad. Pero luego me pregunta si de veras lo quiero. Dice que, si decido quedármelo, tendré que tener sexo con él, y ese será el regalo de intercambio de mí hacia él. Por primera vez me está dando una opción, y de alguna forma eso me hace sentir agradecida. Además, siento que está haciendo algo bueno por mí al darme la oportunidad de decidir. Estoy pensando que, si me quedo con el regalo, será el único objeto en esta casa que me pertenece. Así que decido quedármelo. Es la primera vez que hago un intercambio por algo que es solo para mí y no para otra persona. No se siente bien, pero él igual tendrá sexo conmigo, ¿verdad? Por lo menos tendré algo mío. Un peluche como los que tienen las niñas en la televisión, y eso me hará sentir como una niña normal, al menos por un momento.

Emilia está furiosa porque él me dio un regalo. Me dice que no merezco nada, solo una caja llena de excremento. Trato de ignorarla, igual que Oswaldo la está ignorando. Por alguna razón, hoy siento que él está de mi lado, y no voy a dejar que ella arruine eso con sus palabras. Hoy quiero ser una niña común en un día de Navidad.

Mi hermana tiene una cita hoy. Va a hablar con una terapeuta. Dice que necesita que alguien sepa sobre mí, por si acaso algún día hablo y la meto en problemas. Según ella, ya está cubierta. Su terapeuta sabe que ella es la víctima y que yo soy la mala hermana que le robó su hombre. Se ríe al contarlo, diciendo que debió haber sido actriz porque puede llorar a voluntad, y su terapeuta le cree cada palabra. Me cuenta cómo la terapeuta siente lástima por ella.

Me pregunto si las personas que están supuestas a ayudar realmente pueden notar cuándo alguien miente. ¿Pueden ver quién es cruel detrás de las lágrimas, o solo se sientan a escuchar porque para eso les pagan? Quiero ser terapeuta cuando sea grande. Tal vez aprenda a ver más allá del llanto falso. Seré de esas personas que conocen cuándo alguien como yo dice la verdad, o como mi hermana, que miente.

Mientras ella está en su cita, Oswaldo me dice que es hora de pagar por el regalo que me quedé. Ojalá nunca lo hubiera aceptado. ¿Por qué siempre tomo malas decisiones? No entiendo por qué siempre tengo que pagar. Ellos reciben dinero del gobierno. Yo limpio la casa, ayudo con las drogas, vigilo por si viene la policía y hago mandados. Nadie me paga por eso; lo hago todo gratis. ¿Por qué tengo que pagar por algo que se supone fue un regalo?

Él dice que tengo que complacerlo. Tengo que besarlo y fingir que lo deseo. Todavía no sé cómo hacer nada de eso. Aún me duele, todavía lloro y mi cuerpo tiembla. Le dije que no quería tener sexo, pero a él no le importó. Cuando terminó conmigo, tiró el peluche a la basura porque no lo complací. Me miró y dijo: Te voy a enseñar lo que pasa cuando la gente no paga lo que me debe.

Mi hermana se va de la casa cada vez que se prepara droga. No quiere que la atrapen si la policía hace una redada. Así, puede decir que no sabía nada. Ella siempre tiene algún tipo de plan de escape: una coartada lista y una actuación ensayada. Se queda lo suficientemente lejos del desastre como para evitar la culpa. A diferencia de mí.

Asumo que va a tener sexo conmigo cuando ella se vaya. Así suele ser. Pero esta vez, algo es diferente. No me ha pedido que me bañe. Tal vez espera a alguien; siempre hay personas llamándolo y viniendo a comprar drogas. No deja de caminar de un lado al otro, mirando el reloj, y yo solo me siento aquí, esperando que me arrastre al infierno otra vez. Se siente raro no saber qué esperar. Estoy acostumbrada a la rutina, al ciclo que nunca se rompe. Así que hago lo que mejor he aprendido a hacer: respirar en silencio. No hablo, apenas me muevo, y me vuelvo invisible. Alguien toca la puerta. Oswaldo me ordena esconderme bajo las escaleras afuera, en el pasillo, y quedarme quieta. Mira todo, me dice. Hago lo que me pide. Es una transacción de drogas, un intercambio rápido de dinero y mercancía.

Vuelve a entrar, sin dejar de caminar de un lado al otro. De nuevo, tocan la puerta. Otra vez, me esconde bajo las escaleras y dice: Observa todo. Esta vez invita al cliente a pasar al pasillo; luego agarra un bate que tenía escondido debajo de las escaleras. Sin aviso previo, lo golpea. El hombre cae al suelo, y Oswaldo lo arrastra más cerca de mí. Lo golpea una y otra vez. Con el bate, los puños y sus pies. El hombre suplica que pare, pero Oswaldo no escucha. Esto es lo que pasa cuando la gente no paga sus deudas, dice, mirándome directamente mientras lo dice. Siguió golpeándolo, no por drogas, sino para entregarme un mensaje. Yo me quedé con el regalo y no lo pagué como se suponía. Nunca fue un regalo. Lo compré a crédito.

¿Cómo puede una persona tener tanto poder sobre otra? A veces me pregunto si tal vez él es quien tiene malas intenciones y mi hermana es la víctima, como el rol que interpreta. O tal vez ella es la malvada. ¿Por qué permite esto? ¿Cómo puede disfrutar? ¿De verdad esta será mi vida para siempre? La verdad es que ambos son villanos. Ambos son culpables. Aun así, yo cargo con el peso de la vergüenza por cosas que no he hecho. Si no soy yo quien está haciendo el mal, ¿por qué soy la que recibe el castigo? ¿Por qué nadie me defiende? ¿Cuándo llegará ese día, y quién será esa persona? ¿Qué puedo hacer para redimirme? ¿Cuándo acabará esto? ¿Puede alguien salvarme?

Temo que un día me golpee igual que al hombre debajo de las escaleras. Todavía no entiendo por qué los hombres, que se supone son más fuertes que las niñas, no se defienden. Ojalá yo tuviera la fuerza de un hombre. Estoy segura de que podría empujarlo. Pero solo soy una niña, así que debo obedecer. Necesito dejar de correr por las nubes buscando un castillo que no existe. Siempre se enoja cuando me congelo. Me miró como una muñeca inmóvil, vacía, incapaz de satisfacerlo. Dice que no soy diferente a un mueble, y si no empiezo a actuar como una mujer, me seguirá tratando como a un perro. Me dijo que un día estaremos pegados como perros en celo.

Odio la manera en que me mira y se lame los labios como una serpiente. Su sudor, su peso encima de mí, su olor. Por eso seguiré corriendo por las nubes. Es el único lugar donde puedo sobrevivir a esta pesadilla. Sé que quieren romperme hasta que no quede nada, mas no moriré en sus manos. La sed del indio no se saciará con mi sangre. Sobreviviré y me volveré más fuerte que ellos dos. Aunque tenga que seguir escondida en el armario.

9

Porque es vergonzoso aún hablar de las cosas
que ellos hacen en secreto.

Efesios 5:12 NBL

La primavera ha llegado, y parece que hay una batalla entre el calor y el frío. Es fascinante ver cómo los árboles resucitan; en un abrir y cerrar de ojos, han vuelto a la vida. Ayer dormían bajo una blanca manta de nieve, y ahora, como si alguien los hubiera llamado, deben vestirse para el verano que se aproxima. Yo, igual, debo prepararme. Con el verano llega mi cumpleaños, el cual abrió un hoyo el año pasado que me arrastró al infierno. Casi un año después, y todavía sigo esperando ser rescatada.

Con el clima más cálido, mi hermana sale más, lo que significa que paso más sábados con él. También damos más caminatas al parque, el mismo parque que durante el día canta canciones de risas para los niños, pero que por la noche me ahoga en tristeza y terror. Un solo lugar con dos caras. Da vida a algunos y se la arrebata a otros. ¡Oh, cuánto odio este parque! Veo parejas caminando y me pregunto si están enamorados o si ella está siendo arrastrada. Cuando un hombre da un regalo, ¿es por amor o un pago por algo que planea tomar? Aquello que alegra a una persona puede romper el corazón de otra. La recompensa de uno puede ser el castigo de otro.

El armario se supone que es mi castigo, pero hoy no lo es. Es mi santuario. Un pequeño lugar oscuro donde nadie ve si lloro o sonrío. Aunque el piso esté cubierto de orina y suciedad, por fin puedo respirar. No tengo que ser invisible. Aquí nadie habla; nadie escucha. Estoy en el armario hoy porque usé el inodoro cuando me permitió bañarme. Llevo sentada en este suelo húmedo y pegajoso, y lo que más me repugna es saber que su pega blanca sigue dentro de mí. De todos los rincones de esta casa, este es mi favorito. Podría orinar en la bañera y evitar el castigo, pero elijo el inodoro, con la esperanza de que me envíen aquí. Sé que no pasará mucho antes de que se den cuenta, pero por ahora, disfrutaré este pequeño espacio.

Mi hermana hablaba por teléfono cuando Oswaldo me llevó a su cuarto. Se inclina y susurra: Te dejaremos hablar con tu mamá. Pero ni se te ocurra decir nada sobre nosotros. Yo estaré escuchando en el otro teléfono. ¿Mi mamá? ¿Acaso todavía tengo una madre? Desde que subí a ese avión, no he sabido nada de ella. Tomo el teléfono, y Emilia se queda justo a mi lado. Puedo ver a Oswaldo al otro lado del pasillo, sosteniendo el otro auricular, escuchando la conversación.

Mi madre dice que tengo una nueva hermana. Hija número nueve. Me quedo callada. ¿Estás feliz?, preguntó. Oswaldo mueve la cabeza frenéticamente, diciendo "sí", así que dije "sí". Pero lo único que puedo pensar es: ¿otro bebé? Me alegra haber salido de esa casa. Solo escuchar su voz me incomoda. Me describe lo hermosa que es la bebé: pelo rizado negro, piel clara y ojos verdes. ¿No vas a preguntar cómo se llama? —insiste. ¿Cómo se llama la bebé? Me dice que tiene una sorpresa: iremos a Estados Unidos; estaremos juntos otra vez. Cuando terminó la llamada, me pregunté: ¿estoy feliz? Pues, honestamente, no lo estoy. Ni siquiera me dijo el nombre de la bebé.

Oswaldo me aparta todos los días. Prométeme que no te vas a ir. Te amo. Juro que dejaré a tu hermana cuando cumplas dieciocho. Tu mamá te odia, no quiere que seas feliz. Para después construir un futuro imaginario. Asegurando que todo lo malo que me hace es culpa de mi hermana. Si no fuera por ella, no habría castigos.

Mi hermana está furiosa. Cada vez que me ve, me insulta o golpea. Estás feliz de que venga, ¿verdad? No puedes esperar a dejarme. Quieres que me enferme de SIDA. Zorra malagradecida. Cada palabra viene con una bofetada, empujón o un jalón de pelo.

Emilia se ha obsesionado con cómo serán las cosas cuando llegue mamá. De la nada, se le ocurre un plan brillante. Oswaldo puede provocar a nuestro hermano a tener una crisis y que lo ingresen en un hospital psiquiátrico. En cuanto a mamá, dice que deshacerse de ella será fácil. Solo tienen que emborracharla. Luego Emilia la provocará y llamará a la policía para decir que es una alcohólica abusiva. Así, podría intentar quedarse con la custodia de nuestra hermanita. Incluso bromea diciendo que su esposo tendrá que acostarse con mamá, pues, según ella, eso es lo que hace cuando está ebria.

Emilia se ríe y dice que, como no he podido complacer a su esposo, entonces él debería pasar a Leilani. Piensa que Tanairí está muy mayor y probablemente no es virgen, así que la próxima en la fila debe ser Leilani. Según ella, hacerse guardián legal es fácil, tal como hicieron conmigo. Mientras más habla, más parece gustarle la idea a Oswaldo. Y eso la emociona aún más. Camina por la casa, brincando, riéndose, como si esto fuera un juego y ella estuviera ganando.

Los castigos han disminuido. Él todavía tiene sexo conmigo, pero se siente como si hubiese aceptado que nunca podré complacerlo como él quiere. A veces dice que me ama, y me lo va a demostrar. Incluso discute con Emilia cuando le pide que me castigue. Él se niega, como si me estuviera protegiendo. Para luego volverse frío. No vales nada. Nadie te va a amar. Solo eres una puta. Entonces su tono cambia: Yo soy el único que te ama. En cuanto cumplas dieciocho, te voy a tratar como una verdadera esposa. Dice que se preocupa por mí. Que, si alguien se entera de lo nuestro, nos van a meter presos a los dos. Yo soy fuerte; puedo pelear. ¿Pero tú? No sobrevivirías. Te destruirían. Todos te odiarían por traicionar a tu hermana.

He estado pensando que no quiero que él le haga lo mismo a Leilani. Prometí protegerla. Todo es mi culpa porque no sé cómo complacer a un hombre. Casi tengo once años y todavía no he aprendido. Si le pasa algo por mi culpa, jamás me lo perdonaré. Me niego a seguir los pasos de los demás y dar la espalda. Ella todavía tiene una oportunidad en la vida. Esa noche, esperé hasta que todos se durmieran y lloré en silencio hasta quedarme dormida.

En la mañana, la tristeza seguía ahí. No importa cuánto piense, no soy tan inteligente como para encontrar una solución. Temo rendirme sin siquiera intentar luchar. Soy una cobarde, igual que ellos. Emilia me vio llorando y me preguntó por qué. Le dije que no quería que Oswaldo estuviera con Leilani. Estalló en carcajadas. Como si fuera algo gracioso. Anunciándole a su esposo: ¡Brenda está celosa! Pero no eran celos; era miedo, y ahora también incomprensión. No quería que mi hermanita sufriera como yo. Así que me convertí en la burla del día, y no me atreví a defenderme. Sentía demasiada vergüenza. Demasiado miedo para alzar la voz y explicarme.

La odio por ser tan cruel. Da asco lo orgullosa que es de elegir con quién debe engañarla su esposo. No le importa si es su hermana o incluso su madre, mientras sea ella quien tenga el control. No importa si él vende drogas o golpea a alguien, con tal de que reciba su parte y tenga la boca llena. Ella decide quién se acuesta con él. Le cuenta cuando lloro o sonrío. Se adueña de mí; todo es culpa de ella.

Dios... si realmente eres tú protegiéndome, entonces, por favor, ayúdame. Tienes que rescatarme, o no sobreviviré. ¡Por favor, Dios!

Hace unos días, les dije que haría cualquier cosa que quisieran si me prometían dejar a Leilani fuera de esta relación enfermiza. Lloré y supliqué hasta que aceptaron mi oferta. Como parte del trato, viviré con ellos para siempre. Les obedeceré para proteger a mi hermana. Hoy, Emilia se fue con los niños a visitar a una amiga. Antes de salir por la puerta, me recordó no olvidar nuestro trato. Tan pronto se fueron, limpié la mesa y comencé a preparar los materiales. Estaba lista para estar en vela cuando Oswaldo me ordenó que fuera al dormitorio. Encendió una película pornográfica y me ordenó sentarme en la cama a verla mientras él preparaba las drogas.

No me gusta ver gente desnuda. Me asusta ver a alguien ser herido como yo. Pero tenía que mantener los ojos abiertos. Sentí una ola de vergüenza al mirar la pantalla. Como si yo fuera quien hace algo malo, o fuera mi cuerpo en exhibición. Ahora entiendo por qué mi hermana y mi padrastro dicen que soy fea. Las mujeres en esas películas tienen el pelo bonito. Su piel se ve suave, sin vellos en las axilas. Emilia dice que si quiero quitarme el vello de las axilas, tengo que dejar que ella arranque cada uno con pinza. Eso duele demasiado.

Después de un rato, Oswaldo entró y preguntó qué había aprendido de la película. No respondí. No había aprendido nada. Preguntó si la había visto, y le dije que sí. La había visto, pero no recordaba detalles. Así que repitió la película, poniéndola desde el principio. Ordenando que preste atención. Lo intenté, pero mi mente se perdía. ¿Y si la policía allana la casa? ¿Me arrestarían a mí por la película porno? ¿Son obligadas las personas en la película?

Él regresa al cuarto y pregunta si presté atención. Dije sí, esperando que no hiciera más preguntas. De verdad intenté poner atención.

Queriendo contar los azulejos del techo, me confundía al contar y terminaba olvidando tanto los azulejos como la película.

Comenzó a tener sexo conmigo y se enojó porque no pude complacerlo. De nuevo, puso la película desde el principio y me dijo que la viera mientras se bañaba. Cuando regresó, intentó tener sexo conmigo, y otra vez fallé. No pudo terminar. Así que volvió a poner la película y me dejó viéndola. Preferiría no aprender nada. Él regresa y me dice: Si no quieres que te reemplace con tu hermana, entonces demuéstrame que vales la pena. Quiero que seas exactamente como esa puta de la película. Esta es tu última oportunidad, ¿entiendes?

Miro la pantalla y solo siento desesperanza. No hay manera de que yo sea como ella. Aun así, me dio la oportunidad, y fracasé. Él aún no termina. No lo excito como lo hace la mujer de la película. Lloro y lloro por no poder salvar a mi hermana. Él va a la cocina para comer algo. Yo me quedo en el cuarto, todavía viendo la película, sola. ¿Por qué no se cansa? Yo estoy agotada. Me siento sucia y solo quiero ducharme, pero no me han dado permiso. No solo le estoy fallando a él, también estoy fallando a mi promesa de proteger a Leilani.

Mientras él come en la cocina, yo estoy desnuda en la cama, llorando y sintiéndome derrotada. Se suponía que debía estar atenta por si venía la policía, y ahora ni siquiera puedo levantar la cabeza. Debo respirar en silencio; tal vez si me quedo lo suficientemente quieta, él se olvidará de mí. No puedo llorar ni moverme, no puedo pensar. Necesito desaparecer. Debo dejar de existir; quiero morir.

Creo que se olvidó de mí después de comer. Se sentó en la sala a ver televisión, y yo me quedé en la cama, paralizada. Estoy tan cansada de estar en la misma posición, pero no me atrevo a mover.

Cada vez que hay un ruido fuerte en la T. V., aprovecho para respirar profundo antes de volverme invisible. Me pregunto si así se siente estar muerta, estar quieta y sin aliento por la eternidad. Me asusto y muerdo el interior de la mejilla para así comprobar que sigo viva. No me voy a morir mientras no me acueste boca arriba. Esa es la posición para el sexo, para las pesadillas y para los muertos dormir.

En la escuela aprendimos sobre las estrellas. Me enteré de que el sol es solo una estrella gigante. Pensé que sabía dónde se escondía Dios, pero ni siquiera estaba ahí. Todavía no le he contado a nadie el secreto de su escondite. Me siento abandonada por él. Quisiera orar, pero estoy convencida de que Dios se enoja cuando hablo. Por eso casi ni hablo ya, no es por timidez. Mi boca fue callada por otros.

Hay una niña un año mayor que yo, y a veces caminamos juntas hacia la escuela. Su padrastro es amigo de mi cuñado y uno de los hombres que comieron la serpiente. Una mañana, ella lloraba y me dijo que no aguantaba más. Me pidió que fuera con ella para que contáramos lo que nos hacían. Ella cree que podemos ser salvadas, que tal vez nos pongan en el mismo hogar. Le dije que era mejor quedarse callada, que a nadie le iba a importar. Pero igual habló en la escuela. Semanas después, su padrastro la castigó. Le introdujo un palo de escoba dentro de su vagina, y terminó en el hospital. Salió en las noticias, y fue entonces cuando los maestros finalmente le creyeron. Pero ya era demasiado tarde. La gente no cree en las historias de horror a menos que salgan en televisión. La mayoría tiene miedo de ser la voz de alguien que no puede hablar.

Oswaldo terminó de ver televisión y ahora escucha música. Ojalá pudiera ducharme, para así tomar unos sorbos de agua a escondidas.

Ya casi no tomo, porque si necesito ir al baño y no me dan permiso, duele aguantarme. Y si me dan permiso, debo esperar a que inspeccionen el inodoro antes de dejarme jalar la cadena, para asegurarse de que solo oriné.

Oh, no… esa canción otra vez. Es una de las nuevas que habla de sexo. Cada vez que suena en la radio, mi cuñado dice que la escribieron por mí, porque eso es lo único que los hombres quieren de mí. Para comprobarlo, me obligó a sentarme a escucharla una y otra vez hasta que escribiera la lírica perfecta, sin errores. Siempre dice: Todos saben que eres una cualquiera. Cuando te miran, eso es lo único que piensan, en tener sexo contigo. Eres una muñeca sexual.

También creo que así me ven todos, como una esclava sexual. Todos estos monstruos se sienten atraídos a mí como si me hubieran marcado con hierro caliente. Es una marca invisible que solo ellos pueden ver. Nadie ha dicho nunca que soy especial, buena o digna de amor. Solo señalan mis fallas. Ellos deciden quién soy: otra niña rota, destinada a ser una puta que nadie jamás amará.

Esa canción en que la gente canta y baila, él siempre sonríe y me mira cuando suena. La letra describe estar a solas con ella, desvestirla, tocarla y decirle que se quede callada. Es lo que él me hace. La escena cada vez que mi hermana me deja atrás, y eso es lo que pasa cuando me lleva al baño por la noche. Lo mismo pasa en el apartamento de Will, justo después de que le entrega la llave. Una canción que hace feliz a otros y se vuelve un himno de fiesta se convirtió en mi pesadilla. Un ritmo pegajoso que me atormenta. La canción le recordó que yo lo esperaba, desnuda. Regresó y preguntó: ¿Viste la película? Sí, le dije.

Preguntó: ¿Aprendiste de ella? Sí, aprendí. Luego dijo: Bueno, ¿qué estás esperando? Lo intenté, pero no pude controlar el temblor de mi cuerpo. No sé qué hacer. Mi mente quiere huir, pero tenía que estar presente para demostrarle. Es difícil complacerlo como la mujer de la película porno. No sé cómo hacer algo que duele tanto.

Cuando vivía en Puerto Rico, mi hermana Mara solía reunirse con un hombre viejo en San Juan. Él la llevaba a una casa y la filmaba con estas cámaras caras mientras ella se desnudaba. Le pagaba, y a ella le gustaba. Tenía sexo con él como una actriz porno. La primera vez que me llevó con ella, me puse tan enferma que vomité. Volví sola a casa, con el estómago revuelto.

Lágrimas corren por mis mejillas, y antes de que pudiera enojarse conmigo por llorar, le dije que es porque estoy cansada y tengo sed. Le supliqué: si tomo algo, podré hacerlo. Por favor, déjame tomar algo. Quería un pequeño sorbo de agua; era todo lo que esperaba.

Me dijo que estaba bien. Se levantó, caminó a la cocina y volvió con un vaso de agua. Acuéstate sobre tu espalda y abre tu boca. Te daré algo de beber. Obedecí rápido y él se acercó demasiado. Sonrió con esa sonrisa torcida que siempre tiene cuando disfruta. Se puso cara a cara conmigo, empezó a escupir en mi boca. Intenté moverme, pero me agarró con fuerza. No pude escapar.

Dijo: Esto quiero que tomes. Tú me haces hacer cosas que nadie más. Me vuelves loco. Es tu culpa que haga estas cosas. ¿Todavía tienes sed? Él preguntó. Dime cuándo parar, dime que estás satisfecha. Para, le dije. Ya no tengo sed. ¡Por favor! No tengo sed.

¿Quiero que haga esto? ¿Es esto lo que esperaba tomar? No, pero es lo que él me da. Es asqueroso. Babea mi cara como un perro rabioso, repitiendo una y otra vez: es tu culpa, esto es lo que pediste. Puedo oler su saliva y su sudor. Se me revuelve el estómago, pero no tengo opción: más que seguir tragando.

Él preguntó: ¿He satisfecho tu sed? Sí, respondí. Ven y haz como ella hace, dice mientras se recuesta en la cama. Insistiendo en que me apure. La mujer en la película está encima del hombre. Estoy muy atrapada en el hoyo como para evitar hacerlo. Ya no hay vuelta atrás. Respiro hondo y me acuesto sobre él. Mételo, dice. ¿Qué esperas?

Salté aterrorizada y me pongo de pie. Miro mi cuerpo y estallo en lágrimas. Mi corazón está a punto de salir del pecho, y mi mente a punto de colapsar. ¿Cómo es posible que el tiempo viaje a la velocidad de la luz mientras está detenido? No creo que mi mente soporte tanta confusión, ni mis ojos puedan registrar tanto horror.

No tengo nada que poner dentro de ti. ¿Qué quieres que ponga?

Me agarra del cabello. Solo quieres excitarme más, ¿verdad? Él gruñe. Mételo dentro de ti. Hoy vas a quedar embarazada.

Me estás volviendo loco. No puedo esperar a que termines y, cuando lo hagas, no te bajes demasiado rápido. Nos quedaremos pegados como los perros. Estaré atorado dentro de ti, y si te bajas demasiado rápido, todas tus entrañas saldrán y morirás. Mírate. Esto es lo que querías. Me obligaste a hacer esto. Es tu culpa.

Miro la TV e imito a la actriz. Hago lo que él espera de mí. Miento y digo que me gusta, aunque me siento asquerosamente enferma. No puedo esperar a que la película termine. Mientras tanto, él disfruta cada segundo. Por primera vez, nuestros papeles se invierten. Estoy yo encima; aun así, soy quien tiene dolor. Temblando de miedo.

Por suerte, él finalmente termina de usarme. Dice que me baje porque ya acabó. Empecé a llorar de nuevo. Constantemente trato de empujarlo para que se quite, pero hoy no. Haciendo lo contrario, me aferro a él aun con mi vida. Oh, te gustó, dice sonriendo. Bájate; ya terminé contigo. Le digo que no, y él se ríe. ¿Quieres más?, preguntó.

Guarde silencio. La verdad es que estoy aterrada de quedarme pegada como los perros; sé que me dolerá cualquier movimiento. Lentamente, me levanté, colocando mi mano entre las piernas. Temo que mis entrañas se salgan. Tal vez, si las sostengo, pueda empujarlas de nuevo hacia adentro. Él me da permiso para ducharme. Sé que debería vestirme primero, pero me quedo desnuda y corro hacia la ducha. Siento el estómago revuelto. Necesito asegurarme de que mis entrañas no se salieron de mí.

"Terror" ni siquiera es la palabra correcta para describir lo que siento. Por favor, Dios, no dejes que mis entrañas salgan. ¡Por favor!

Al salir del dormitorio, mi hermana está ahí parada. Dándome una bofetada, dice: Confié en ti con mi esposo, ¿y esto es lo que haces? Sus palabras me atraviesan el corazón. Las rodillas me flaquean y caigo. Hice lo que ellos pidieron. Me siento tan culpable que le pido perdón. Esta vez yo estaba encima, y ella me vio. No puedo controlar el sentimiento de culpa que me invade. Es mi culpa. Oswaldo sale y dice que me duche antes de que los niños me vean desnuda.

Tan pronto como entré a la ducha, vomité. Todavía me duele el estómago. Necesito ir al baño, pero él no me ha dado permiso. No puedo aguantarlo más. Para mi vergüenza, tuve diarrea en la ducha. Por suerte, él no vino a revisarme, así que me salí con la mía.

Cuando salgo, me envía a sentarme en el armario con el perro. Esta vez, creo que me lo merezco. De camino al armario, me detiene y me entrega un pedazo de pastel con una vela encendida. Mi sobrino dice: ¡Feliz cumpleaños, Brenda! Según se regresa a sus juegos. Mientras Oswaldo cerraba la puerta del armario, dijo: Hoy fue especial, pero debes ser castigada. Tu hermana lo pidió. ¡Feliz cumpleaños!

Me senté en el armario junto al perro, sosteniendo mi culpa como un regalo que nunca pedí. Hoy hicieron lo que desearon, como siempre hacen. Estaba tan agotada que, en la oscuridad del armario, comí mi pedazo de pastel. En otra ocasión se lo hubiera dado al perro, pero esta vez, ya fuese por enojo o supervivencia, lo comí.

Cada bocado hacía eco. ¡Es mi culpa! ¡Es mi culpa! Al igual que mi madre, olvidé que hoy era mi cumpleaños. Tengo once años y lo estoy celebrando sola, en un armario. ¡Es mi culpa! ¡Es mi culpa!

Para su propio beneficio

10

¡Ay de los que piensan iniquidad,
y de los que fabrican el mal en sus camas!
Cuando viene la mañana, lo ponen en obra,
porque tienen en su mano el poder.

Miqueas 2:1 RV1909

Mi hermana está convencida de que tuve sexo con la intención de destruir su relación. Actúa como si fuera una competencia y él un gran trofeo que todas quieren ganar. Dije que solo seguía órdenes, lo que ella arregló como parte del trato, pero no escucha. Sigue molesta y afirma que fue traicionada. Yo me siento confundida. ¿Cómo puede sentirse traicionada cuando todo fue su idea? Ella hace los tratos, decide con quién, cuándo y dónde. La verdad es que quiere hacerme sentir culpable y así tener su versión lista en caso de que salga a la luz. Todo se trata del control. Ella juega juegos mentales, planea maldad y actúa su rol de víctima mientras otros hacen su trabajo sucio.

Estoy cansada de ella. Sé que el trato es que debo quedarme con ellos, pero no puedo cumplir esa promesa. Jugaré su juego hasta que mi hermana esté a salvo y lejos. Entonces escaparé, aunque muera en el intento. Me alejaré de todos ellos. Hasta entonces, cada vez que ella se haga la víctima, me disculparé. Eso la mantiene satisfecha. Puedo ver la sonrisa burlona en su rostro y cómo su ánimo cambia como un interruptor cuando siente que tiene el control otra vez.

Emilia dice que el día que salga por esa puerta, terminaré en un hospital psiquiátrico. Pues si alguna vez hablo, nadie me creerá; pensarán que estoy loca. Estoy pensando que ella es quien pertenece a un hospital psiquiátrico. No necesito ser adulta ni terapeuta para ver que su maldad la está consumiendo. Me pregunto si tan siquiera duerme en la noche. Se despierta llena de ideas, emocionada por cumplirlas como misiones. Se ilumina cuando le ordena a su esposo que tenga sexo conmigo o con la mamá soltera cristiana que vive al lado. Es increíble cuánto lo disfruta. Su ánimo depende de la maldad.

Casi no me castigan, pues mi hermana me perdonó por lo que hice. Hay una nueva regla: solo él puede tener sexo conmigo, no al revés. Solo tiene permiso para usarme cuando ella está con la menstruación, cansada o cuando no tiene ganas, lo cual no es nada nuevo. Yo soy la segunda opción y no debería ser yo quien pida sexo. Ella dice que no le molestaba cuando él salía con Mara, pero luego Mara quería más atención. Como es la madre de sus dos hijos, tiene prioridad. Si yo quiero más privilegios, entonces debo tener un bebé.

Dicen que están tratando de cambiar, de demostrar cuánto me quieren, o eso afirman. Quieren que me quede cuando mi madre venga de Puerto Rico. Emilia dice que nuestra madre tiene planes de llevarme a otro estado. Tiene miedo de que me vaya; eso significa que él buscará otra novia y no será de la familia. Ella perderá el control.

Últimamente, ha estado haciendo cosas buenas por mí. Me deja ducharme cuando huelo mal, el champú y el peine grande para desenredar mi cabello rizado. Puedo usar el baño y tirar de la cadena sin que lo revisen, una vez al día. Me da dos o tres toallas sanitarias en lugar de solo una. Me permite un vaso al día de la bebida que yo elija. Incluso prometió que un día, después de que mamá se vaya, me llevará a desayunar con ellos. Esa será mi recompensa si me quedo.

Me he convertido en su hermana favorita y dice que está feliz de que viva con ella porque ya no se siente sola. Hoy fue un buen día. Una vez al día se siente como un lujo comparado con ninguno. Pero sé que ella está fingiendo; su amabilidad es miedo disfrazado. Tiene miedo de que yo hable. No teme que yo vaya a la cárcel; le aterra que él vaya. La idea de perderlo significaría el fin del mundo para ella.

He cumplido con mi palabra; intento comportarme más como su novia. No me gusta poner excusas después de dar mi palabra. Mamá solía mentir todo el tiempo. Decía: Te prometo que te compraré un juguete si vienes conmigo a la tienda. Luego, cuando llegaba el día, decía: No tengo dinero; te lo compro el próximo mes. Una vez le hice prometer que me compraría una muñeca. No le dije para qué la quería. Era justo antes de mi cumpleaños y sabía que se olvidaría. Ese julio me comporté de lo mejor. Mantuve feliz a mi hermano, y no tuvo berrinches. Hubo paz en casa gracias a mis sacrificios.

El tres de agosto, mi hermano se despertó temprano, impaciente por salir. Yo también estaba emocionada, pero mantuve la calma. Fuimos a las tiendas. Ella compró pañales, medicinas y algunos suministros. Luego fuimos a una tienda de ropa cara y mamá le compró un traje a mi hermano. En el terminal de autobuses, camino de regreso a casa, le recordé sobre la muñeca de imitación que me había prometido. Dijo que ya no le quedaba dinero. Le dije que solo costaba dos dólares. Ella había gastado más de cien en el saco de mi hermano. Debía quedarle algo. Pero, aun así, dijo no. Había usado mi dinero del cheque de mi padre para comprarle el traje a él. Me enojé y la llamé mentirosa, y ella me dio una bofetada.

Siempre encontraré la manera de cumplir mis promesas. Cuando Oswaldo dice que haga algo, lo hago. No daré razones para que mire a mi hermana. La protegeré, cueste lo que cueste. Solo necesito dejar de huir en mi mente. Es mi mayor debilidad, lo único que siempre me mete en problemas, y no puedo controlarlo. Si pudiera desaparecer en mi mente mientras sigo obedeciéndolo físicamente, sería la novia perfecta. Aunque solo sea fingiendo, como hace mi hermana. Pero no soy buena actriz. Él no se siente complacido conmigo.

Mi madre y hermanos llegaron a Estados Unidos, y se siente extraño estar de nuevo cerca de ellos. Mamá comparte una habitación con todas mis hermanas. Emilia se queda con su esposo. Un cuarto para sus hijos, y a mi hermano le dieron el ático. Él no es el favorito aquí, pero Emilia tiene un plan, y es mejor que esté aislado. Ella y Oswaldo habían intentado de todo para provocarlo, pero no funcionó. Tal vez ahora es mayor y por eso no hace berrinches como antes. Quizás yo fui siempre la razón. ¿De veras fue mi culpa, como decían? ¿Sus explosiones eran por mí?

Siento que me están jalando de ambos lados de la familia. Mi madre quiere que me quede en su habitación, y Emilia también. Mamá sigue preguntando: ¿Te vienes con nosotras a Boston? Su voz cambia cuando quiere sonar dulce, y odio eso. ¿De veras quiere que esté con ellas? Ojalá hubiera otra opción, pues no quiero estar con ninguna de las dos. Siento que me han tirado la decisión encima, y todos están jugando un juego del cual tienen miedo de perder.

Ahora que la casa está llena, Oswaldo no puede tener sexo conmigo tan seguido como quiere. Pero su hermano Will sigue dándole las llaves de su apartamento para que me lleve allí. Oswaldo cuenta lo mucho que me extrañará si mi mamá logra llevarme. Dice que solo tenemos que esperar unos años más, hasta que cumpla dieciocho.

Ya no me están castigando, y no entiendo por qué. El perro parece tener más espacio ahora que está encerrado en el sótano. Envidio al perro; extraño el silencio del clóset. Odio cómo repiten las mismas cosas una y otra vez. No puedo respirar. Así que voy y me escondo en un clóset, donde por fin puedo volver a respirar. Me castigo voluntariamente, y nadie se da cuenta.

Salí con Oswaldo a hacer una entrega de droga, y dice que mi mamá está enojada porque quiere tener sexo con él, y él le dijo que no. Dice que cumplirá su parte del trato; no estará con nadie más aparte de Emilia y de mí. Mi madre está enojada, así que él está preocupado por mí. Cree que ella tiene la intención de llevarme a Boston y luego meterme en la cárcel por traicionar a mi hermana. Dice que, como soy menor de edad, pueden darme quince años de prisión por lo que hice en la caja. Le digo que no estoy preocupada; no le contaré nada.

Dice él: Tu madre sabe que estamos juntos. Tu hermana quería vengarse, y tu mamá lo sabe. Por tu culpa, Emilia no creció con su papá; además, uno de tus tíos la tocó. ¿Por qué crees que todos te odian? Tu mamá sabe que no me interesa estar con ella. Incluso me preguntó si tenía una relación contigo. Está furiosa porque la rechacé por ti. Vamos, tú sabes cómo es tu madre. Si te vas con ella a Boston, no podrá castigarte ni golpearte como lo hacía en Puerto Rico, pero sí podrá enviarte a la cárcel. Entonces tendrás que huir para evitar ser arrestada. Si eso pasa, no regreses. Pierdes todo en el momento en que eliges dejarme. Aquí yo te protejo, y nadie más te ha tocado. Tu mamá nunca te protegió, y nunca lo hará.

Él continúa: En Puerto Rico, hicimos un asalto en una gasolinera. Un hombre intentó hacerse el héroe, aferrándose a su billetera. Le disparé, ¿y sabes cuánto tenía? Catorce dólares. Murió por catorce dólares. Como atraparon a uno de los muchachos, tuve que mudarme aquí. ¿Estás lista para huir de la policía? ¿Estás dispuesta a matar por dinero? ¿A dónde irías? Tendrías que prostituirte porque es para lo único que sirves. Piénsalo. Conmigo no tendrás que hacer nada de eso. No dejaré que nadie te toque.

Luego, en la tarde, mi mamá decide llevar a mis hermanas al parque y me invita. No sé qué decir. No tengo permitido salir por diversión. ¿Qué hora es? Pronto estará lleno de parejas y no de niños. ¿Me castigarán si acepto? En un abrir y cerrar de ojos, ya estamos allí. Debí haberme convertido en un robot y seguir sus instrucciones. Es el mismo parque al cual él me lleva por la noche. No me gusta este parque, pero parece ser el que todos los demás disfrutan.

Hace un poco de frío; estamos en pleno otoño, y una manta colorida de hojas cubre el suelo. Mis hermanitas corren hacia el área de juegos, riendo y persiguiéndose alrededor del castillo. Asombradas con las ardillas que saltan de un árbol a otro. Encuentro un banco vacío cerca y me siento a mirar. Mi madre se sienta a mi lado y empieza a hacer preguntas: ¿Qué pasa entre tú y Oswaldo? Nada, respondí. Ella sigue insistiendo: Sé que pasa algo entre ustedes. Dime, no diré nada.

Así que mi cuñado decía la verdad. Ella lo sabe. Pero en vez de sentirme segura, tengo miedo. ¿Por qué pregunta si ya lo sabe? Me siento traicionada. ¿Por qué no me defiende? Me siento abandonada; me dejaste aquí. Tengo once años, y pides que te hable de una relación. Sé que está mal. Toda la conversación sucede en mi cabeza. Afuera, estoy callada. Se debe sentir orgullosa de mí; ya ni hablo.

Ella continúa preguntando, pero yo dejé de escuchar. Estoy intentando oír el silencio. No me gusta que la gente me hable. Quiere que me mude con ellos a Boston, y me pregunto: ¿para qué? ¿Será mi vida mejor con ella? ¿Necesita a alguien que le haga los mandados?

¿Qué sucede? Mi mamá discute con Emilia y Oswaldo por una llamada telefónica. Mis hermanas recogen sus pertenencias lo más rápido que pueden. Mi madre me agarra de la mano y prácticamente me arrastra afuera. Emilia me pide que me quede, y Oswaldo me lanza una mirada de muerte. No sé qué hacer. No quiero ir a Boston.

Es una noche lluviosa. Mis hermanas y yo nos estamos empapando, paradas en el medio de la calle. Ellos siguen discutiendo mientras mamá trata de recoger sus cosas. No puedo escucharlos claramente, y no intento hacerlo. El sonido de la lluvia es relajante. Me enfoco en cómo cada gota termina su jornada en el suelo, solo para comenzar otra en un charco. Me pregunto cuántos animales escondidos saldrán a beber, como yo hago cuando nadie me ve. La lluvia limpia la suciedad de las calles, dejando el parque vacío. Ahuyenta a la gente mala. Todos se esconden adentro; a nadie le gusta mojarse. Al contrario de mí, me encanta la lluvia. Las lágrimas resbalan por mis mejillas, y nadie sabe que estoy llorando. Me siento libre, pero no segura. Puedo llorar y sonreír al mismo tiempo porque nadie lo nota. La lluvia esconde mis emociones, las vuelve borrosas.

Caminamos bajo la tormenta, buscando un teléfono público. Cuando se encuentra uno, mi mamá llama a su familia en Boston. Todavía tenemos que esperar a que su sobrino venga a recogernos y llevarnos a Massachusetts. ¿Para qué me preguntó si quería ir con ella si ya había tomado la decisión? Una mujer aparece de la nada y nos invita a pasar la noche en su casa. Una desconocida que tiene la amabilidad de abrirnos sus puertas. Me acuesto en el piso de la sala porque eso es lo que se supone que haga en la casa de algún extraño. La señora fue amable. Nos dio toallas y mantas para calentarnos. Escuchó a mi madre decir que no esperaba que ellos me abusaran.

No puedo creer que esté dejando Pensilvania, el lugar que llamé hogar por casi dos años. Ahora me llevan a Boston, específicamente a la casa de Lydia. Durante el viaje, no dejan de repetir lo mismo: No te preocupes, ahora estás a salvo. Pero ¿lo estoy? ¿Estaré segura con Lydia, la mujer que una vez me metió los dedos y luego me quemó con sus cigarrillos? Susurro la pregunta para mí misma, sabiendo que nadie realmente escucha. Hablan de llevarme a un hospital y siguen haciendo preguntas al azar, observando cómo respondo. Es extraño que pasara casi dos años con Oswaldo y nadie nunca llamó ni escribió, pero ahora, de repente, todos quieren saber qué sucedió.

Miró por la ventana, deseando en silencio que haya un accidente, imaginando si fuera mejor no sobrevivir. Tal vez este sea el momento para huir. Cuando paren por gasolina o a ir al baño, tal vez pueda desaparecer por la autopista. ¿Alguien me recogería? ¿Aceptarán sexo a cambio? Es todo lo que tengo para ofrecer. No sé qué más puedo dar. Siento que no pertenezco a ningún lado. Todos salieron adelante cuando salí de Puerto Rico. No me necesitan para hacer feliz a mi hermano, y Leilani está segura. No hay razón para quedarme.

No quiero estar atrapada en este vehículo con mi madre y hermano. Las ventanas están cerradas, y el aire se siente pesado. Abro un poco una para tomar aire fresco, pero mi madre rápidamente dice que la cierre porque mi nueva hermana está enferma. Yo también lo estoy; voces, tratando de ahogar todo, pero ahora es abrumador. No puedo estar aquí. Tengo miedo de lo que traerá Boston. Necesito huir antes de que sea tarde. El tiempo nunca parece estar de mi lado. Pasando un letrero verde en la carretera, leyendo lo que parece ser una advertencia. Massachusetts te da la bienvenida.

Hay casa llena en el pequeño apartamento de Lydia: personas que vinieron a conocernos. Tras un inesperado viaje, estoy agotada. Creo que todos lo estamos. Me convertí en el tema principal de la familia, y ni siquiera son parientes de sangre. Me siento como un animal raro en un circo, siendo observado desde lejos mientras inventan mi historia. Lo curioso es que nadie la conoce. No se la he contado a nadie y, ¿quién puede conocerla mejor que yo? Todos estamos apiñados en un apartamento de un cuarto. Lydia tiene el dormitorio, mientras que mi madre y sus seis hijos compartimos la sala. Lydia ya no es la misma persona que recuerdo. Ahora está enferma y necesita diálisis. Está perdiendo la vista y ya tiene un ojo protésico. Como si la vida le cobrara sus deudas, sus dedos están siendo amputados uno a uno. Agradezco el juicio de Dios sobre ella. Ella metió sus dedos en mí, y ahora se los están cortando. Se lo merece.

Mi padrastro se unirá pronto a nosotros, siendo siete personas en la sala. No entiendo por qué mi madre se molestó en traerme aquí. La única razón por la que vino a los Estados Unidos es porque sus padres están viejos y enfermos, y Lydia la escogió de voluntaria para que los cuidara. Honestamente, creo que ni siquiera le importa.

A estas alturas, todos hacen suposiciones sobre lo que viene. Todos han inventado una versión de la historia en la que ellos son los rescatistas. De repente, todos son expertos en mi historia. Juran que me salvaron, pero en realidad solo movieron mi jaula a otro lugar. Todo para su propio beneficio.

Ahora todos saben

11

Si dijeras: Ciertamente, no lo supimos;
¿Acaso no lo entenderá el que pesa los corazones,
el que mira por tu alma?
¿No dará él a cada hombre según sus obras?
Proverbios 24:12 RVG

Mi hermanita está enferma, y mamá la llevará al hospital. Me pidió que la acompañara. No quería, pero ella insistió. Llegamos al Hospital de la Ciudad de Boston. Parece un lugar elegante, pero no se siente así. Es grande, rodeado de edificios altos y personas sin hogar. Cuando llegamos, mi mamá la registró y entró sola con mi hermana. No necesitaba que yo fuera. Me quedé en la sala de espera, rodeada de adultos extraños y enfermos. Minutos después, una enfermera llamó mi nombre. La seguí hasta una pequeña habitación con solo dos sillas. Se fue sin decir mucho y cerró la puerta. La habitación no tiene ventanas. Vine para estar con mi mamá y ni siquiera estamos en la misma habitación. Algo se siente mal, mi corazón late con fuerza y siento que estoy en peligro. ¿Por qué más me dejarían aquí?

Mi mamá me engañó para que viniera al hospital. Usó a mi hermanita como excusa y jugó con mis emociones. Con su voz baja y tímida, fingió necesitar mi ayuda. Odio cuando cambia su tono así; si no prestas atención, caes en su trampa. No me necesitaba. Esto fue planeado: actuar como si le importara para que yo entrase al hospital voluntariamente. Caí en su trampa.

Oswaldo tenía razón. Su plan era llevarme a un hospital apenas llegáramos a Boston y eso hizo. Si le importara, ¿por qué no me llevó al hospital en Pennsylvania? También tenían un hospital en la ciudad. Fui ingenua y caí por el tono de su voz suave y bajo. Ella sigue siendo la misma persona de la que escapé en Puerto Rico. Entonces, ¿cómo terminé con ella de nuevo? Oswaldo me advirtió que nunca me protegería. Ahora estoy sola; ella decidió por mí, y no puedo regresar con Oswaldo.

Pienso que mi madre me está enviando a un hospital psiquiátrico, tal como Oswaldo advirtió. No puedo respirar; la puerta está cerrada. Me senté en el suelo, en la esquina entre dos paredes, tal como solía sentarme junto al perro. Fingiendo estar en el armario, mi corazón se calma y puedo respirar de nuevo. Entonces alguien tocó la puerta y me sobresalté. Entra una mujer y me dice que me siente en la silla. Ella toma a la otra y la acerca a la mía. Se presenta, sujetando un cuaderno y bolígrafo en la mano. Dice que todo es "confidencial" y puedo confiar en ella. Eso significa que no puede contarle a nadie.

La trabajadora social comienza a hablar, pero yo no escucho mucho, sobre todo porque no entiendo. Me pregunta: ¿Quieres contarme qué pasó en la casa de tu hermana? ¿Por qué dijiste que fuiste abusada sexualmente? ¿Te agredieron sexualmente? ¿Alguien te tocó de una manera que no querías?

El problema es que no sé lo que es abuso sexual. No entiendo los términos "molestada, agredida sexualmente o penetración". Algo malo me pasó, pero no tengo las palabras para describirlo. Así que respondí que no a todo. Nunca dije que fui abusada sexualmente; mi madre lo dijo. Todos quieren que guarde sus secretos, y yo quiero contarle a alguien la verdad, pero tengo miedo de hablar. Quisiera preguntar: ¿De veras iré a la cárcel? Si es así, ¿será una cárcel para niños o para adultos? Y si no me encierran, ¿ya soy demasiado grande para ser dada en adopción? ¿En quién puedo confiar para hacer estas preguntas? Por ahora, me siento más segura quedándome callada.

Todos escuchan la versión de mi madre. Nadie quiere oír la mía. Me siguen haciendo las mismas preguntas de sí o no, esperando a que confirme la historia que ya han escrito.

Mi madre me engañó para traerme a este hospital y la enfermera, por guiarme a esta habitación vacía cuando ni siquiera soy paciente. Ahora esta mujer me hace preguntas solo para escribir las respuestas. Me deslizo de nuevo al suelo y respiro en silencio. Dejó de escuchar. Solo estoy yo en la oscuridad, dentro de mi armario imaginario.

A mi mamá le aconsejaron que me llevara para una evaluación psiquiátrica. Igual que la mujer en la sala de emergencias, esta terapeuta tiene un cuaderno y demasiadas preguntas. Me puse de pie y le dije que no respondería nada sobre mi hermana o su esposo. No voy a hablar con nadie sobre lo que pasó. Todos dicen que fui abusada sexualmente; yo nunca dije eso, lo dijo mi madre. Ya que ella y su familia siempre hablan de mi supuesto "caso de abuso sexual".

Le dije a la terapeuta que no respondería nada más. Sé que no es realmente confidencial cuando lo escribe todo. Entonces acepté contestar mientras no fuera acerca de Pensilvania. Me dijo que me sentara y me pusiera cómoda, pero ¿cómo podría? El cuarto está desordenado, con papeles, libros y archivos por todas partes. No parece un lugar para sanar. Le dije que no podía quedarme mucho tiempo; aquí está sucio. El desorden me recuerda a la casa de Emilia. Lo único que falta son las cucarachas, por ahora.

¿Quieres morir? ella preguntó. Sí, por supuesto. Prefiero no vivir con Lydia ni con mi madre. Lydia solía meterme los dedos. Me gustaría morir. No voy a matarme; nada funciona si Dios quiere que sigas viva. La única salida sería huir y prostituirme en el parque. Pero, aun así, prefiero morir. Quiero morir. Quiero morir.

De camino a casa, mi mamá me dijo que se suponía que debía dejarme en un hospital para locos, para ser internada. ¿Qué le dijiste, Brenda? me preguntó con esa voz suave y falsamente dulce. No te vas a matar, ¿verdad? No voy a llevarte al hospital porque sé que no lo harás. Sé que no quieres estar con toda esa gente loca. Pero tienes que prometer que te portarás bien y que no harás nada tonto. No seas egoísta; piensa en tus hermanas.

Todos están tan atrapados en la situación con Oswaldo que a nadie le importa cómo me siento yo. Digo que no quiero quedarme con mi mamá, pero nadie me escucha. Ella me sacó de la casa de Emilia y me trajo aquí, ya con todo este drama del abuso planeado. Han estado contándole a todo el mundo lo que supuestamente me pasó, pero ella nunca me preguntó. Nunca ha escuchado mi versión de la historia. ¿Cómo es que todos lo saben? ¿Cómo se enteró el hospital? ¿Qué es el abuso sexual? ¿Por qué nadie me explica lo que está pasando?

Ya no aguanto más. Necesito preguntarle, aunque me dé una bofetada. Así que con cuidado le pregunté: ¿Cómo sabes qué eras cuando ellos vinieron a Puerto Rico de visita? En ese tiempo, la mamá de Oswaldo habló conmigo y me advirtió que no te dejara ir con ellos a Estados Unidos. Ella los escuchó hablar sobre ti y me dijo que te mantuviera alejada porque te iban a hacer algo. No pensé que realmente lo harían; confié en ellos. No es mi culpa, yo no sabía.

Añade: También te vi a ti y a él teniendo sexo. ¿No lo recuerdas? O sea, estabas ahí; me miraste. Te quedaste sorprendida porque te descubrí. No estabas siendo abusada porque no estabas forcejeando con él. Así que salí del cuarto y llamé a Lydia para contárselo.

Siempre hay alguien entrando y saliendo de la casa. Todos preguntan: ¿Ella ha dicho algo? ¿Te han contactado? Mis hermanas Aida y Mara llamaron desde Puerto Rico, junto con Manny. ¡Qué irónico! Entre todos ellos circula una frase muy popular: Yo sabía que él te iba a violar. Lo veíamos venir; siempre fue un mujeriego.

Lydia le dijo a mi mamá que debería dejar que Tanairi y yo saliéramos para hacer nuevas amistades y conocer el área. El único lugar al que sabíamos llegar era la tienda, donde comprábamos leche para nuestras hermanas y cigarrillos y cervezas para los adultos. Caminamos por la manzana y, eventualmente, hicimos amistades. Se sentía bien al probar un poco de libertad. Hasta que llegó mi padrastro de Puerto Rico y fue por todo el vecindario diciendo que no confiaran en mí. Que yo era una cualquiera que me había acostado con mi cuñado y ahora quería meterlo preso por despecho. El chisme corrió rápido. Ya no era solo la familia; ahora todo el barrio lo sabía.

Fui a casa de un amigo, y antes de que pudiera siquiera saludar, uno de los padres me apartó a un lado. ¿Quieres ser amiga de mi hijo?, me preguntó. Sí, le respondí. Él me miró de pies a cabeza y dijo: Yo sé quién eres. Todos lo sabemos. Tu papá vino y nos contó cómo te gusta acostarte con hombres casados. Yo estoy casado. Si quieres ser amiga de mi hijo, tendrás que acostarte conmigo. Si no, vete. No quiero que mi hijo ande con una puta. Y si no lo haces, le diré a todos quién eres y nadie te dejará acercarte a sus hijos.

Me fui con el corazón roto. Mientras mi padrastro viva, la gente escuchará su versión de mí. Su propósito en la vida es degradar a las mujeres. Como una piedra en el zapato; lo suficientemente pequeña para hacer el caminar doloroso, y una vez removida, se vuelve irrelevante.

Me desperté a medianoche, convencida de que Oswaldo estaba en el apartamento. Pude ver su silueta, sentirlo acercarse, mirándome. Desde entonces no he podido dormir. Le dije a Tanairí que creía que él estaba aquí. Ella se asustó y se escondió bajo la sábana. Yo me quedé despierta, en guardia, respirando en silencio, esperando que tal vez cambiara de idea y se alejara. Mas el cansancio finalmente me venció. Mientras dormía, me quité la ropa. No podía respirar; como siempre, se sentía tan pesado encima de mí. Grité, aunque sabía que nadie escuchaba. Lo hago por si acaso alguien siente lástima por mí. Nunca funciona; nadie escucha. De pronto, todos estaban despiertos. Al parecer, había estado gritando dormida. Solo fue una pesadilla; aun así, me desnudé para él.

Mi mamá continuaba preguntando por qué me quité la ropa. No me creyó cuando le dije que vi a Oswaldo. Estaba enojada porque yo sabía que mi hermano y padrastro duermen en el mismo cuarto y los desperté. No quise hacerlo. Ni fue a propósito. Oswaldo estuvo aquí.

Todo el día han hablado de mí y de cómo desperté gritando. Como siempre, hablan entre ellos, pero nunca conmigo. Si me acerco, se callan. Le dijeron a mi mamá que llamara a alguien y le explicara lo difícil que es lidiar conmigo. Así que lo hizo. Llamó a una trabajadora social y pidió ayuda. No para mí, sino para ella, pues necesita un apartamento. Mientras tanto, yo me quedo con mis pensamientos. Nadie me pregunta qué pasó anoche. ¿Fue una pesadilla o algo real? No recuerdo haberme desnudado. No entiendo por qué se sintió tan real si no lo fue. Voy al baño y me siento en el piso, como si estuviera castigada, junto al perro. Es la única forma que conozco de silenciar todo, especialmente mi mente. Es como si me estuviera ahogando.

Casi llega el verano, y eso significa más días de calor. Una de las vecinas nos invitó a visitar el zoológico de Franklin Park. Había un día en que los residentes del vecindario podían entrar gratis. Vivimos a solo unas cuadras de ahí, pero es mi primera vez yendo. Los animales están todos en jaulas, caminando de un lado a otro o acostados. Los gorilas se sientan cerca de la gran vitrina, absorbiendo la atención de la gente. Pero es el león quien me cautiva. Está tendido en el suelo, dando su espalda a los espectadores. La gente piensa que está dormido, pero yo sé que no. Está despierto, respirando en silencio, moviendo la cola suavemente para espantar a los insectos. Está tratando de volverse invisible ante la multitud.

Me identifico con él. Está cansado de estar atrapado, de que su vulnerabilidad esté expuesta. La gente se reúne para hablar y tomar fotos; no obstante, a nadie le importa él. Sabe que no puede escapar. Come lo que le dan. Por más fuerte que ruja, nadie viene a rescatarlo. Puede ser el rey de la selva; sin embargo, hasta él se debilita bajo el poder de manos crueles. Es igual a mí, castigado, retenido en una jaula sin explicación. Sin razón alguna. Ambos perdimos una batalla que nunca nos dieron la oportunidad de pelear.

Más tarde, alguien llamó desde Pensilvania. Después de hablar con mi madre, pidió hablar conmigo. Se llama Judith. Dijo que trabajará conmigo y que no me preocupe; ella me va a ayudar. ¿Ayudarme con qué? Yo no soy la que pide ayuda; es mi madre. Yo solo acepto lo que la gente dice. Ya estoy acostumbrada. Siguen haciendo las mismas preguntas de distintas maneras hasta que respondo. Tal vez deberían escribirme un guion con todo lo que quieren oír. Así dejan de preguntar, y yo dejaría de adivinar las respuestas correctas.

Se acerca mi cumpleaños, y le doy gracias a Dios de que mi madre nunca se acuerda. Nunca voy a celebrar mi cumpleaños. Ella está más preocupada por nuestro viaje a Pensilvania. Mi padrastro está furioso; no quiere que ella vaya conmigo. Repite lo mismo una y otra vez: Mira, Brenda, mira todas las consecuencias del gran lío que creaste. ¿No pudiste mantener las piernas cerradas? ¿Crees que es justo para nosotros, para tu mamá, viajar por tu culpa? ¿Te crees tan importante? La próxima vez que tengas ganas, ráscate tú sola para que nadie tenga que limpiar tus desastres. Sus palabras se han convertido en mi desayuno, almuerzo y cena. Tiene suerte de que nadie se atreva a detenerlo cuando dice lo que piensa. Mi madre solo asiente y sonríe. Lo supe en el momento en que la vi, ¿no te lo dije? Esa hija tuya es una puta. Tenía razón. Ni siquiera pudo respetar a su hermana. Te sacaste la lotería con Brenda. ¡Qué premio!

Judith volvió a llamar y me preguntó si tenía alguna duda. Le dije que sí. ¿Por qué tengo que volver a Pensilvania? ¿Puedes pedirles que me acepten de regreso? No quiero vivir con mi mamá. Judith dijo que me explicaría más cuando nos viéramos en persona. Tu madre ya te lo dijo, ¿verdad? No, no me dijo, respondí. No sé qué sucede. Nadie quiere decirme nada. Mencionó que podría volar sola si mi madre no podía venir, ya que tiene una bebé enferma. Le dije que soy grande y que casi tengo doce años, y quiero viajar sola. Pero parece que nadie me escucha. ¿Qué voy a saber yo? Ellos son los expertos, ¿no?

Hablar con mi mamá sobre ir sola no vale la pena. Dice que tiene que ir, o pensarán que no le importa. No se arriesgará a que servicios sociales abra un caso por mi culpa. No esperaba que la ley exigiera que presentáramos cargos en Pensilvania. En Boston no se hará nada, y ahora es demasiado tarde para echarse atrás.

Por primera vez en mi vida, mi madre me dio dinero para comprar ropa para la escuela. No era mucho, pero pude comprarme un par de pantalones y dos camisas. Aun así, sé que nada es realmente gratis. De una forma u otra, tendré que pagarle.

Es una sensación extraña, esta tranquila emoción por empezar la escuela. Me pregunto si me irá bien o si terminaré enferma como mi hermano. Ahora que vivimos otra vez en el mismo lugar, ese miedo ha regresado. Emilia una vez quiso llevarme a un terapeuta, no porque le importara, sino porque podría recibir dinero extra si me diagnosticaban con una condición mental. Dijo que, si me daban pastillas, oficialmente me considerarían loca. Oswaldo no quería que viera a un terapeuta ni que tomara medicamento. Él no apoyaba su plan porque sabía que yo no estaba loca. Por más horrible que suene, eso significó algo para mí. Tal vez fue la única persona que creyó que yo estaba cuerda. Ese pequeño y retorcido consuelo me hizo pasar por alto todo el daño que me causó.

No sé quién soy ni quién quiero ser. Es como si todos estuvieran esperando que me derrumbe, solo para poder decir que estoy rota. Tal vez sería más fácil para ellos si así fuera. Aunque ellos inventaron una versión pública de mi historia, yo me aferro a mi verdad. La tengo escondida como un tesoro enterrado, esperando el día en que finalmente pueda exponerla yo misma. Para que todos sepan todas las cosas que hicieron en secreto.

Una fecha para recordar

12

Pero si un hombre encuentra en el campo a la joven
que está comprometida y la obliga y se acuesta con ella,
solo morirá el que se acuesta con ella. No harás nada a la
joven; no hay en ella culpa de muerte, porque
como cuando un hombre se levanta contra su vecino
y lo mata, así es este caso. Cuando la encontró
en el campo, la joven comprometida dio voces,
pero no hubo quien la librara.

Deuteronomio 22:25-27 LBLA

Todo lo que mi padrastro habla es de cómo se nos requiere viajar a Pensilvania. El 27 de agosto se siente como un día maldito, aunque aún no entiendo por qué es mi culpa. Ojalá, mi madre, pudiera verme como a una humana y hablarme como tal. Hago preguntas y no obtengo respuestas. Mi padrastro habla por ella, y nunca dice nada bueno. Señala con el dedo hacia mí como si intentara ocultar sus defectos. Mi madre, una cobarde que se esconde detrás del silencio.

Hoy es el día, y estamos en camino a la terminal de buses. Mi madre, mi hermana y yo viajamos de Massachusetts al estado de Pensilvania. Subimos a un autobús grande que lleva el nombre de una famosa película animada, y me siento perdida, tal como el personaje. Los asientos son grandes y algo cómodos, pero eso es todo. Paramos en Nueva York antes de continuar hacia nuestro destino final.

El viaje es largo; estoy aburrida y cansada. Al principio, mi madre me dio el trato de silencio porque estaba molesta de tener que venir conmigo y dejar a su amante atrás. Este viaje es tan inconveniente para ellos; todavía soy un estorbo para ella. Mi hermanita está cansada de estar sentada, y no hay nada que hacer. Mi madre debe estar aburrida también, porque ahora intenta hablar conmigo. Decido darle el mismo trato de silencio. No tenemos nada para hablar.

Veo los letreros en la autopista que anuncian Reading, Pensilvania, y me aterra. ¿Cómo puede traerme de vuelta aquí? Sin embargo, por más loco que parezca, preferiría estar con Oswaldo. Él no me debe nada porque no somos familia de sangre. En cambio, mi madre debió protegerme. Calmar a mi hermano y enfrentarse a su amante. Si me vio teniendo sexo con Oswaldo, ¿por qué llamar a Lydia y no a la policía? ¿Por qué guardo silencio con los hombres de negocios?

Llegamos a la terminal de buses en Reading, Pensilvania, donde nos recibió Judith. Una mujer blanca estadounidense, de cabello rubio, que hablaba con tono amable y cortés. Nos llevó a su oficina en su guagua. En un momento, me preguntó si quería escuchar alguna música específica. Yo no tenía preferencia; solo espero en silencio que no pusiera esa canción, la que les recuerda a los hombres malos de mí. Aun así, fue amable de su parte preguntar. Incluso encendió el aire acondicionado. Miré por la ventana, absorbiendo la extraña sensación de ir en un auto y poder mirar libremente hacia afuera.

De repente, me pidió que bajara la cabeza o mirara hacia otro lado. ¡Mira hacia otro lado, Brenda, mira hacia otro lado! Y ahí estaba él, parado justo frente a la casa. Por su rostro puedo decir que Oswaldo no esperaba vernos, verme a mí. Se veía confundido, y yo igual de impactada. Me miró fijamente a los ojos. ¿Se detuvo el tiempo? Judith siguió conduciendo, pero estábamos atrapados en un extraño y silencioso concurso de miradas. ¿Me trajeron de vuelta a él por mi cumpleaños? Oh, no. ¿Por qué me hacen esto? No, por favor, ¡no!

Podía escuchar la voz de Judith en el fondo, distante, como un eco que se desvanece. Brenda, respira profundamente. ¿Me puedes hablar? Pero no pude responder. Me sentí congelada, completamente paralizada. Estaba lejos de él, pero podía sentir su presencia como si estuviera justo a mi lado. No podía moverme, como si estuviera atrapada en el tiempo, en un recuerdo, atrapada en el miedo.

Poco a poco voy regresando. Sentada en el suelo, en lo que parece un área de juegos. Hay juguetes y hojas esparcidas para colorear. Me pregunto si el perro hizo pis en su rincón. Estoy segura de que nadie ha limpiado su área. Se debe sentir solo, preguntando qué hizo mal.

Judith se me acercó después de terminar de hablar con mi mamá. Yo seguía atrapada en una encrucijada, entre mi cuñado, el clóset y esta oficina. Me entregó un pequeño vaso de agua fría, y mientras bebía, me pidió con gentileza que me sentara en la gran mesa de reuniones. Mi madre intercambia de lugar conmigo. Judith tenía tantas preguntas y le respondí en modo automático, señalando ciertas partes de mi cuerpo. Pronunciando palabras que aún no comprendía. No estando mentalmente presente. Necesitaba más tiempo para sentirme segura y poder regresar. No quería hablar, pero lo hice.

Judith pasó de escribir en una libreta a una carpeta grande llena de papeles. Un hombre se unió a nosotros. Dijeron que él iba a trabajar con nosotras. Entraba y salía. No lo recuerdo de antes y no capté su nombre. Hacía preguntas, hojeando los papeles e intercambiándolos de un lado a otro. Dicen que deben moverse rápido, pues no tienen mucho tiempo antes de que regresemos a Boston.

Eventualmente, nos llevaron a un refugio para pasar la noche. Un lugar para víctimas de violencia doméstica. Recordé cuando Emilia tuvo una pelea con su esposo y él la golpeó. Me dejó acompañarla, y terminamos durmiendo en un refugio. A la mañana siguiente, ella lo llamó desde un teléfono público, y todos regresamos al apartamento. Debería haber un lugar así para que los niños puedan quedarse unas noches, sentir calor, comer comida caliente y tal vez hablar con un consejero gratuito. Un espacio para despejar la mente y recuperar un poco de fuerza. A mí solo me ofrecen una evaluación y una cama en un hospital psiquiátrico. Cuando digo que no quiero vivir con mi mamá, solo me dicen que necesito más tiempo para adaptarme.

Temprano en la mañana, nos recogieron y llevaron a una clínica. La doctora trabaja para la corte y está de mi lado. Eso me dijeron.

La enfermera me llevó a un cuarto y me dejó sola para que me cambiara a una bata de hospital. No entiendo por qué me siguen llevando a hospitales. No he dicho que estoy enferma; nadie sabe que no puedo respirar o que tengo problemas del corazón. Cuando me enfermo, me siento en el suelo fingiendo que estoy en el clóset hasta recuperar el aliento y que mi corazón se calme.

La doctora entra, dice que será rápido y tratará de no incomodarme. Pide que me recueste y me deslice hacia el borde de la extraña cama; luego sujeta mis pies y los coloca en unos extraños soportes, pidiendo que me relaje, ya que mis piernas están temblando. ¿Qué ella hace? ¿Me lastimará? Siento dolor cuando me toca e introduce algo. Me deslizo hacia arriba de manera instintiva. Ella intenta de nuevo, prometiendo ser suave. Pero, ¿por qué me toca? ¿Por qué debo estar desnuda? Es como si mi cuerpo no me perteneciera. La gente lo toma cuando quiere. La doctora sigue diciendo que me relaje, así que huyo lejos en mi mente. Cuando abro los ojos, me siento desorientada. ¿Ya terminó de usarme? ¿Quién me vistió? La oigo hablando con Judith, diciendo que recetó algunos antibióticos y que siente pena por mí. Odio cuando la gente siente pena. No me conocen. Solo sienten pena por la versión de mi mamá, no la mía.

Volvimos a la oficina de Judith, y David estaba ahí esperando. Estoy regresando lentamente a la realidad, sin prisa. Sé que tendré que correr otra vez. David le entregó un periódico a Judith, y lo leyeron juntos. El nombre de Oswaldo estaba allí; intentó huir de la policía y, de todos modos, lo arrestaron. Me pregunto si estaba preparando las drogas y quizá no tuvo tiempo de tirarlas por el inodoro. ¿Golpeó a otro adicto o le vendió a un policía encubierto? Me alegra no haber sido yo quien vigilaba. Me habría metido en serios problemas.

Esta vez, mi mamá se quedó en la sala de juegos con mi hermana mientras yo me senté con Judith y David. Tenían una larga lista de preguntas, de las cuales yo no comprendía la mayoría. Una de ellas fue: ¿Que pasó en octubre? No lo sé. Los fríos vientos de octubre arrancaban las hojas de los árboles. Judith dijo que mi mamá le contó sobre octubre. Entonces David preguntó: Brenda, ¿puedes decir qué pasó la primera vez que Oswaldo tuvo relaciones sexuales contigo? ¡No! No, no, me voy a enfermar. ¿Por qué todos quieren saber? Odio a mi mamá. ¿Por qué habla de mí? No la escuchen. Ella quiere que la policía me lleve a la cárcel. Dejen de preguntar. ¡Basta! ¿Por qué todos hablan de mí? ¿Por qué todos me culpan? No puedo respirar.

¿Sé lo que pasó en octubre? ¿Se refiere a ese día en que me invitó al parque y empezó a hacerme preguntas con esa voz suave y amistosa? Más temprano, ese día, Oswaldo me había llevado a su cuarto y estaba teniendo sexo conmigo cuando mi mamá entró. Recuerdo ver su rostro desde lejos; todo está borroso. ¿Realmente estaba ahí? Recuerdo que se dio la vuelta, dándome la espalda. Oswaldo se inclinó y me susurró: Ahora te llevará al hospital y te mandará a la cárcel o a una institución mental. Más tarde, ese mismo día, ella me llevó al parque y empezó a hacerme preguntas.

Me encontré sola en la habitación cuando abrí mis ojos. Judith entró ofreciéndome un vaso de agua. Sentándose en el suelo junto a mí, pidió que jugara Conecta Cuatro con ella. No respondí, así que comenzó a jugar sola. Unas rondas después, me uní a ella. Sé cómo se siente cuando nadie quiere jugar contigo. Mientras jugábamos, Judith comentó que estaban para ayudarme y por qué confía en David. Ellos han trabajado juntos durante mucho tiempo, ayudando a niños como yo. Preguntó si estaba bien para él entrar y unirse a nosotras. Cuando abrió la puerta, él estaba de pie afuera, esperando con ansias.

Mientras jugábamos, David me preguntó si tenía miedo de ir a la cárcel. Le dije que sí. Él preguntó por qué, y dije: Porque yo era su novia. Oswaldo dijo que, si alguna vez le contaba a alguien, la policía me encerraría por quince años. David me miró y dijo: Puedes confiar en mí, no dejaré que eso pase. Arrestaron a Oswaldo por lo que hizo. Brenda, la policía lo sabe, y no te arrestaron. Estás a salvo.

David, ¿la policía rescató al perro? ¿Puedes ayudar al perro si yo hablo? Creo que el perro quiere ser rescatado. Le tiene miedo a Oswaldo y siempre llora. Pero nadie puede acercarse a él; está amarrado en el sótano, cerca del indio. No puedes bajar allí, porque el indio tomará tu sangre. Si Oswaldo te mata con el cuchillo, le dará tu sangre al indio y nadie nunca te encontrará. Me asusta cuando me castigan y me amarran frente al indio. Parece estar vivo, da miedo. No quiero hablar más del indio.

Oswaldo dijo que, si se metía en problemas con la policía, les contaría sobre la caja. Así que supongo que ahora está bien hablar.

Él preguntó si yo estaba dispuesta a responder algunas de esas preguntas frente a más personas. Me prometió que no dejaría que nadie me lastimara. Oswaldo también estará allí, pero yo no tendré que mirarlo. Le dije a David que estaba lista. Él dijo que, gracias a mí, Oswaldo nunca podrá lastimar a nadie más.

Judith me llevó de vuelta a la sala de juegos. No hablo con mi madre, no quiero que sepa de mí. Si se entera, le contará a su hermana Lydia, y mi padrastro se asegurará de que todo el vecindario lo sepa. Pasamos la mayor parte del día en esa sala. Judith preguntó qué queríamos comer; estaba ordenando comida para nosotras. No me atreví a pedir nada, así que ella ordenó comida china y pizza.

Odio la comida china; me enferma. Es la comida de celebración de Oswaldo. Por un momento, casi arruinó mi día. Pero decidí mantener el enfoque. Hablaré frente a más personas y así ningún otro niño será castigado como yo. Aunque la policía me arreste, salvaré a otros y eso debe ser motivo suficiente para celebrar.

David regresó con un brillo en los ojos; Brenda, te alegrarás cuando te diga la noticia. La policía volvió a la casa y encontró al perro en el sótano; lo rescataron. También encontraron los cuchillos y al indio, y se encargaron de eso. No tienes que tener miedo. Te prometo que Oswaldo es el único que irá a la cárcel. Estás a salvo.

Si tan solo alguien hubiera hablado, yo no estaría en esta situación; si tan solo alguien hubiera escuchado. Se requiere de una sola voz para rescatar a alguien, solo un oyente. De una sola persona que no cierre sus ojos, haciéndose el ciego.

La audiencia en la corte está programada para la tarde. A medida que se acerca la hora, Judith nos llevó a otro lugar. Siguen preguntando si estoy lista. No lo estoy. Aún pienso que fue injusta la forma en que me llevaron al hospital en Boston, solamente porque mi madre decidió seguir el consejo de su supuesta familia. Me engañó, dejando caer una gran carga sobre mis hombros. Escogió un camino que requiere valor, luego se lavó las manos y me dejó atrás para terminar el trabajo.

Anteriormente, me sentí orgullosa de mí misma. Por un momento me sentí valiente, pero ahora vuelvo a tener miedo. ¿Y si Oswaldo ya le contó a la policía los secretos sucios? ¿Va a mencionar la caja, aquella en la que me metió con su hijo? ¿El día en que estuve encima de él? ¿Se reirán cuando él les cuente que comí del suelo?

Esperé en una sala pequeña junto a Judith. Al llamarme, tuve que entrar sola a la sala del tribunal. Estoy asustada, mi cuerpo tiembla. No esperaba a tanta gente; la pequeña sala está llena. No queda espacio en las bancas; hay personas de pie afuera, asomadas por la puerta. Emilia y Will están sentados juntos entre el público, mirándome. Puedo sentir la rabia en ella y la preocupación en él. Mi madre está sentada con un grupo de personas que no reconozco. Es una extraña, igual que ellos. Oswaldo estaba en la primera fila, en una mesa pequeña, calmado como si nada pasara. Todos me observan, algunos con enojo, otros con lástima.

David dijo que lo mirara cuando necesitara apoyo, prometiendo estar a mi lado. No lo encuentro. Antes de responder la primera pregunta, veo de reojo a mi madre salir. Estoy sola, abandonada en una sala llena. ¡Espera, lo encontré! David está sentado en una mesa en la primera fila. ¡No estoy sola después de todo!

Estoy sentada al frente, al lado del juez. Piden que diga mi nombre mientras levanto la mano y juro decir la verdad. Mi mano tiembla, y también mi voz. Necesito respirar profundo, tal como Judith me enseñó. Esta fue idea de mi madre y me dio la espalda. ¿Cómo puede doler y, al mismo tiempo, sentirse como un alivio? Me alegra que se haya ido. No quiero que escuche lo que tengo que decir.

David hace algunas preguntas. Quiere saber si Oswaldo está presente en la sala. Mientras David habla, siento que estamos solos y puedo contestar, como lo hice en la oficina. Luego otro hombre se levanta para hacer preguntas. De repente, David se pierde entre la multitud; no puedo encontrarlo.

El hombre pregunta: ¿Oswaldo te violó? No, no lo hizo, respondí. Al instante, todos empiezan a hablar. No puedo respirar. El juez golpea su mazo, pero el ruido sigue aumentando.

—Brenda, ¿Oswaldo te violó?
No, no lo hizo, repetí, todavía jadeando por aire.

Veo a David hablando con el juez. Minutos que se sintieron eternos antes de que todos volvieran a sus asientos. La sala vuelve a quedarse en silencio. El hombre me mira y pregunta: Si Oswaldo no te violó, ¿significa que aceptaste ser su novia?

—Yo no quería ser su novia. ¡No! Se enojó cuando le dije que no. Él tuvo sexo conmigo, y luego acepté porque me golpeó y me puso un cuchillo cerca de la cara. Me dijo que me cortaría y le daría mi sangre al indio si no dejaba de temblar. Obedecí sujetando mis piernas.

Mientras intento explicar, el hombre sigue interrumpiendo. Es una pregunta de sí o no. Solo responde sí o no. Es difícil hablar con este hombre. Hace preguntas y luego se enoja cuando intento responder.

—¡Esto es una pregunta de sí o no! ¡No es eso lo que te estoy preguntando! ¿Cuántas veces tuvo sexo contigo? Si dices la verdad, ¿cómo no puedes saber cuántas veces? Sus preguntas se amontonan, y yo no tengo respuestas. Esto es un error; ni siquiera sé lo que pasó. ¿Cuál es la versión de mi madre? Dije que Oswaldo está presente, y ahora soy cuestionada. Debo ponerme de pie y señalar a Oswaldo para asegurar que hablamos de la misma persona. No quiero. Judith dijo que no tenía que mirarlo. No hay nadie de mi lado. Intento encontrar a David o a Judith, pero los pierdo una y otra vez. Me avergüenza hablar de cómo tuvo sexo conmigo mientras todos escuchan. Ahora todos saben que no soy virgen.

Esto se siente más como un circo; soy la atracción principal. Todas las miradas están sobre mí. Levantó el rostro por unos segundos, pero el peso de la culpa lo baja. No hay ni una persona aquí para mí. Mi madre se fue. ¿Para qué vino? Miro hacia la puerta, esperando que tal vez se asome como los demás, pero no. En cambio, veo a Orlando, el hermano menor de Oswaldo. Nos miramos, él sonríe conmigo, y yo con él.

El hombre interrumpe mi silencio. —¿Puedes encontrar a Oswaldo?

Aún tengo la mirada en Orlando. Él respira hondo y asiente. Sé que quiere que lo haga, que señale a su hermano como me están pidiendo. Así que me pongo de pie. Levantando mi mano temblorosa, lo señalo directamente. Oswaldo estalla en carcajadas y, mientras una sonrisa se dibuja en su rostro, una lágrima resbala por mi mejilla. Miro de nuevo a Orlando, y él sigue sonriendo, dándome un pulgar arriba.

Aunque Orlando no está aquí para apoyarme, podría ser el único entre la multitud que sí lo hace. Lo observo, y cada vez que hacen una pregunta, no respondo a menos que él asienta con la cabeza. Es su forma silenciosa de decir que está bien hablar, igual a cuando no había nadie alrededor. Él señalaba que era seguro usar el baño, tomar un sorbo de agua. Él se mantiene a mi lado desde la distancia, respirando conmigo mientras hablo, sonriendo cuando termino. Me recuerda que no estoy sola. ¡Esto no durará para siempre!

Las preguntas no parecen tener fin, pero finalmente terminan. Siento una pequeña ola de alivio cuando me permiten ponerme de pie y caminar hacia el cuarto de atrás. Cuando el guardia abre la puerta de la sala del tribunal y la cierra detrás de mí, me desplomo en el pasillo.

Me siento en el suelo para recuperar el aliento. Judith dice que es mejor esperar en la habitación, ayudándome a ponerme de pie. Esperamos mientras la tarde se convierte en noche. Cuando David regresa, todos se felicitan entre sí. Para ellos, es una victoria. Salió mejor de lo esperado. Especialmente que no hay manera de que mi cuñado pueda pagar la fianza de doscientos mil dólares. Mi madre reapareció para la celebración.

Estábamos a punto de salir del tribunal por una puerta trasera, como si nos escapáramos, yendo a escondernos. Cuando el juez llamó mi nombre, mientras se acercaba. A él le gustaría decirme unas palabras.

Estoy pensando: Este será el momento de mi arresto. Es hora de ser castigada. No intentaré huir, como hizo Oswaldo. Después de todo, fui yo quien le pidió a mi sobrino que me tocara y me besara mientras estábamos dentro de la caja. ¡Es mi culpa!

Hubo algunas ocasiones en que Oswaldo me dio la oportunidad; él decía: Depende de ti si tenemos sexo o no. Te daré un minuto, dos minutos o tres minutos para empujarme. No te penetraré durante ese tiempo asignado. Si me empujas, me vestiré. Pero… si no me empujas, te penetraré tan pronto termine el tiempo. Cada vez, hacía todo lo posible por empujarlo. Mi fuerza era acompañada de un grito. Sentía mi energía evaporarse por mis poros mientras daba mi cien por ciento. Cada vez, fallé. Oswaldo ni siquiera hacía un esfuerzo por igualar su fuerza con la mía. Yo era tan débil que nunca logré empujarlo. El fracaso siempre llegaba en un carruaje y la culpabilidad, sin ser invitada, le seguía arrastrando las cadenas. Es tu culpa, solía decir Oswaldo. Tú me provocas a hacer estas cosas.

Respiro hondo, mirando al juez, preparándome para su veredicto.

El juez me dice: Estoy muy orgulloso de ti. Lo hiciste bien; eres una niña fuerte y valiente. Preferí no decir esto frente a todos. Quiero que sepas que esta será una fecha que siempre recordaré. Debes ser especial. Te encerró en un armario, pero te mantuviste firme. Usando el poder de tu voz, lo has encadenado por el resto de su vida. Debes tener un propósito cuando la vida te da este tipo de victoria como regalo en esta fecha.

El juez sonríe mientras se aleja y me dice: ¡Feliz cumpleaños!

La fecha en que nací, como un estorbo en la vida de mi madre, marcó el día en que alguien fue enviado a prisión. Ellos lo llamaron justicia. Yo no lo veía así, porque no podía comprender el crimen que me habían hecho. Solo veía que me usaban como una pieza en el tablero del juego de otros, dejándome con el aguijón del castigo y una nueva herida en una vida ya llena de cicatrices. Tal vez en ese momento yo solo anhelaba amor y no justicia.

El juicio de los hombres

13

¡Ay de los que llaman al mal bien y al bien mal,
Que tienen las tinieblas por luz y la luz por tinieblas,
Que tienen lo amargo por dulce y lo dulce por amargo!
¡Ay de los sabios a sus propios ojos e inteligentes ante sí
mismos! ¡Ay de los héroes para beber vino y valientes para
mezclar bebidas. Que justifican al impío por soborno
y quitan al justo su derecho!

Isaias 5:20-23 NBLH

Mi madre, mi hermana y yo viajamos al estado de Pensilvania. Esta vez, a una corte en un edificio alto y elegante. El interior está limpio, con pisos brillosos que reflejan las luces de arriba. El vestíbulo por sí solo parece un museo. Aquí, tendré que testificar frente al jurado, su familia, sus amigos y extraños. La sala del tribunal tiene suficientes asientos; nadie queda de pie ni asomándose por la puerta. Aun así, mi mamá decide salir cuando llega mi turno de hablar.

No todas las preguntas son de sí o no; ahora quieren detalles. Hago lo posible por responder, por darles lo que me piden, mientras lucho por mantener la concentración. Oswaldo está sentado justo frente a mí, en una mesa pequeña. Cada vez que hablo, se ríe, y puedo escucharlo. Me han colocado en el estrado de los testigos, rodeada por una pequeña barrera de madera, así que logro ocultar mi cuerpo tembloroso. Creo que solo puede ver mis hombros y mi rostro. Puedo ocultar mi cuerpo, pero no mi voz. Todos escuchan el miedo en mi voz temblorosa.

De vez en cuando, el juez permite un breve receso. Apenas salgo al pasillo que me lleva al cuarto de espera, mis piernas ceden y me siento en el piso para respirar en silencio. En un momento, Oswaldo se ríe tan fuerte que rompí en llanto. El juez permite que David me acompañe de regreso al cuarto de espera. No puedo dejar de llorar. Él se ríe para mostrarme que todavía tiene poder sobre mí, como un recordatorio de que soy débil y él es fuerte. Su risa me dice que, no importa cuánto grite o luche, nadie vendrá. Para él, esto es un juego. Incluso cuando perder es inevitable, sigue jugando para ganar. Y de alguna manera, me hace sentir que soy yo la que está fallando. Después de todo, estoy completamente sola. Es él contra mí.

El día en que fue sentenciado, no estuvimos presentes en la corte. Ni siquiera sabía que tenía la opción de presenciar su reacción. ¿Se rio cuando escuchó la palabra culpable? Nadie me dice cuáles son los pasos; solo fui arrastrada por todo el proceso.

Ese día suena el teléfono, es Judith. Después de que mi madre cuelga, le habla primero a mi padrastro y a Lydia, y por último viene hacia mí. Brenda, lo encontraron culpable. ¡Lo logramos! Mi mamá está emocionada. Los adultos concuerdan en que es un momento para celebrar con bebidas alcohólicas.

Los siete cargos fueron los siguientes:

- Violación con fuerza — Culpable
- Violación estatutaria — Culpable
- Víctima menor de 16 años — Culpable
- Agresión indecente (mayor de 18/menor de 14) — Culpable
- Exposición indecente — Culpable
- Poner en peligro el bienestar de un menor — Culpable
- Corrupción de menores — Culpable

Oswaldo fue condenado a dieciocho años en prisión.

Mientras mi madre celebra, yo estoy atrapada en una tormenta de emociones, sintiéndome perdida. Torturo mi mente con la misma pregunta. ¿Y qué de Emilia? El juicio terminó, él fue condenado a la prisión y yo condenada al silencio. Pues hay una diferencia entre responder preguntas basadas en la versión de mi madre y contar mi historia. ¿Quién escuchará mi historia?

Mi padrastro se encargó de construir mi reputación. Es como si todos ya conocieran su versión de mí: Brenda, la zorra que se acuesta con cualquier hombre, incluso con el esposo de su hermana. Estoy constantemente siendo acosada sexualmente. Es agotador cuando la gente me pregunta si es cierto. Sus amigos me muestran sus genitales, pensando que abriré las piernas. Lanzan monedas al suelo y preguntan qué favor sexual estoy dispuesta a hacer. Por su culpa, todos me ven tan solo como una muñeca sexual.

Estoy siendo acosada en la escuela porque mi padrastro fue con mi madre y le dijo a la maestra frente a toda la clase que yo trabajo como una bailarina exótica. La maestra debería llamar a servicios sociales para hacer un reporte, ya que tengo doce años. Pero, en cambio, la maestra de español decide escuchar los chismes y luego me usa como ejemplo frente a toda la clase. Cuando llegué a casa, cuestioné a mi madre sobre por qué se quedó allí parada mientras él decía mentiras sobre mí. También le recordé que su "alma gemela" no es mi padre.

No tiene sentido hablar con mi madre. Sería la muda perfecta, callada cuando la confrontan y callada frente a la injusticia. Casi no paso tiempo con mis hermanas porque mi padrastro me amenaza constantemente. Me llama una zorra con problemas mentales y dice que no quiere que ellas se "infecten" por mí. Si me acerco siquiera a ellas, me aparta y dice: Te estoy vigilando. Si se vuelven unas zorras como tú, te romperé la cara. Aléjate de ellas; no quiero que sean como tú. ¿Por qué quieres estar cerca de ellas? ¿Quieres que se vuelvan zorras como tú? Eres un desperdicio, lo sabes, ¿verdad? Si siguen tus pasos, te golpearé como a un hombre, te romperé la cara. Es un viejo débil y miserable. Es con el silencio de mi madre que sus palabras adquieren poder sobre mí.

Debo admitir que mi madre quizás ha cambiado. La veo intentando ser mejor con mis hermanas. En Boston, no soy la esclava que fui en Puerto Rico. Mi hermano está en una institución mental, así que ya no soy responsable de su cuidado ni de sus medicamentos. Mi madre siempre tiene comida para mis hermanas y no se desaparece por días. Ya no tengo que salir a buscarla ni tratar con hombres de negocios. Aun así, hay días en que prefiero morir de hambre antes que comer en casa, solo por evitar el recordatorio constante: la comida es para las niñas. En Pensilvania, aprendí a comer todo lo que podía en la escuela. Lo que otros niños consideraban un asqueroso almuerzo escolar, para mí era maná del cielo.

Los fines de semana estaban llenos de reuniones: mi mamá, Lydia y amistades tomando y con música a todo volumen desde la tarde hasta la mañana. Lydia exigía que le mostrara respeto e incluso quería que pidiera su bendición como si fuera una santa. Seguí el ejemplo de mi madre, al no dirigirle la palabra. No importaba lo que dijeran, me negaba a responder. Además, estaba aprendiendo a expresarme con sarcasmo. Después de que perdió la vista y los dedos debido a su enfermedad, me complacía el hacer comentarios sobre ello. Esas noches eran largas e interminables, con migrañas que me mantenían despierta. Pero me volvía a Dios y le daba gracias, porque ahora ella no tenía dedos para tocar ni vista para desear.

Mi madre siempre permanecía en silencio. La mujer que una vez tuvo tanto poder sobre mí se volvió débil e impotente a mis ojos para cuando yo tenía doce años. Como si todas sus decisiones estuvieran dictadas por las opiniones de su amante y Lydia. Hasta siento lástima por ella.

Los terapeutas coinciden en que necesito tiempo para adaptarme; después de todo, no he vivido con mi madre durante dos años. Dicen que necesito conocer a mis hermanas y crear un vínculo con ellas. Nos mudamos a un nuevo estado, y supuestamente lo más importante ahora es aceptar que mi mamá tiene derecho a ser feliz con un hombre. Crecí sin una figura paterna, y no puedo darme el lujo de rebelarme ahora solo porque ella tiene una relación. Volver a vivir con ella significa que tengo que lidiar con todos estos sentimientos. ¿De veras la terapista piensa que ese es mi problema?

Mientras la terapeuta busca ideas para ayudarme a "aceptar" las cosas, yo guardo silencio. ¿De dónde saca su información? ¿Sabe que estoy siendo acosada sexualmente por hombres debido a los chismes de mi padrastro? ¿Sabe que como único mi mamá y yo conectamos es cuando bebemos alcohol? ¿Que no tengo ropa interior y los vecinos se ríen en mi cara, diciendo que mi padrastro les contó que mis bragas están manchadas? Una anciana incluso me dio una lección sobre cómo las niñas solían lavar su ropa a mano en sus tiempos. ¿Por qué habla él de mi ropa interior? ¿Es esto normal?

La gente me juzga según la versión que le contaron. Estoy perdiendo mi identidad; ya no sé quién soy. Me han puesto tantas etiquetas: una carga, la fea, la rebelde. Luego están las etiquetas médicas y sociales: víctima, depresión, ansiedad y TEPT. Todos parecen saber quién soy, excepto yo. Las palabras se han vuelto ladrillos, construyendo un muro a mi alrededor. El silencio es el pegamento que mantiene unidos esos ladrillos. Un muro reforzado por la vergüenza, la culpa y un juicio imposible de escapar. Una fortaleza de vergüenza en la que nunca pedí vivir. Sin embargo, aquí estoy.

Le dije a mi madre que quería ser terapeuta. Se rio, diciendo que los terapeutas son locos, y dijo que mejor debería ser peluquera. Así, de un momento a otro, perdí todo interés en la escuela. Esperaba poder ayudar a otros niños, escucharlos sin juzgarlos y darles lo que nadie jamás me dio a mí. Pero ahora, el miedo a volverme mentalmente inestable como mi hermano pesa más que cualquier sueño que alguna vez tuve. Emilia debe estar enferma mentalmente, al igual que Aida y Mara. Darme cuenta de eso hizo que el miedo creciera aún más en mi mente. ¿Y si la enfermedad mental corre en la familia?

En lugar de ir a la escuela, deambulaba por Boston. Caminaba por las calles, hablando con desconocidos. De una manera retorcida, esperando ser secuestrada por un traficante sexual. Sé que ya soy demasiado grande para ser rescatada por una familia amorosa como en las películas. Pero a los doce años, aún soy suficientemente joven para ser deseada por pervertidos. Es para lo único que parezco servir. Debo tener algún superpoder invisible que atrae a los depredadores, y no sé cómo apagarlo. Como un animal que desprende un aroma que solo los pervertidos pueden detectar. Los depravados lo perciben en el aire como quien caza a su presa. Buscan a los pequeños, a los débiles y a los heridos. Van tras la presa fácil, y yo soy precisamente todo eso. Un animal solitario y herido que fue abandonado.

Pertenezco a una familia de nueve hermanos y, aun así, estoy sola. No hay nadie con quien pueda hablar o en quien confiar. Me estoy ahogando, luchando en aguas profundas, sin salvavidas a la vista. Todos están ocupados intentando mantenerse a flote, atrapados en su propio dolor, tratando de sobrevivir. Nadie me ve, y los pocos que lo hacen… también se están ahogando.

Tengo una amiga en la escuela, y a menudo caminamos juntas a casa. Reímos y compartimos historias, pero cuando nos acercamos a su casa, nos escondemos. Su madre no le permite tener amigas. Es de Honduras, y creo que tenemos más en común de lo que nos damos cuenta. Su madre no la ama. Es fría a menos que esté presente cierto amigo de la familia. Un hombre en sus cuarenta años con familia propia. Él les trae dinero y regalos, especialmente cuando se acuesta con mi amiga. Mi amiga piensa que él la ama. Sé que es un hombre de negocios. ¿Quién soy yo para decir? Cuando nunca recibes amor, incluso una migaja puede ser considerada como un plato completo.

También me acerqué a un chico de la escuela que vive cerca. Su madre es madre soltera de tres hijos y espera que él se haga cargo de todo. Como su niñero personal, él hace las tareas de la casa y cuida de sus hermanas mientras ella trabaja. Aun así, nada de lo que hace es suficiente, ya que ella lo golpea con frecuencia. Lo veo hundirse en la depresión cada día, como alguien que desaparece lentamente bajo la superficie. Un día, me dijo que quería terminar con su vida. Me enumeró todas sus razones, tomando su madre la número uno. Luego me preguntó: ¿Crees que hay ayuda para niños como nosotros? Ponte en mis zapatos. ¿Intentarías conseguir ayuda o preferirías matarte? Le dije que no hay ayuda para niños como nosotros. Al menos, yo aún no la he encontrado.

Menos de una hora después, la gente se reunió afuera. Alguien lo encontró muerto, colgado de un árbol.

**Si estás contemplando terminar con tu vida, busca ayuda. El dolor de hoy no tiene que definir tu futuro.* Llamar o mensaje de texto:
Línea de Crisis y Prevención del Suicidio # 988

Mi hermana Emilia se mudó a Boston desde Pennsylvania. Una de las primeras cosas que ella preguntó fue si yo era VIH positivo. Cuando le dije que no, ella dijo que esa era la prueba de que Oswaldo no me había violado, pues ella era VIH positivo. Culpándome luego por su enfermedad, alegando que, si yo me hubiera quedado y "complacido a su esposo", nada de esto habría sucedido. Dijo que, si todavía sentía algún amor por ella, fuera al tribunal y dijera que todo era mentira. Que él nunca me violó. Unos días después, me entregó una carta de Oswaldo. La escribió desde la prisión, en unas hojas de papel cubiertas de sangre. En la carta, su rabia estaba dirigida hacia mi madre. La sangre, decía él, era simbólica. Si su madre moría de dolor por su encarcelamiento, entonces la mía pagaría de la misma manera, con sangre. Sobre mí, solo escribió una cosa: Brenda me mostró que quería estar conmigo cuando sonrió. Se sintió como una cuchilla girando en mi pecho. ¿Una sonrisa? Una sonrisa que yo ni siquiera recordaba. Un momento que él usó para justificar, destruirme.

Pasé meses yendo de clínica en clínica, haciéndome pruebas de VIH de manera anónima, perseguida por el miedo. Dejé de comer; a veces comía demasiado, esperando calmar la tormenta interna. Lloré todos los días, especialmente mientras esperaba en la clínica. Una vez, un pastor cristiano que trabajaba en la clínica me dijo que, si no quería contraer VIH, debía dejar de acostarme con cualquiera. Nunca volví a esa clínica en Salem. Tomó muchos resultados negativos antes de que yo creyera que estaba saludable.

Emilia volvió a mi vida para torturarme, y lo logró por un tiempo. Hasta que me di cuenta de que ella nunca fue más fuerte que yo.

Durante años viví en negación, sin querer aceptar lo que me había sucedido. Alguien entró en mi habitación mientras yo dormía. Que un juego de niños podía convertirse en un juego sexual. Una persona puso películas pornográficas para cumplir su fantasía. Un viejo se aprovechó de mi desesperación en la búsqueda de mi madre. Que una mujer me causó daño y fue tan malvada y me quemó. Otro se aprovechó de que mi madre estaba ebria y me tocó públicamente. Que una persona me pidiera que me uniera junto con mi hermana para hacer actos sexuales. En negación de que mi padre se atreviera a compararme con mi madre, y me tocara. Los hombres de negocios no eran éticos. Que mi hermana mayor me tomó como esclava para complacer a su esposo. Y mi infancia fue robada por todos ellos.

Aceptar la verdad abrió una puerta que conduce al camino de la recuperación. Asomándome por esa salida, el sendero luce áspero. El paisaje no es pacífico. No hay atajo mágico, ni puente de arcoíris que me lleve a salvo al otro lado. Solo tormentas eléctricas y un aire que gira con la amenaza de un tornado. Una montaña rusa de dolor, llena de bucles interminables. Veo la línea de partida desvanecida, donde tantos han puesto un pie en este camino.

Este camino atraviesa túneles oscuros de miedo y duelo. Es una carrera que todos quieren terminar, pero no todos lo logran. Veo personas con ropa desgarrada por lo mucho que han caminado. Algunos jadeando por aire, otros ahogándose en sus lágrimas. No puedo ver la meta desde donde estoy. Pero estoy eligiendo este nuevo camino. Dejando atrás el camino de la familia, lleno de secretos y juicios, con la esperanza de encontrar un mejor futuro para aquellos que vendrán después de mí.

Un Dios silencioso

14

Una vez más mis quejas son amargas porque Dios ha descargado su mano sobre mí. ¡Ojalá supiera yo dónde encontrarlo, y cómo llegar a donde vive! Presentaría ante él mi caso, pues me sobran argumentos. ¡Ya sabría cómo responder a lo que él me contestara! Pero él no usaría la fuerza como argumento, sino que me escucharía y reconocería que tengo la razón; me declararía inocente, ¡me dejaría libre para siempre!

Job 23:2-7 DHH

Cada vez que doy unos pasos en camino a la recuperación, termino deteniéndome. He visto a varios terapeutas, y todo parece estar bien, hasta que empiezo a hablar. Sigo obteniendo la misma reacción: es demasiado trauma; tal vez necesitas a alguien con más experiencia. Lo curioso es que nunca le he contado a nadie mi historia completa. Doy pequeños detalles, para ver si alguien realmente se queda, escucha y no se rinde conmigo. Pero la mayoría lo hace, y yo también.

Hay días en que las lágrimas se convierten en mi desayuno, almuerzo y cena. Siento rabia; muchos me fallaron. Aquellos que debieron protegerme me dieron la espalda. Hay momentos en que siento que la sociedad me debe algo, que fue su silencio lo que permitió que me ignoraran. Y también me enojo conmigo misma cada vez que me vuelvo como los demás, guardando silencio y enterrando mi historia. La desesperanza me arropa, y me vuelvo indefensa frente a mis emociones. El miedo sigue ganando. Visto cada día con un uniforme de vergüenza, caminando con zapatos que infligen dolor. Mi voz es estrangulada por la culpa atada a mi cuello. Me siento paralizada y con el corazón roto. Me vieron expuesta, desnuda y herida. Aun así, se fueron. Me dejaron, agonizando y sola.

Desde que era niña, he buscado algo a que aferrarme, algo que nadie pudiera quitarme. He buscado a alguien que me aceptara tal como soy. Alguien que caminara a mi lado, escuchará mi historia y dijera: *Todo estará bien.* Alguien en quien confiar, dispuesto a amarme, incluso cuando me siento indigna de amor. Necesito misericordia. Necesito que alguien me mire, rota como estoy, y, aun así, elija quedarse. Pero nadie va en busca de cosas rotas para amar. Y sé que tomará mucho para arreglarme. Ni siquiera soy digna de ser salvada. ¿Quién invertiría en alguien tan destrozado?

Hoy decidí acabar con mi vida; no veo propósito en mí. El camino hacia la recuperación se siente imposible. Estoy atrapada, doy vueltas en círculos. No importa cuántos pasos dé, no puedo avanzar mientras cargo con los secretos de los demás. Me pesa; esta no es una vida digna de vivir. No soy una sobreviviente rodeada de familia y amigos, celebrando la victoria de haber escapado o sido rescatada. En este momento, soy una víctima, todavía atada por las cadenas del abuso.

Como último recurso, clamé a Dios una vez más, pero incluso mi oración parecía ignorada. Busqué las iglesias de habla hispana en Salem, Massachusetts, esperando que alguien orara por mí. Tal vez si la petición venía de uno de su pueblo, Dios escucharía. La primera llamada fue al buzón de voz. La segunda iglesia me dijo que su noche de oración era los martes y que era bienvenida a asistir. El tercer número fue contestado por la esposa del pastor. Le conté que necesitaba la oración y que ella era mi última opción. Si Dios no intervenía, tomaría mi vida. Me preguntó si era miembro. Dije que no. Entonces ella dijo: Para que yo pueda ayudarte, debes convertirte en miembro.

Ya estaba sentada junto a la ventana. Mirando al cielo, susurré: Dios, ¿son estos tus seguidores? No tienes pueblo aquí en Salem.

Seguí con el plan de acabar con este tormento. No había vuelta atrás. Sin esperanza, ni Dios. Todos ganaron, todos salieron impunes. Cada uno levantó una piedra y la lanzó contra una niña indefensa. Cada piedra se convirtió en una palabra: un rechazo, un toque, un beso o un castigo. No me mataron de golpe; lo hicieron lentamente. Uno a uno, piedra por piedra.

Justo cuando estaba a punto de ejecutar mi plan, me desplomé al suelo. Allí, rompí en llanto. No elegí esta vida y soy yo quien paga por las consecuencias de otros. Estoy a punto de acabar con todo, mientras los que causaron el daño disfrutan de la vida. Ellos serán los mismos que actuarán sorprendidos y preguntarán: ¿Por qué?

Un alboroto afuera llama mi atención. Levanto la vista y veo pájaros volando en círculos amplios y frenéticos. Gaviotas y palomas son comunes en esta zona, pero estos pájaros negros parecen diferentes: agitados e inquietos. ¿Pelean por comida? Entonces vi un solo pájaro blanco, volando justo en el centro del caos. De repente comprendí. Dios, ¿son esos pájaros negros demonios, viniendo a llevar mi alma al infierno? ¿Eres tú el pájaro blanco, mostrando finalmente una señal? Si es así, es muy tarde. No daré marcha atrás. Tengo dieciocho años; elegiré mi destino. No le temo al infierno, ya vivo en él. Intenté levantarme y no pude; mi cuerpo fue paralizado. Ardía por dentro, como si estuviera bajo el sol del desierto, hirviendo de rabia. Sin embargo, me ahogaba en lágrimas, como si me hubieran arrojado al medio del océano. Estaba furiosa y con el corazón roto. El cuchillo y las pastillas que tenía cayeron de mis manos cuando me desplomé. Intenté alcanzarlos, pero mi cuerpo no obedecía. Un peso me presionaba, impidiéndome moverme.

En el fondo, sabía que era Dios. Solo que no sabía si venía a castigar o a salvarme. ¿Era este mi último momento antes del encuentro con él, o me mostraría misericordia? Había planeado presentar mi caso, pero ahora no tenía palabras. Solo dolor y vergüenza. La agonía de ser expuesta, desnuda ante el Dios que pensé que me había olvidado. ¿Así se siente morir? Podía sentir mi corazón romperse en pedacitos. Todo lo que pude susurrar fue: Dios… por favor… déjame morir.

El tiempo se detiene. Estoy en el suelo, desgarrando mi corazón. He esperado tantos años para tener un encuentro con Dios, y ahora, ¿qué? La Brenda de dieciocho años está enojada, desesperanzada y harta de la vida. Más la niña que hay en mí, la inocente que una vez lo esperó bajo el sol quiere gritar por ayuda. No puedo dejar de llorar. Pero este llanto se siente distinto. Siento que se me permite llorar.

Dios, sé que estás aquí. He esperado tanto para encontrarte. ¿Dónde estabas? Quería disculparme por portarme mal en el Cielo. Creí la mentira, que quizás merecía todo esto, que hice algo mal aun antes de nacer. Quería arrepentirme porque pensé que, si lo hacía tal vez podría volver a ti. Todos me culparon por lo que me hicieron. Así que también me culpé. Al menos me daba una razón del porqué. Aun no entiendo por qué nací. ¿Olvidaste darme un propósito? ¿Por qué tanta tortura? Una vez habría sido suficiente. Una persona habría sido más que suficiente para yo entender el dolor. Durante dos años corrí hacia el cielo, persiguiendo un castillo, esperando encontrarte. Corrí tras de ti, pero tú seguías alejándote; me abandonaste.

¿Dónde estabas? ¿Fuiste testigo de las injusticias? ¿Me viste llorar, me escuchaste gritar? Cuando el cable de extensión o la caja no eran suficientes, ¿de verdad enviaste un perro para castigarme? ¿Te estaba molestando cuando pedí ayuda? ¿Fuiste tú quien me protegió ese día? ¿Por qué no me dejas morir? Ahora estoy rota.

Dios, si aún tienes misericordia para alguien como yo, rendiré mi vida a ti. Si quitas este dolor y me das un propósito, contaré mi historia para honrarte. Si cubres mi desnudez, hablaré de ti. ¡Por favor! Libérame, sáname y restáurame. Sálvame.

Comencé a leer la Biblia, queriendo conocer a Dios. Cada día oraba, pedía que alguien me invitara a una iglesia. Estaba abierta a cualquier cosa. Dispuesta a aceptar cualquier religión. Vivía en una ciudad con varias iglesias, pero nadie me invitó. Mis oraciones se volvieron quejas: lo siento, no hay nadie en Salem que realmente crea que el evangelio merezca ser compartido. Mientras esperaba, lo vi como a un amigo. Por supuesto, me cuestionaba: ¿un amigo imaginario a los dieciocho años? Después de todo, él era un Dios silencioso.

Seis meses después, finalmente fui invitada a una iglesia. No recuerdo de qué trató el sermón. Pero cuando el pastor hizo el llamado al altar, me rendí públicamente a Jesús.

Por un tiempo, me aferré a la idea de que Dios era una criatura mágica. Alguien que me sanaría al instante solo por haberlo aceptado. Leía: *Venid a mí todos los que estáis cansados y cargados, y yo os haré descansar.* Mateo 11:28 LBLA. Me aferre a esa promesa. Cada domingo, iba al altar y lo aceptaba una y otra vez, preguntándome por qué no funcionaba. — Jesús, quita esta pesada carga. Se supone que debo sentirme más ligera. Quita mi dolor. ¿Por qué no lo quitas? ¿Por qué sigo cargando todo este peso?

En mi búsqueda de sanación, recurrí a libros cristianos sobre abuso sexual. Con cada uno, terminé sintiéndome desesperanzada. No me podía relacionar con los autores. Sus historias no me ofrecían lo suficiente. Quería saber lo que realmente había pasado. ¿Fueron abusadas solo una vez? ¿Cuánto tiempo tomó para que Dios sanara? ¿Podría Él arreglar algo tan roto como yo? ¿Cómo era el proceso de sanación? Yo necesitaba los detalles.

Incluso entre los cristianos, el tema del abuso sexual se siente como algo de que avergonzarse. Algo para hablar en secreto.

La gente tiende a presentar el evangelio de la mejor manera posible. Como cristianos, queremos compartir la belleza de seguir a Cristo, y al hacerlo, evitamos hablar de lo malo y lo feo. Si comparto las partes dolorosas de mi experiencia espiritual, ¿cómo puedo esperar que alguien quiera conocer a Jesús? Así que la gente solo cuenta lo bueno de congregarse, los milagros y la transformación. Hablan de ser una nueva creación en Cristo, y la idea es hermosa. Quiero experimentar una transformación mágica y recibir un nuevo propósito.

Una persona puede testificar: Fui diagnosticada con cáncer y Dios me sanó. Hablar de la campana al final del pasillo. Al celebrar el milagro, tendemos a omitir el dolor y el peso de la enfermedad. Las oraciones en angustia, los días en que la esperanza apenas parpadea. Y las oraciones de un corazón roto con voz temblorosa. Pues la historia con campanas suena mucho mejor. Así como cuando se trata del abuso sexual, es común omitir el proceso. Sin discutir la suciedad o las cenizas. Nos enfocamos en la ropa y zapatos nuevos que cubren un cuerpo marcado y pies heridos.

Me encontré rodeada por una comunidad eclesial que me acogió. Aprendiendo cosas que debí haber sabido de niña. Por primera vez en mi vida, sentí que pertenecía. Jesús se convirtió en un mundo completamente nuevo. Me enamoré de Jesús, y aunque no podía verlo, se convirtió en todo para mí. El libro que una vez no se me permitió leer se convirtió en un vínculo de amor que seguía atrayéndome. Sin embargo, incluso en esta fe recién encontrada, me sentía sola. Todavía caminaba con grilletes.

Asisto a la iglesia todos los domingos, llena de expectativas sobre qué hará Dios. Respeto que el pastor siempre nos anime a leer la Biblia por nosotros mismos. A menudo dice: No digan amén solo porque yo dije que está en la Biblia; ¡vayan a casa y léanla! Pero este domingo, algo de lo que dijo se quedó conmigo. Dijo: Si puedes encontrar tu problema en la Biblia, entonces estás bien, porque cuando hay un problema, Dios siempre da una solución. Pero, si la Biblia no aborda tu situación, entonces tienes un problema.

La mañana siguiente, me encontré una vez más frente a la línea de salida, lista para comenzar la jornada hacia la sanidad. Antes de dar el primer paso en el incierto sendero de recuperación, tuve una plática desde lo más profundo de mi corazón con el Espíritu Santo.

Espíritu Santo, he intentado tantas veces caminar por este camino, y cada vez me he rendido. Creo que tú puedes sanarme. Creo que puedes romper las cadenas que aún limitan mi vida. Pero no sé cómo funciona tu sanidad; debe ser aterradora y dolorosa, pues nadie quiere hablar de ella. Jesús dijo que estarías con nosotros hasta el fin. ¿Vendrás conmigo ahora? En lugar de caminar sola y perderme otra vez, ¿me guiarás? ¿Tomarás mi mano y caminarás este sendero conmigo? Si quieres sanarme en un abrir y cerrar de ojos, estoy aquí. Pero si la sanidad toma tiempo, si significa reunir cuidadosamente cada pedazo roto de mí, lo entiendo. Sé que no será fácil mirar en el espejo destrozado de mi vida. Pero creo que puedes repararme. Estoy dispuesta a aferrarme a tu mano y seguirte. Por favor, no te rindas conmigo, incluso si yo me rindo conmigo misma. Espérame; no puedo hacer esto sola.

¿Quieres sanar?

Leer esa pregunta en la Biblia y tomarla personal no hace sentido; más la pregunta resonó en mi corazón. ¿Quieres sanar? Entiendo ahora a aquel hombre que yacía junto al estanque de Betesda. Cuando Jesús lo vio acostado, y supo que llevaba ya mucho tiempo así, le dijo: **¿Quieres ser sano?** Señor, le respondió el enfermo, no tengo quien me meta en el estanque cuando se agita el agua; y entretanto que yo voy, otro desciende antes que yo. Juan 5:6–7 RVR1960

Exactamente, así se siente cuando el Espíritu Santo se mueve y todos parecen recibir algo, mientras yo sigo sin cambio. Es como si otros se lanzaran a la ola de su presencia, y justo cuando yo lo intento, la ola se estrella contra la orilla. La respuesta es sí. Quiero sanar. Ahora surge otra pregunta que debo enfrentar: ¿Estás lista para sanar?

No hay nada más doloroso que arrancar la llaga de una herida y tener que reiniciar el proceso de sanidad. A veces, quitarla demasiado pronto puede hacer que la herida se haga más profunda. La mayoría aprendimos la lección desde pequeños. La curita puede haber perdido su pegamento y, aun así, la seguimos presionando en su lugar, porque las heridas son feas. Sanar es duro, especialmente cuando sabemos que la cicatriz permanecerá con nosotros para siempre y no será bonita. El Espíritu Santo es ese doctor que no teme mirar de cerca. Él quiere quitar el vendaje temporal que he usado para ocultar la herida. Desea comenzar el proceso de la manera correcta: examinar la herida, limpiarla y luego tratarla adecuadamente hasta que sane.

En la agonía del dolor, todos anhelamos ese momento en que la sanidad rompe el silencio de Dios.

En busca de sanidad

15

Más yo haré venir sanidad para ti,
y te sanaré de tus heridas,
dice Jehová; porque Desechada te llamaron,
diciendo: Esta *es* Sion, a la que nadie busca.

Jeremías 30:17 RVG

Algunos hermanos en Cristo parecen cargar con la expectativa de que Dios siempre sana al instante, tal como si hubiera un tiempo límite en su poder. ¿Cuánto tiempo llevas siendo cristiana y todavía no eres libre? Debe ser tu falta de fe. Otros afirman que es simple: perdona y la sanidad seguirá. Yo ayuné, leí la Biblia y oré, pero, aun así, mi vida estaba gobernada por los ecos postraumáticos de mi pasado. Era lo opuesto a lo que la religión decía que debía ser.

Pensé que el Espíritu Santo haría esta jornada rápida y fácil, como si tuviera atajos divinos para adelantar el proceso. Estaba equivocada. Él no tenía prisa; la sanidad no es una carrera para ver quién llega antes a la meta. En mi caso es lo contrario: es un caminar. Me di cuenta de que algunos solo están presentes al inicio de la carrera, cuando es fácil animarte. Otros esperan en la meta, listos para celebrar, desapareciendo durante la parte más difícil: el medio. Fue cuando me sentí más sola. Nadie conocía mi historia. Me sentía incomprendida y avergonzada. Seguí las indicaciones que la gente me daba, solo para terminar en callejones sin salida. Los que juraban que su camino llevaba a la libertad nunca lo habían recorrido.

¿Soy la única en este caminar? Si una de cada cuatro mujeres ha sido abusada sexualmente, ¿por qué la iglesia guarda tanto silencio? Para mi sorpresa, Dios no estaba en silencio. Él lo sabía todo y entendía cada paso. No puso una fecha límite a mi sanidad ni me esperó en la línea de meta. En cambio, eligió caminar a mi lado. Me animó cuando estaba por rendirme. Me ayudó a levantarme cuando caí. Mientras el dolor nublaba mi visión, él permaneció enfocado en el camino. Fue mi guía, mi descanso y mi fuerza. Cuando pregunto: ¿por qué está tardando tanto? Puedo oírlo susurrar. No hay prisa, un paso a la vez.

El Espíritu Santo me llevó a un camino cubierto de espinas, con una flor hermosa esperando al final. Es doloroso caminar aquí. No estoy segura de lograr cruzarlo. Por eso me rendí tantas veces. Quiero confiar en Dios. Quiero ser libre. Pero puse mis propios términos y quedé atrapada entre las espinas. Sé que él puede transformar mi vida al instante; aun así, elige comenzar desde el principio. ¿Por qué? Solo necesito extender mi mano hacia la flor, pero cada vez que intento, las espinas me hieren. Puede que no lo logre.

Dios estaba tratando de convertirse en mi padre, y no se lo podía permitir. Él decía: Yo soy tu padre, y yo lo rechazaba. No toques esa parte de mi vida. Cada pregunta que cargaba sobre mis padres, cada recuerdo de rechazo se convertía en una espina lista para herirme. Él es mi Dios, mi salvador, mi redentor. Puedo llamar por esos nombres, pero no por Padre. ¿Cómo puedo ver a Dios como Padre si el que tuve me hirió tan profundamente? Sin embargo, una y otra vez decía: Quiero adoptarte; te llamaré hija, y tú me llamarás padre.

Suena hermoso, una promesa que se siente tan inalcanzable como la rosa. Hay demasiado dolor y amargura alrededor de mis padres. Nadie me ha amado como a una hija. ¿Qué clase de padre es Dios? ¿Me convertiré en un obstáculo para él? ¿Me verá como a mi madre?

Aunque mi padre y mi madre me dejaran, con todo, el Señor me recogerá. —Salmo 27:10 (RVR1960)
Como pastor apacentará su rebaño; en su brazo llevará los corderos, y en su seno los llevará. —Isaías 40:11a (RVR1960)

Él me sacó, como un padre que levanta a su pequeña. Me tomó en sus brazos, me adoptó y me sostuvo cerca de su corazón. Me llama hija, y yo lo llamo Padre.

Después de caminar entre las espinas, pensé que lo peor de mi viaje había terminado. Poder descansar en los verdes pastos a los pies de mi padre adoptivo es invaluable. Él me está ayudando a superar mis miedos y a aceptar partes de mí que antes odié. Por ejemplo, odiaba mi nombre, ya que fue mi madre quien lo eligió. Pero acostada en esos pastos, entendí que fue Dios quien me nombró. Un día, durante un servicio en la iglesia, mientras adoraba, tuve una visión: una espada envuelta en llamas azules. Era algo como nada que hubiera visto antes: majestuosa y radiante. No pude evitar preguntar por qué estaba viendo esa espada. Entonces Dios habló suavemente a mi espíritu: Fui yo quien te llamó por nombre. El nombre Brenda significa espada.

Pero ahora, oh Jacob, escucha al Señor, quien te creó. Oh, Israel, el que te formó dice: No tengas miedo, porque he pagado tu rescate; te he llamado por tu nombre; eres mío. —Isaías 43:1 NTV

Era tiempo de volver al camino de la recuperación. Aún hay un largo viaje por delante, y apenas estamos al principio. Me siento invencible; sobreviví a las espinas. Mi cuerpo lleva los rasguños. Dejando algunas cicatrices, finas y apenas visibles; cada una cuenta una historia. Un recuerdo de un momento cuando la esperanza estaba ausente. Un segundo, cuando una espina me atravesó el brazo y en silencio deseé el final. Una herida infligida como forma de sobrellevar el dolor. Y aun cuando el dolor me cegaba, él permaneció.

Con todo mi corazón te alabaré, oh Señor, mi Dios. Daré gloria a tu nombre para siempre, porque tu amor por mí es muy grande. Me has rescatado de lo más profundo de la muerte. —Salmo 86:12-13 NTV

Los ancianos cristianos suelen decir: "Hay que cortar el árbol desde la raíz". Así que tenía sentido empezar por la falta de amor y abandono de mis padres. Pero esa era solo una raíz, y este árbol tenía muchas.

Me encontré caminando en una senda oscura. Según avanzaba, más oscura se volvía. Acabo de estar en la presencia de mi padre, descansando en la estabilidad de su amor, y ahora estaba adentro de la cueva de terror. Soy una cristiana nacida de nuevo tratando de vivir una vida nueva, y aquí estoy rodeada por la depresión y su pandilla. Sintiéndome sola, es tan oscuro que no veo a Dios. Me siento triste, vacía y avergonzada. Ni me atrevo a pedir ayuda, pues se supone que la depresión no debe controlar la vida de un cristiano. Al menos, eso dice el estigma. En la iglesia, a menudo se considera algo vergonzoso. Algunos usan la palabra de Dios como una varita mágica.

Tu palabra es una lámpara a mis pies, y una luz en mi camino. Salmo 119:105. Cité la Escritura como si pudiera expulsar la oscuridad. Pero no funcionó. El Espíritu Santo me estaba enseñando a confiar en él, a creer en su Palabra, incluso cuando no podía verla funcionar.

En lugar de alegría, llegó la oscuridad como una nube espesa, sofocando el camino bajo mis pies. Lo que antes parecía un camino espacioso se convirtió en un inestable puente de cuerda que me llevaba a una cueva angosta y asfixiante. Esas mariposas de las que los cristianos tanto hablan. Se transformaron en murciélagos. Y cada vez que batían sus alas, traían otro recuerdo doloroso. Cada segundo se sentía como el último. Estaba bajo constante ataque de depresión, ansiedad y pánico. Una cosa sobre la depresión es que no importa quién esté contigo; aún te sientes sola. Es un enemigo que invade la mente y el corazón, determinado a tomar el control total de tus pensamientos y emociones.

Pregunté tantas veces, ¿por qué? Pero esa pregunta nunca parece tener respuesta. Las pocas personas que saben un poco de mi historia dicen cosas como: Ahora podrás entender y ayudar a otros. Me dicen que tengo un testimonio o que eso me hizo más fuerte. Pero si me costó tanto entender y ayudar a otros, ¿dónde está la persona que se supone que debe ayudarme a mí? Después de todo, no soy la primera, y no seré la última, tal como dijo mi madre. La tortura que sobreviví no me hizo más fuerte. Ya era fuerte. Me niego a darles a mis abusadores el crédito por mi supervivencia.

No quería ser más fuerte ni una superheroína hecha de acero. Quería ser una niña. Caerme de la bicicleta, rasparme las rodillas y llorar. Ser decepcionada porque el postre llega después de la cena, no antes del desayuno. Gritar de noche por un monstruo en el armario y que un padre viniera al rescate. Los monstruos en mi armario eran reales.

Ahora, esos recuerdos me golpean como una tormenta. Me siento como una niña que fue dejada sola para enfrentar a los monstruos. Me han traído a esta cueva oscura, y no me siento lo suficientemente fuerte para enfrentarlos a todos. Así que me senté en un rincón a llorar. Día tras día. Noche tras noche. Semana tras semana. Mes tras mes. Año tras año. No es falta de fe. No se trata de confianza. No existe tal cosa como tomar tu sanidad del aire. Actuar proféticamente o levantar tu espada y marchar hacia la libertad. No hay varita mágica. El dolor y el terror son reales. No estoy saltando de alegría; me estoy ahogando en el dolor.

Sácame de la prisión para que pueda darte gracias; me rodearán los rectos, porque tú eres bueno conmigo. —Salmo 142:7 NTV

Dentro de la cueva, puedo escuchar al enemigo decir que baje mi cabeza y las voces del pasado, recordándome que no valgo nada. Mi mente me tortura mientras busca aquel momento en el que sonreí. La sonrisa que fue confundida con un permiso. Los pensamientos resuenan fuertes en la cueva. Cada lágrima cayendo como una gota de lluvia. Allí me derrumbé, escondiendo mi rostro en vergüenza.

Escuchamos sobre oradores motivacionales, pero para una persona que lucha contra la depresión, puede sentirse como falsa esperanza. Es como repartir botiquines de primeros auxilios básicos, esperando llegar a los heridos. Olvidando que algunas heridas no siempre sanan al instante con una curita; algunas requieren cuidado más intensivo.

No puedo pararme y caminar libremente mientras soy aterrorizada por murciélagos rabiosos. Así que comienzo a orar mientras me arrastro. —Por favor, guíame con tu voz, y te seguiré hacia la libertad.

Mientras gateo más profundo, el aire se vuelve más pesado, la cueva más oscura. Se vuelve más aterradora, y mis lágrimas más espesas. Sin saber que, mientras más profundo iba, más cerca estaba de la salida. Hasta que crucé al otro lado y vi la luz, entonces me di cuenta de que el Espíritu Santo no me esperaba; él estaba cruzando conmigo.

Tú llevas la cuenta de todas mis angustias. Has recogido todas mis lágrimas en tu frasco. Has registrado cada una en tu libro. Mis enemigos retrocederán cuando a ti clame por ayuda. Esto sé: ¡Dios está de mi lado! Alabo a Dios por lo que ha prometido; sí, alabo al SEÑOR por lo que ha prometido. —Salmo 56:8-10 NTV

Aunque la Biblia está llena de promesas alentadoras destinadas a iluminar la oscuridad, tuve que entender que quizá no siempre me sentiría diferente después de leer solo un verso. Para algunos, llorar se considera una debilidad; incluso existe un dicho: "Los hombres no lloran." Con el tiempo, las lágrimas casi se vuelven algo vergonzosas.

Hay una historia en la Biblia sobre una joven llamada Tamar. Ella rogó, suplicó y negoció. Aun así, fue violada y luego despreciada.

"¡No, hermano mío!", gritó ella. ¡No seas insensato! **¡No me hagas esto!** ¡Tal perversidad no se hace en Israel! **¿A dónde podría yo ir con mi vergüenza?** Y tú serías considerado uno de los mayores necios en Israel. Por favor, habla con el rey acerca de esto, y él te permitirá casarte conmigo. Pero Amnón no quiso escucharla, y como era más fuerte que ella, la violó. Entonces, de repente, el amor de Amnón se convirtió en odio, y la odiaba aún más de lo que la había amado. "¡Fuera de aquí!", le gritó. "¡No, no!", lloró Tamar. ¡Echarme ahora es peor que lo que ya me has hecho! Pero Amnón no quiso escucharla. Llamó a su sirviente y le ordenó: "¡Echa a esta mujer fuera de aquí y cierra la puerta con llave detrás de ella!" Así que el sirviente la echó y cerró la puerta tras ella. Ella llevaba una túnica larga y hermosa, como era costumbre en aquellos días para las hijas vírgenes del rey. Pero **Tamar rasgó su túnica y se echó ceniza en la cabeza. Y luego, con el rostro entre las manos, se fue llorando.** —2 Samuel 13:12-19 (NTV)

Rasgar su túnica y echar ceniza sobre su cabeza fue una expresión de duelo y lamento. Su manera de decir: Algo dentro de mí ha sido destrozado.

He cubierto mi rostro de vergüenza más veces de las que puedo contar, solo para encontrarme en la cueva. Ese lugar solitario a donde cargamos una bolsa llena de dolor y lloramos amargamente. Un lugar al que algunos van a rendirse, otros a morir y unos pocos a resucitar.

La cueva es un sitio muy intrigante. Es oscura, pero aún puedes ver tu reflejo. Un lugar que, de una forma u otra, te obliga a soltar tu equipaje. Te hace encorvar, gatear y caminar por los bordes. Donde tienes que atravesar muros de piedra solo para poder cruzar. Un sitio donde la derrota se vuelve real, el miedo nos ciega el caminar y la muerte seduce incluso al más fuerte. Es fácil rendirse, sentarse y esperar que Dios venga a rescatarte. O peor aún, simplemente aceptar el fracaso como el final. Pero la cueva también puede hacerte apreciar los rayos de luz que descubren tesoros escondidos. Es un lugar que te despoja de lo innecesario, haciendo espacio para las maravillas. Puede enderezar tu espalda y enseñarte a caminar en lugares bajos y altos.

La cueva también invita a escribir historias en paredes. Un lugar de victoria, donde la confianza se convierte en guía. Donde toma parte la resurrección. Un refugio escondido para escuchar la voz de Dios.

He hecho algunos viajes a la cueva a lo largo de los años. Especialmente durante los meses de verano. Casi se ha convertido en un destino de verano. Una vez, al salir de allí, escuché la voz suave y amorosa del Espíritu Santo que me decía: ¡Sigue adelante, no te rindas! Estaba casi derrotada, sintiéndome sin esperanza, lejos de elevarme sobre las nubes. Lo único que sabía era que seguir adelante significaba sobrevivir un día más. He estado luchando durante años y, aun así, Él me dice que siga adelante. ¿Pero por cuánto tiempo?

¿Alguna vez tendré un testimonio de restauración?

Jesús, mírame. Esta soy yo. Seguí llorando y las palabras no podían salir de mi boca. ¡Esta soy yo! Terminé la conversación en mi mente. Jesús, ¿me estás mirando? ¿Puedes darme una sola razón para seguir adelante y no rendirme? Mírame. ¿Qué puedes hacer conmigo? Mírame, no tengo nada.

Como la niña que una vez fui, lloré hasta quedarme dormida y recibí respuesta a mi oración. Jesús me dio una razón. Una razón que me da fuerzas para seguir adelante. Guiándome fuera de la cueva cada vez que me encuentro allí. Cuando desperté, lo sentí cerca, esperando terminar la conversación que habíamos comenzado. En el sueño, me mostró lo que él podía hacer de mí. Me dio un propósito. Un nuevo deseo empezó a crecer después de sembrar una pequeña semilla en mi corazón. Pero tengo un problema: los grilletes siguen en mis pies.

Tengo veintidós años y he sido cristiana nacida de nuevo por cuatro años. Según el reloj hecho por el hombre, algo debe estar mal conmigo. Un bebé camina a los doce meses. Un patito vuela a los sesenta días. Entonces, ¿cuánto tiempo le toma a un cristiano ser sanado? Aquí estoy, dudando si mi vida realmente puede ser transformada, pues me siento dañada más allá de toda reparación. ¿Acaso Dios realmente quiere limpiar y arreglar a alguien como yo?

Vuelvo y compro más libros cristianos de historias de sobrevivientes. Historias de abuso contadas en unas pocas páginas, con muchos versículos bíblicos y un final feliz y espiritual.

Entonces me comparo con esos autores y me pregunto si no tengo oportunidad, porque mi abuso no fue algo de una sola vez; fue constante, implacable y se extendió por años. ¿Por qué mi sanidad no puede ser como la de ellos? Rápida, fácil y mágica. Espíritu Santo, ¿qué estoy haciendo mal?

Jesús, tú me diste un propósito. Me ofreciste un futuro. Sé que me rescataste. Tú eres un Dios que libera, que sana y restaura. Mi niñez fue robada; me lo quitaron todo. Sin embargo, no pudieron quitarme lo único a lo que me aferré: la esperanza de encontrarte. Me he estado aferrando a esa idea desde que tengo memoria. Todo lo que anhelaba siempre fue que me aceptaras de regreso. Viniste a mi rescate, y me encontraste. ¿Ahora qué? ¿Puedes, por favor, terminar la obra en mí?

Ustedes pensaron hacerme mal, pero Dios lo transformó en bien, para lograr lo que hoy estamos viendo: salvar la vida de mucha gente. Génesis 50:20 NVI.

Un pasado en ruinas

16

Olviden lo pasado; ya no vivan en lo antiguo.
¡Estoy haciendo algo nuevo!
Ahora empieza a surgir; ¿no lo notan?
Estoy abriendo un camino en el desierto
y ríos en la soledad.

Isaías 43:18-19 NVI

Hay momentos en los que puedo verme sentada en un hermoso césped verde con Jesús a mi lado. Delante de nosotros fluye un río cristalino. Podemos hablar por horas o simplemente sentarnos en silencio y disfrutar del paisaje. Mi vida ha estado rodeada de caos, así que no necesito saltar de alegría. Paz y tranquilidad es lo que he anhelado desde niña. Lamentablemente, ese tipo de paz solo la encontré en un perro. Cuando era castigada y enviada al clóset, el perro se sentaba justo a mi lado. Ahí fue donde aprendí por primera vez a cambiar el escenario en mi mente. Un poco de imaginación me mantenía cuerda; me ayudaba a sobrevivir a la tortura y se convirtió en mi mecanismo de afrontamiento.

Lo hermoso de Jesús es que te encuentra exactamente dónde estás. ¡Aquí estoy! Estoy en la puerta y llamo. Si alguien oye mi voz y abre la puerta, entraré y comeré con esa persona, y ella conmigo. —Apocalipsis 3:20 (NVI). Algunas de esas veces que él llamó, yo estaba sentada en una esquina, tratando de ordenar mis pensamientos, aún descubriendo la vida, incluso como cristiana. Pero a Jesús no le importó dónde yo estaba. Él entraba y se sentaba conmigo en el suelo. Sin juicios ni expectativas elevadas. Estoy agradecida de que no le alarmara el estado de mi mente. No tenía que fingir que no había nadie en casa ni pedirle que esperara mientras barría las cosas debajo de la alfombra. Siempre abría la puerta porque él nunca me juzgó.

Oré al Señor, y él me respondió. Me liberó de todos mis miedos. Los que buscan su ayuda resplandecerán de alegría; ninguna sombra de vergüenza oscurecerá sus rostros. En mi desesperación, oré, y el Señor escuchó; me salvó de todos mis problemas. —Salmo 34:4-6 (NTV)

Hay una historia sobre un hombre que conoció a Jesús en el punto más bajo de su vida. Estaba literalmente encadenado y desnudo. Lo que me asombra es que Jesús salió a buscarlo. Él cubrió la desnudez del hombre y le permitió descansar a sus pies. Jesús no solo lo liberó; también le dio un nuevo propósito.

Llegaron a la región de los gadarenos, al otro lado del lago de Galilea. Cuando Jesús bajaba de la barca, salió a su encuentro un hombre que estaba poseído por demonios. Desde hacía mucho tiempo **vivía sin hogar, desnudo**, en los sepulcros fuera de la ciudad. —Lucas 8:26-27, NTV. La gente salió corriendo para ver lo que había pasado. Pronto se reunió una multitud alrededor de Jesús y vio al hombre que había sido **liberado** de los demonios. Estaba **sentado a los pies de Jesús**, completamente vestido y en su sano juicio, y todos se asustaron. Entonces los que habían visto lo ocurrido contaron a los demás cómo había sido sanado el hombre poseído por demonios. —Lucas 8:35–36 (NTV)

Estas historias me dan esperanza. Jesús no dudó en ir a buscar a ese hombre. No lo rechazó por no llevar traje ni corbata. No se detuvo a escuchar los rumores sobre su vida. Jesús lo conoció tal como era, y es precisamente lo que necesitó. Así que cada día, abro la puerta y me reúno con Jesús tal como soy, confiando en que me restaurará.

—Jesús, estoy desesperada. No puedo moverme bajo el peso de estas cadenas y grilletes. Tú eres todo lo que busco. Gracias por encontrarme tal como soy. Confío en ti y en tu proceso en mí. No importa cuánto tiempo tome, sé que me liberarás.

Brenda, escribe tu historia. Escuché su voz amorosa claramente. ¿Mi historia?, pregunté, vacilante y llena de incredulidad. Sí, escribe tu historia, respondió él. Jesús, ¿me estás viendo? ¿Sobre qué se supone que debo escribir?

Escribe tu historia. Te quejas de que otros no dan detalles; escribe la tuya, con detalles. Crees que tuvieron un proceso de sanación hermoso solo porque compartieron la belleza de ello. Escribe tu historia con lo feo; escríbela tal como es. Escribe el libro que has buscado. Él que describe el dolor y el sufrimiento, mostrando la vergüenza y la culpa. Escribe tu historia, porque incluso cuando piensas que eres la única, no lo eres. Siempre preguntas si te veo, si te he visto. Te preguntas dónde estaba, dónde estoy. Escribe tu historia tal como es. A través del proceso, yo te sanaré. Y descubrirás por ti misma si fui testigo de todo, si realmente te vi.

Escribir mi historia parece buena idea. Algo privado que nadie leerá. Escribo un breve resumen de mi vida, solo para arrancar las páginas tan pronto termino. Deshaciendo la evidencia de mi vergüenza. Al mismo tiempo, enojada porque todavía estaba guardando el secreto.

Jesús, aquí está mi historia. Todavía no puedo verte. ¿Cómo puede un Dios amoroso ignorar mi dolor? ¿Quieres que escriba mi historia? ¿Quién la leerá? ¿Quién querría leer un libro así? Es imposible creer que tú viste lo que sucedió y no hiciste nada. Podrías haberme rescatado. ¿Por qué no viniste antes? ¿Por qué no me llevaste contigo o me dejaste morir? Te tardaste demasiado. ¿Dónde estabas cuando más te necesitaba? ¿Por qué permites que sucedan cosas malas? Si escribo mi historia, ¿cómo puedo darte gloria? Será un libro lleno de dolor, y sin Dios a la vista. Un libro lleno de espinas y sin rosa.

Mientras arranco las páginas, puedo escuchar su voz insistiendo en que escriba mi historia, y lo hacía una y otra vez. A medida que empezaba a ver toda la violencia e injusticia que me hicieron, me di cuenta de que no tengo quien me consuele. Fui criada en silencio, en un lugar ciego y sordo. Esperando a un Dios que no aparecía.

De niña, conocí a un impostor vestido con ropas religiosas que nunca se preocupó por cubrir la desnudez de nadie. Conocí entretenedores que tocaban instrumentos, pero no sabían adorar. Predicadores que hablaban la palabra de Dios, pero nunca tomaban un momento para escucharlo a Él. Me encontré en lugares donde nadie me valoró. Unas monedas, una bolsa de papel, alcohol, pañales y pastillas estaban a la vista. Un beso, una caricia, una película, burlas, una bofetada y palabras que apuñalaban. Es lo que recibí.

Se enviaron tantos mensajes a Dios, atados a globos desde el jardín de espinas. Mensajes pendientes, sin respuesta, perdidos en el dolor. Aun así, confío en él y sigo escribiendo mi historia.

Destrozada y perdida, comienzo una jornada sin conocer mi destino. Deseando la muerte, pues aún la idea del infierno no parecía tan aterradora como mi realidad. El terror se convirtió en mi guardián legal y me torturó. Regalándome una caja llena de castigos, envueltos en vergüenza y culpa. Lo que comenzó como un sueño anhelado se convirtió en una pesadilla. Donde llorar hasta dormir ya no era una opción, y correr hacia el cielo se volvió agotador. Anhelaba un castillo seguro mientras me asfixiaba en un armario. Silenciosamente, esperé a un Dios que parecía demasiado ocupado como para importarle. Aun así, confío en él y sigo escribiendo mi historia.

Apagué a la mujer fuerte y me convertí en la niña pequeña, cargando el peso de los sucios secretos. Intento mostrar las cadenas y grilletes en mis pies. Dispuesta a exponer mi desnudez, levantando mi cabeza aun cuando siento vergüenza. No sé cómo alzar mi voz temblorosa, o si alguien me escuchará. Mas, yo anhelo convertirme en un mazo con la esperanza de romper el silencio. Con un corazón roto y lágrimas en mis ojos. Aun así, confío en él y sigo escribiendo mi historia.

La vergüenza siempre encuentra la manera de volver, y la culpa nunca está lejos. ¿Cómo puedes escribir sobre tu niñez? Ahora tu familia sabrá tu versión de la historia. ¿Realmente vas a darles detalles para que los difundan? Nadie te creerá. No puedes llamarte víctima. Tuviste sexo con tu cuñado porque no querías que él estuviera con otra de tus hermanas. ¿No son celos? ¿De veras escribiste sobre la caja? Eres tan culpable como ellos. ¿Un libro sin final feliz? ¿Dónde estaba Dios en todo esto? ¿Por qué permite que sucedan cosas malas? ¿Es Dios siquiera real, o un amigo imaginario?

Me siento dañada e inútil. He escuchado tantas palabras negativas durante toda mi vida; se han grabado en mí. Como un disco roto que resuena en mi mente. Interioricé la culpa, convencida de que yo era responsable. Debí haber gritado más fuerte. Haber pedido ayuda claramente. No fui fuerte. Me lo merecí. Cada pensamiento me hacía sentir avergonzada. Por eso, no puedo contarle a nadie mi versión de la historia. Yo soy la culpable. Recibí lo que me merecía.

Y cuando algo es vergonzoso, el instinto dice que se debe esconder. Así que me escondo, directa, en el aislamiento.

La vergüenza es dolorosa. Me hace sentir expuesta y vulnerable. Pero elegí abrirme y, haciéndolo, comencé a poner mis cargas sobre la mesa. Descubrí mis heridas más profundas, mi dolor y tristeza. Abrí la puerta y dejé entrar a Jesús. Una y otra vez, hasta que pude confiar en él con todos los secretos sucios que he cargado. Puede parecer que no tiene sentido. ¿Por qué necesito confiar en él o contarle mi vida si él todo lo sabe? Quizás estoy escribiendo mi historia para mí. Tal vez soy yo quien necesita ver y escuchar la versión de la niña que fue descuidada y abusada. Para silenciar la voz del agresor, debo escuchar mi versión. Debo escribir mi historia y permitir que se escuche la voz de mi niña interior. Después de todo, ella quería escribir un libro.

Me abrí a él como un libro mientras escribía mi historia. Al hacerlo, me di cuenta de que no hay nada bueno sobre mí. Nada hermoso por lo cual estar orgullosa. La alegría de sus promesas se comenzó a desvanecer frente a la vergüenza. Quedé atrapada, yendo de un lado a otro entre fe y vergüenza. Culpa y perdón, abandono y esperanza.

Salí del jardín de espinas y sobreviví a la cueva. Solo para encontrarme perdida en el desierto. Enfrenté el dolor de las espinas y soporté el terror de la cueva. Ahora debo enfrentar el sol abrasador, la sequía y la inestabilidad de la arena que se desplaza. Cuestionando una vez más si seré capaz de sobrevivir. Si Jesús caminara a mi lado o si pereceré. ¿Qué me espera en el desierto? ¿Podrá Él encontrarme si me pierdo en mi dolor?

Puedo contemplar una pintura del desierto y maravillarme por ella. Admirar la paleta de colores formada por tonos terrosos, asombrada de cómo unos diminutos granos de arena construyen un mundo propio. Cubren el suelo con ondas suaves que se desplazan al compás del viento. Los retratos suelen mostrar la belleza de la escena, así como nosotros tendemos a hablar del amanecer y atardecer, pero no de la quemadura del sol. Encontrarme en un desierto no se parece a esas imágenes. No pertenezco a un grupo de turistas en un paseo.

Es un paisaje de arena con un terreno que amenaza mi estabilidad, lleno de obstáculos que ponen a prueba mi firmeza. Lucho por mantenerme firme. El horizonte se extiende como mi futuro: parece distante e inalcanzable. Me siento como un grano de arena que desaparece en este lugar vasto y aislado. La soledad me convence de guardar silencio y dejar mi voz encerrada. Aun si intento hablar, no hay quien escuche. Solo está el silbido del viento cortando el silencio.

Sola en este desierto, alcanzo a ver un espejismo, las promesas de Dios brillando en la distancia. Una ilusión óptica de lo que él puede hacer conmigo. Pero el oasis sigue alejándose con cada paso que doy, y la esperanza se evapora como agua hirviendo. En algún punto, el calor de las circunstancias y el cansancio de correr me alcanzan. Estoy atrapada, sin agua y sin fuerzas. Me encantaría huir, pero no sé en qué dirección. Prácticamente, acabo de llegar, y ya me siento perdida. No hay una ruta, ni mapa, ni direcciones. Solo yo, queriendo escapar de la realidad de mi pasado. Intentando huir con la esperanza de encontrar una nueva versión de mí misma.

¿Corrí al desierto para escapar, o fue Dios quien me trajo aquí?

Aquí es donde conozco a mi verdadero yo. Un lugar escondido donde puedo quitarme la armadura y exponer mis heridas profundas. El lugar perfecto para protestar y gritar. Un lugar para desgarrar mi corazón. Donde nadie me ve, ni me escucha, y finalmente puedo enterrar mi vergüenza y mi culpa.

Como el pueblo de Israel, yo también me quejé y cuestioné a Dios.

Moisés, habría sido mejor morir junto con los demás delante del santuario del Señor. ¡Nos trajiste a este desierto, y ahora moriremos nosotros y también nuestro ganado! Egipto era mejor que este lugar tan horrible. —Números 20:3-5a TLA

¿Cuál es el propósito de mantenerme con vida? ¿Cómo puede un Dios de amor permitir tales cosas?

Aprendí a sobrevivir a la esclavitud. Sabía lo que esperaban de mí, y perdí las esperanzas. Ahora aquí estoy, intentando conocer a un Dios que ofrece libertad y restauración. Asisto a una iglesia donde la gente parece feliz, camina en libertad, como si Dios mismo los hubiera empoderado. ¿Por qué yo no experimento la libertad en su plenitud?

Se siente como si el ejército del faraón estuviera justo detrás de mí, a punto de alcanzarme. Esperando el momento en que me dé la vuelta. Como si supieran lo difícil que será para mí ganar esta batalla. Todos parecen tener un arma, y yo ninguna. ¿Cómo puedo ser libre de mis enemigos? Me siento como un perro encadenado a una cerca; no importa cuánto intente correr, la cadena siempre me arrastra de vuelta a ellos. Y terminó regresando al mismo plato de agua.

Escuché que el perdón es esencial para ser libre. Entonces, ¿debo perdonar a los que me hirieron? ¿Qué? ¿Está eso en la Biblia?

Sopórtense unos a otros y perdónense si alguno tiene una queja contra otro. Así como el Señor los perdonó, perdonen también ustedes. — Colosenses 3:13 (NVI)

La idea de perdonar a quienes me lastimaron realmente me molesta. Simplemente, no puedo comprender por qué Dios pediría tal cosa. Cuando la gente habla del perdón, me pregunto si en realidad fue tan fácil como lo muestran. ¿Alguna vez se detuvieron a cuestionar o tan siquiera dudaron un momento? ¿Puede alguien ser realista? Meses han pasado y sigo luchando con mis sentimientos. Una parte de mí quiere rendirse. No creo lograr perdonar. No saldré de este lugar.

¿Cómo puedo adaptarme cuando la muerte me rodea? Veo buitres que dan vueltas sobre mí mientras me debilito. Una vez más, el oasis de la presencia de Dios se siente tan lejos. Un espejismo que se desvanece con el tiempo, mientras la arena del reloj se acaba. Incluso estoy considerando apartarme de Jesús. Después de todo, es más fácil crear un desierto que cultivar un bosque. Me siento desesperada, atrapada en un lugar muy árido. Daría lo que fuera por saciar esta sed. Necesito que Jesús me ayude, pero él ha guardado silencio.

He estado en esta sequía por mucho tiempo. En desesperación, empiezo a susurrar una oración. Llenando los espacios en blanco con los nombres de quienes me hirieron. Perdono a X, y a X, nombrando a catorce hombres y dos mujeres. Luego añado: y a aquellos cuyos nombres no conozco.

Mi anhelo por la presencia de Dios se convierte en una inundación de emociones mientras pronuncio sus nombres. La arena bajo mis pies se mueve y se ablanda, amenazando con tragarme. Es como hundirse en arena movediza. Cada nombre me asfixia. Solo pensar que mi libertad depende de perdonarlos me hace sentir que mi libertad está en sus manos. ¿Todavía me están controlando? Ese solo pensamiento hace que sienta como si mis huesos fueran aplastados. El dolor es demasiado para soportar. Mis labios permanecen sellados, reacios a pedir ayuda. ¿Cómo puedo explicar que, aunque los nombro todavía, no puedo perdonarlos?

Siendo realista. Así fue como los meses se convirtieron en años. No fue falta de fe, sino porque las heridas eran demasiado profundas y una curita no era suficiente.

El tiempo es experto en dejar cosas atrás, así como la arena, experta en cubrir evidencias. Juntos, forman un equipo mortal. Historias de innumerables víctimas enterradas en el desierto. Están allí, sin ser vistas ni escuchadas, a menos que alguien se atreva a desenterrarlas.

Jesús… ellos no merecen perdón. Tú no me entiendes. Nadie lo hace. Mientras susurro esas palabras, las lágrimas nublan mi visión. Temo que nunca seré libre. ¿Cómo puedo perdonarlos? La tormenta puede haber pasado, pero mira todo el estrago que dejó atrás. Me arrebataron tanto, cosas que nunca recuperaré. ¿Con quién me puedo identificar? Todavía puedo oler su sudor y saborear su saliva. Sentir la quemadura de cigarrillos. Ver los ojos de mi padre, saborear el alcohol en su aliento. Escuchar las burlas. Despertar asfixiándome, jadeando por aire, tratando de luchar contra las manos invisibles alrededor de mi cuello.

Preferiría no ser víctima. Pero ¿cómo puedo llamarme sobreviviente cuando mi pasado se ha convertido en una sombra que me sigue en el presente? Haz de mí una sobreviviente. Ayúdame a salir de este lugar. ¿Cómo puedes guardar silencio? ¿Dónde estás? ¿Acaso te importa?

De repente, el espejismo cambió. Jesús transforma la escena, y ahora veo el reflejo de la cruz. Al mirarla, mi alma encuentra consuelo. No por asomarme a mi futuro, sino por contemplar el pasado de Jesús. Al estudiar su vida en la tierra, me doy cuenta de que no puedo relacionarme completamente con él, pero él realmente me entiende. Sintió incomodidad, recostando su cabeza sobre una roca. Lo entregó todo a los demás, incluso salió a buscarlos, solo para quedar abandonado. Fue traicionado, vendido, burlado, golpeado y escupido. Lo despojaron de su ropa, y su desnudez quedó expuesta. Fue humillado. Él sabe lo que es estar cansado y sediento, cargar con la carga de otro. Fue rechazado. Y en esa cruz, soportó la punzada del abandono, el desgarrador silencio de un padre. Conoce el miedo y lo que se siente gritar con una voz temblorosa. Él, como yo, sabe que la única salida es mirar al cielo con la esperanza de que Dios venga a rescatarte. Él también escuchó el silencio de Dios.

A diferencia de mí, él eligió todo ese sufrimiento. Voluntariamente, se puso en esa posición. Él cree que valemos la pena. Yo sobreviví mientras él murió. Él se ofreció para pagar el precio más alto por ti y por mí. Aun así, una de sus últimas palabras fue: Padre, **perdónalos, porque no saben lo que hacen**. —Lucas 23:34a NTV

Él me encontró

17

Entonces me invocarás, vendrás a orarme,
y yo te escucharé. Me buscarás y me encontrarás,
cuando me busques con todo tu corazón.
Yo me dejaré encontrar, dice el Señor,
y te haré volver del cautiverio.

Jeremías 29:12-14a NTV

De repente, tuve este pensamiento: que era más fácil para Jesús perdonar. Por un momento, perdí de vista su humanidad y lo imaginé como un Dios hecho de acero y piedra, inmune al dolor, lejos de mi sufrimiento. ¿Cómo podría comprenderme?

Aunque era Dios, no consideró que aferrarse a su igualdad con Dios fuera algo que aprovechar. En cambio, renunció a sus privilegios divinos; tomó la humilde posición de un siervo y nació como ser humano. Cuando apareció en forma humana, se humilló obedeciendo a Dios y murió en una cruz como criminal. —Filipenses 2:6-8 NTV

Mi mente limitada lucha con esto. La gente dice que el perdón es por mi propio bien, pero el dolor me ha cegado. Mientras yo permanezco despierta en medio de la noche, ellos duermen profundamente. Mientras yo camino con miedo, mirando por encima del hombro, ellos se mueven en confianza. Cazando a su próxima presa. El perdón no es tan simple como la gente lo pinta. Es más profundo que una oración susurrada o un nombre pronunciado en voz alta.

Ustedes han oído que se dijo: Ama a tu prójimo y odia a tu enemigo. Pero yo les digo: Amen a sus enemigos y oren por quienes los persiguen. —Mateo 5:43-44 NTV

He estado atrapada en el desierto tanto tiempo que los meses se convirtieron en años. Siento que mis raíces han crecido por encima de la superficie. Me he endurecido, como un cactus, resistiendo cada tormenta. Pero no quiero que este sea mi legado. No quiero pasar las espinas a las generaciones que vienen después de mí. Me niego a dejar que mi dolor se convierta en mi árbol genealógico. Necesito cortar estas raíces; no puedo seguir atada a estas cadenas.

Me cuestioné con frecuencia, especialmente en el silencio que seguía a mis oraciones. Una sola oración no parecía suficiente. Las dudas venían como picaduras de insectos. Pequeños ataques punzantes que no notaba hasta después de ser picada. Aun así, seguí caminando, decidida a alcanzar el oasis. Muchas veces gateaba, convencida de que todo era en vano. Mientras que, en lo profundo de mí, seguía buscando a esa persona que me entendiera. Alguien que me diera esperanza, prueba de que esto no era mi final. Necesito saber que este no es el final de mi historia.

Tal vez nunca haya respuesta para todas mis preguntas. Quizás nunca entenderé por qué. Pero hay algo claro para mí: si no sigo avanzando, moriré. No soy suficientemente fuerte para hacerlo sola, pero he llegado demasiado lejos para retroceder ahora. Estoy cerca de la meta. Si no termino, solo hay dos opciones: tendré que empezar de nuevo, volver al Jardín de Espinas, a la Cueva Oscura y al Desierto; o seré descalificada, obligada a sentarme junto a mi familia en silencio y ver cómo alguien más ocupa el lugar que estaba destinado para mí.

Debo terminar mi jornada.

Entré en este desierto creyendo que el Espíritu Santo caminaría conmigo, tal como lo hizo en el Jardín de Espinas y en la Cueva. Y sé que, como antes, estará aquí en el punto más oscuro, ofreciendo refugio. Fue en su presencia donde vi la flor más hermosa florecer en el jardín y los rayos de luz danzar entre las rocas de cristal en la cueva. La oscuridad del desierto no apagará las estrellas. Y aun cuando la sed amenace con matarme, creo que habrá un pozo escondido en este desierto. Jesús me encontrará.

Ninguna niña sueña con convertirse en la joven sirvienta de un amo malvado. Todas fingen ser princesas, imaginando castillos e historias con final feliz. Así como las niñas juegan roles de princesas, las mujeres cristianas a menudo se identifican con mujeres de la Biblia. Una vez asistí a un estudio bíblico para mujeres donde se hizo la pregunta: ¿Con quién te identificas en la Biblia? Sara parecía ser popular. Al leer la historia de Sara, me encontré en los márgenes, dentro de la vida de una joven esclava. Su nombre era Agar.

Agar fue un regalo de un rey a Sarai. Se convirtió en concubina, sirvienta, esclava. La historia de Sara es popular, su desamor por la infertilidad y su desesperación por cumplir la promesa de Dios. Pero pocos se detienen a ver el dolor que Sara causó en sus esfuerzos por solucionarlo. Ella volvió sus ojos hacia la joven que no tenía voz, ni elección, ni derechos, solo órdenes de obedecer.

Ahora bien, Sarai, la esposa de Abram, no había podido tener hijos para él. Pero tenía una sierva egipcia llamada Agar. Entonces Sarai dijo a Abram: "El Señor me ha impedido tener hijos." **Ve y duerme con mi sierva**; quizá pueda tener hijos por medio de ella. Y Abram estuvo de acuerdo con la propuesta de Sarai. Así que Sarai, la esposa de Abram, **tomó a Agar, la sierva egipcia, y se la dio a Abram como esposa. Abram tuvo relaciones sexuales con Agar**, y ella quedó embarazada. Pero cuando Agar supo que estaba embarazada, comenzó a tratar con desprecio a su señora, Sarai. Entonces Sarai dijo a Abram: "¡Todo esto es culpa tuya! Puse a mi sierva en tus brazos, pero ahora que está embarazada, me desprecia. ¡El Señor mostrará quién está equivocado, tú o yo!" Abram respondió: "Mira, ella es tu sierva, así que haz con ella lo que consideres adecuado". Entonces Sarai trató tan duramente a Agar que finalmente ella huyó. —Génesis 16:1–6 NTV

Finalmente, encontré mi problema en la Biblia. Con la falta de información en la historia de mi nacimiento, no hay amor ni alegría. Yo era esa niña cuyos sentimientos no importaban, porque mi destino era permanecer en silencio y obediente. Mi opinión era irrelevante; mi voz no era escuchada. Interpretaba diferentes roles: entretenía a mi hermano, hacía mandados para mi madre y me convertía en ella frente a mi padre. Con cada orden que obedecía, el volumen de mi voz disminuía hasta quedar en silencio, muda como mi mamá. Fui entregada a la mano de mi hermana; ella me recibió en su casa no como miembro de la familia, sino como esclava. Decidida a mantener a su pareja a su lado, me obtuvo como un mero objeto. Aunque fuera con otras intenciones y otras circunstancias, mi hermana repitió las palabras de Sara: Ve y duerme con mi esclava.

"Brenda está llorando porque quiere tener sexo". "Brenda está feliz porque desea tener sexo". Al igual que Agar, no tuve opción más que obedecer. Fue por la misericordia de Dios que no quedé embarazada. Él me protegió; no sé si habría sido lo suficientemente fuerte para llevar a su hijo. Presenciar cómo mataban y entregaban la sangre de un niño al indio, o verla reclamando ser la madre de una niña.

Debería sentirme aliviada por haber encontrado mi problema en la Biblia; significa que también hay una solución para mí. O, mejor aún, la historia de Agar significa que Jesús está a punto de encontrarse conmigo, y su silencio está a punto de romperse. Estoy saliendo del desierto y pronto cruzaré la línea de meta de mi jornada. Pero lejos de sentirme esperanzada, me siento con el corazón destrozado.

Todos quieren ser Sara, cuyo nombre, por cierto, significa princesa. Todos sueñan con ser la elegida, la amada, la portadora de una promesa. Pero nadie quiere ser Agar, o abandonada, como su nombre implica. Hablamos de cómo el plan de Sara fue un error y de cómo Agar se convirtió en una complicación, ella y su hijo. Extraemos lecciones espirituales de esto: que debemos esperar el tiempo de Dios, que no debemos tomar las cosas en nuestras manos. Algunos incluso dicen que esto era normal en la época, como si eso lo hiciera aceptable. Rara vez hablamos de los sentimientos de esta joven esclava. Suponiendo que no los tuvo, así como no tuvo elección. Una y otra vez, su historia es ignorada, al igual que ella.

El ángel del Señor encontró a Agar junto a un manantial en el desierto; era el manantial junto al camino de Sur. Y le dijo: Agar, sierva de Sarai, **¿de dónde vienes y adónde vas?** Huyó de mi señora Sarai, respondió ella. —Génesis 16:7–8 NVI

Una vez más, él viene y encuentra a alguien necesitado, justo donde está. Él ya sabe dónde ha estado y hacia dónde va; aun así, pregunta. Pues él quiere que ella tenga una voz. Cuando Jesús sale al encuentro, él nos da espacio para contar nuestra historia. Él quiere que lo conozcamos tal como él ya nos conoce. Nosotros le importamos. Él desea que veamos a quien nos ve.

Y le dio este nombre al Señor, que le habló: Tú eres el Dios que me ve, porque dijo: He visto al que me ve. —Génesis 16:13 NVI

La palabra de Dios se convirtió en agua en el desierto, un oasis lleno de su presencia. Y, por fin, no desapareció como un espejismo.

La historia de Agar no terminó cuando conoció al que la ve. Después de su encuentro con Dios, regresó con Sarai. Dio a luz a un hijo, y por un tiempo vivieron bajo el mismo techo. Eventualmente, se volvió un estorbo. Un recordatorio no deseado de un plan que salió mal. Esta vez, Sarai le dijo a Abraham que se deshiciera de ella.

Abraham se levantó temprano a la mañana siguiente, preparó comida y un recipiente de agua, y los colocó sobre los hombros de Agar. Luego la envió con su hijo, y ella vagó sin rumbo por el desierto de Beerseba. Cuando se acabó el agua, puso al niño a la sombra de un arbusto. Luego se fue y se sentó sola a unos cien pasos de distancia. "No quiero ver morir al niño", dijo mientras rompía a llorar. —Génesis 21:14–16 NVI

Como Agar, me he encontrado vagando por el desierto más de una vez. Caminando sin dirección, sin plan ni propósito. La vida muchas veces me arrojó afuera sin suficiente agua para sobrevivir. En ese tipo de sequedad, uno aprende a adaptarse. En medio del desierto, no rechazas un sorbo solo porque es agua de lluvia y no limpia de una botella de marca. Bebes del agua aunque tengas que compartir el charco con un animal. Tal como compartí con un perro en el armario. Me adapté hasta que decidieron que ya no servía. Estaba creciendo, y me volví una amenaza. Mi hermana temía que yo le robara su título de "esposa".

En el desierto, un niño en brazos se convierte en todo: esperanza, familia, sueños y futuro. Pero cuando ya no hay escapatoria, cuando la fuerza se acaba y la esperanza se seca. Lo único que queda es derrumbarse, llorar y rendirse.

Hay una diferencia entre los llantos. Cuando todavía te queda fuerza para secarte las lágrimas y seguir adelante. Luchando por sobrevivir, intentándolo otra vez hoy y mañana. Al llanto de cuando ya lo disté todo, cuando no queda nada: ni fuerzas ni esperanza. Ese llanto es el llanto de la rendición, sabiendo que puede significar tu final. Rendir tu futuro, apartar la mirada solo para encontrarte con la muerte. Es un quebrantamiento en otro nivel. Es la angustia de estar condenada, tragada por una autocompasión abrumadora y perpetua.

Dios escucha al niño llorando, y el ángel de Dios llama a Agar desde el cielo y le dice: **¿Qué te pasa, Agar?** No tengas miedo; Dios ha escuchado al niño ahí donde está. Levántalo y tómalo de la mano, porque haré de él una gran nación. Entonces Dios le abre los ojos, y ella ve un pozo de agua. Así que va, llena la vasija y le da de beber al niño. —Génesis 21:17–19 NVI

Dios no puede resistir un corazón contristo. Imagino a Dios escuchar ese llanto y deteniéndolo todo, tal como hacemos cuando un recién nacido llora en la casa. Nos detenemos, prestamos atención y corremos a atender la necesidad del bebé. Dios hace lo mismo cuando un corazón quebrantado se rinde.

Él ya conoce tu problema, sabe de dónde vienes y hacia dónde vas. Él sabe qué sucede. Aun así, quiere escuchar tu voz. Él quiere que le cuentes tu historia.

El Señor oye a los suyos cuando claman a él; los libra de todas sus angustias. El Señor está cerca de los quebrantados de corazón; salva a los de espíritu abatido. —Salmo 34:17–18 NTV

Cuando Jesús me encuentra en donde estoy, de repente mis problemas se sienten pequeños. Brenda, ¿qué pasa? Unos segundos antes me había rendido, aferrada a una lista de preguntas sin respuesta. Sin embargo, ya no eran significativas. Así que, en lugar de preguntar por qué, simplemente le entregué mi corazón quebrantado. A veces no tenemos palabras. No sabemos de dónde venimos ni hacia dónde vamos. Mas Jesús nos encuentra. Él escucha y me da espacio para llorar. No tuve que hablar; aun así, me oyó. No tuve que mostrarle dónde dolía; él me vio. Secó las lágrimas de mis ojos y sanó mis heridas. Me vistió y cubrió mi desnudez.

En el oasis comprendí algunas cosas. Había creído que nunca perdonaría, porque orar por ciertas personas me llenaba de ira. No me daba cuenta de que Dios siente el mismo enojo contra quienes hacen daño deliberadamente, especialmente a los niños.

El Señor examina al justo, pero aborrece con pasión al malvado y al que ama la violencia. —Salmos 11:5 NVI

Pero al que haga pecar a uno de estos pequeños que creen en mí, mejor le sería que le colgaran al cuello una gran piedra de molino y lo arrojaran al mar. —Marcos 9:42 NTV.

Al poner mis cargas delante de Jesús, vi con más claridad su justicia. Él es un Dios justo. Ya no necesito venganza, pues puedo confiar en su juicio. A veces me siento victoriosa cada vez que hablo de mi pasado. Mi voz era lo que más temían. Jesús lo sabía, así que quitó el sello de mis labios. Cuando me pidió escribir mi historia, no era solo para procesar mi dolor; era para formar un arma en contra de aquellos que aman la violencia.

Ahora puedo ver que cada vez que me escondía bajo la cama, Jesús estaba justo a mi lado. Su presencia era más fuerte que mi miedo. Lo veo ahora, deteniéndome cuando intenté quitarme la vida. Lo veo en el agua, extendiendo su mano hacia mí cuando me ahogaba. Él estaba conmigo en el avión, respondiendo a mi mensaje y diciéndome: **Todo estará bien.**

Jesús me mostró el cielo despejado, permitiéndome correr libre en busca de un castillo. Cuando el enemigo me rodeó, él se convirtió en mi escudo. Cuando mi mente se desmoronaba en el clóset, él se sentó a mi lado.

Tocaron mi cuerpo y aplastaron mi espíritu. Rompieron mi corazón e hicieron maldad contra mí. Pero no pudieron quitarme la fe. Incluso cuando lo presentaban como un castigador y yo me sentí abandonada, seguía creyendo que él vendría a salvarme. Y lo hizo; ¡Jesús me encontró!

Todavía no entiendo por qué a mí. Me convertí en la víctima de víctimas que se transformaron en verdugos. Era una presa fácil, rodeada de heridos que habían quedado atrás. Debo ser el miembro de la familia que dio un paso adelante por aquel que no pudo terminar la jornada antes que yo. La siguiente en la fila para enfrentar al enemigo en una larga guerra por la libertad. Tal vez solo era hija de una esclava, nacida en esclavitud. Todos enfrentamos batallas diferentes; por lo tanto, mis razones quizás no tengan sentido en tu historia. Y está bien. Yo no busco responder tus preguntas.

Pero sí sé que está bien preguntarle a Dios por qué permite que sucedan cosas malas. Está bien preguntarse dónde estaba Dios. Jesús no se aparta de tus preguntas, ni de tu dolor. No necesitas esconderte cuando él te llama. Él ya sabe de dónde vienes. Aun así, él te busca. Y está bien no estar bien cuando él te encuentra.

A diferencia de muchos otros sobrevivientes que se encuentran con Dios y experimentan liberación al instante, mi sanidad ha sido lenta y prolongada. Necesité tiempo para entender que mi pasado es parte de quien soy, y aunque Jesús me sanó, eso no significa que los recuerdos fueron borrados. Todavía duele, más de lo esperado. Me tomó años escribir mi historia y compartirla. El abuso fue real, y también lo es el dolor que provoca recordarlo. A veces debo darme espacio para llorar por la niña pequeña que fue descuidada y abusada.

Como otros, le doy gracias a Jesús, porque sé que él fue quien me hizo sobreviviente. Él sabía que lo estaba esperando. Vio que lo estaba buscando. Y entonces hizo lo que yo no podía hacer; *Él me encontró.*

"Pasé junto a ti y te vi revolcándote en tu propia sangre. Mientras estabas allí, te dije: '¡Vive!' Y te hice crecer como una planta del campo. Creciste y te desarrollaste, y llegaste a ser una hermosa joya. Tus pechos se formaron y tu cabellera creció, pero aún estabas desnuda. Pasé de nuevo y vi que ya estabas en edad de amar. Extendí sobre ti mi manto para cubrir tu desnudez, y declaré mi pacto contigo, dice el Señor Soberano, y tú fuiste mía. Entonces te lavé con agua, limpié tu sangre y te ungí con aceite perfumado. Te vestí con ropas costosas, de lino fino y seda bellamente bordadas, y te calzaste con sandalias de cuero fino. Te adorné con joyas: brazaletes, collares hermosos, un anillo para tu nariz, aretes para tus orejas y una hermosa corona para tu cabeza. Estabas adornada con oro y plata. Tus vestidos eran de lino fino y telas costosas bellamente bordadas. Comías los mejores alimentos: harina fina, miel y aceite de oliva, y te hiciste más hermosa que nunca. Te veías como una reina, ¡y lo eras!" – Ezequiel 16:6-13 NTV

Esta es mi historia, la que fue registrada a través de los ojos de una niña. La que a nadie le importó ver, mientras otros decidieron mirar hacia otro lado. Una historia que muchos ignoraron mientras se vivía y hasta se grababa en tiempo real. Esta es mi historia: un reflejo desvanecido de tantas otras que una vez estuvieron donde yo estuve. Una historia que revela al monstruo que no se esconde en las sombras.

Esta es mi voz, la voz que una niña intentó levantar. La que no siempre fue escuchada, porque el silencio puede hablar más fuerte. Una voz que muchos pasaron por alto mientras gritaba en la oscuridad. Esta es mi voz: un eco de innumerables víctimas inocentes que intentaron hablar, solo para ser silenciadas por abusadores que se entremeten en la sociedad y borran a sus víctimas en plena vista.

Esta es mi historia, el pasado que me persiguió. La verdad que nadie quiso ver. Mi versión, la que viví y sobreviví. Esta es mi voz, la que una vez fue silenciada y ahora se niega a callar. Una historia desenterrada de las ruinas. Una jornada hacia la libertad, la sanidad y la restauración.

Esta soy yo, tal como soy, rompiendo el silencio. Por mí, por mi familia y por las generaciones que vienen. Hoy puedo hablar y ser escuchada porque hay un Dios que se preocupó lo suficiente para salvarme.

El enemigo me dijo que callara, pero Jesús me dijo que alzara mi voz más fuerte. Decidí dejar la vergüenza a un lado y seguir al que me dio un propósito cuando *Él me encontró.*

www.ingramcontent.com/pod-product-compliance
Ingram Content Group UK Ltd.
Pitfield, Milton Keynes, MK11 3LW, UK
UKHW041046300726
14061UKWH00008BA/130